데미안

부클래식
032

데미안

헤르만 헤세

전대호 옮김

부북스

차 례

정말이지 나는 그저
내 안에서 우러나는 대로
살아보려 했을 뿐인데,
그게 왜 그리 힘들었을까?

내 이야기를 하려면 한참을 거슬러 올라가서 시작해야 한다. 할 수만 있다면, 훨씬 더 멀리 돌아가야 할 것이다. 내 어린 시절의 맨 처음 몇 년까지, 더 멀리 내가 생겨난 머나먼 과거까지.

작가들은 소설을 쓸 때 마치 신인 양, 누군가의 역사를 완벽하게 굽어보고 파악할 뿐더러 신이 직접 그 역사를 풀어낼 때처럼 어떤 흐릿함도 어떤 비본질적인 대목도 없이 제시할 수 있다는 듯이 굴곤 한다. 나는 그렇게 할 수 없다. 작가들이 그렇게 할 수 없는 것과 마찬가지로. 하지만 나의 이야기는 나에게 중요하다. 작가의 이야기가 작가 자신에게 중요한 것보다 더 중요하다. 나의 이야기는 나 자신의 이야기인데다가 한 사람의 이야기이기 때문이다. 꾸며낸 사람, 가능한 사람, 이상적인 사람, 또는 그런 류의 부재하는 사람의 이야기가 아니라, 실재하는 사람, 단 하나뿐인 사람, 살아있는 사람의 이야기다. 알다시피 요새 사람들은 실제로 살아있는 사람이 무엇인지를 과거 어느 때보다 더 모른다. 제각각 자연의 단 한 번뿐인, 소중한 시도인 사람들을 무더기로 쏘아 죽이는 일이 벌어지지 않는가. 만약에 우리 각자가 그저 단 하나뿐인 사람에 불과하다면, 실제로 총알 하나로 우리 각자를 세계에서 완전히 제거할 수 있다면, 우리의 역사를 이야기하는 것은 부질없는 짓이 될 것이다. 그러나 모든 사람 각각은 그 자신일 뿐 아니라, 세계의 현상들이 결코 되풀이되지 않을 방식으로 단 한번 교차하는 지점, 단 하나뿐이고 아주 특별한, 최소한 중요하고 비범한 점이다. 그래서 모든 개인의 역사는 중요하고 영원하고 신성하며, 살면서 어떤 식으로든 자연의 의지를 실현하는 한에서 사람은 누구나 경이로우며 얼마든지 주목받을 자격이 있다. 모든 사람 하나하나에 정신이 구체화되어있고, 모든 사람 하나하나에서 피조물이 아픔을 겪고 구원자가 십자가에 못 박힌다.

　사람이 무엇인지 아는 이가 지금은 드물다. 하지만 많은 이들은 사람이 무엇인지 느끼고 그래서 더 수월하게 죽음을 맞는다. 내가 이 이야기를 완성하고 나면 더 쉽게 죽음을 맞게 될 것처럼.

　내가 아는 자로 자처하는 것은 하면 안 되는 행동이다. 나는 추구하는 자였고 여전히 그러하다. 하지만 이젠 별과 책에서 추구하지 않고 내 안에서 내 피가 흐르는 소리를 듣기 시작한다. 나의 이야기는 유쾌하지 않다. 지어낸 이야기들처럼 달콤하지도 조화롭지도 않다. 자신을 속이는 짓을 더는 하지 않으려는 모든 사람의 삶이 그러하듯이, 나의 이야기는 부조리와 혼란의 맛, 광기와 꿈의 맛을 낸다.

　모든 사람 하나하나의 삶은 자기 자신에게로 가는 길이다. 한

번 나서본 길, 어렴풋한 경로다. 돌이켜보면 사람은 누구나 온전히 자기 자신이었던 적이 한 번도 없다. 그럼에도 누구나 자신이 되려 애쓴다. 누구는 둔하고 무겁게, 누구는 더 가볍게, 각자 할 수 있는 대로. 누구나 태어날 때의 흔적을, 근원 세계의 점액과 알껍데기를 마지막까지 지니고 다닌다. 몇몇은 끝내 사람이 되지 못하고 개구리로, 도마뱀으로, 개미로 머문다. 몇몇은 위는 사람이고 아래는 물고기다. 그러나 모든 각자는 자연이 사람이라는 목표를 향해 던진 존재다. 그리고 다들 같은 곳에서 기원한다. 우리 모두는 어머니들에게서, 똑같은 심연에서 나온다. 하지만 심연에서 기원한 시도요 던져진 존재인 각자는 자기 나름의 목표로 나아간다. 우리는 서로를 납득할 수 있지만, 해석은 각자 자신에 대해서만 할 수 있다.

1장
두 세계

열 살 때 우리가 살던 작은 도시에서 라틴어학교에 다니면서 겪은 일에서부터 나의 이야기를 시작하겠다.

그 시절을 떠올리면 많은 향기가 느껴지고 내 안에서 아픔과 아늑한 전율이 일어난다. 어두운 골목들, 환한 집들, 첨탑들, 시계의 종소리와 사람들의 얼굴, 쾌적하고 따스하고 안락한 방, 비밀과 무서운 귀신들이 우글거리는 방. 따스한 틈, 토끼, 하녀, 가정용 의약품, 말린 과일 냄새가 난다. 그곳에서 두 세계가 뒤엉켰고, 두 극에서 낮과 밤이 왔다.

한 세계는 아버지의 집이었다. 아니, 그보다도 더 좁았다. 이 세계는 실은 우리 부모님만으로 이루어졌다. 나는 이 세계를 대체로 잘 알았다. 이 세계의 이름은 어머니와 아버지, 사랑과 엄격, 모범과 학교였다. 온화한 빛, 맑음, 청결함이 이 세계의 속성이었다. 여기엔 부드럽고 우호적인 대화, 깨끗하게 씻은 손, 때 묻지 않은 옷, 좋은 예절이 있었다. 여기에선 아침마다 합창을 하고 성탄절을 경축했다. 이 세계에는 직선들과 미래로 곧게 뻗은 길들이 있었고 의무와 책임, 죄책감과 자백, 용서와 선의(善意), 사랑과 존경, 성경 말씀과 지혜가 있었다. 맑고 순수하고 아름답고 질서 있는 삶을 살려면 이 세계를 벗어나지 말아야 했다.

한편, 다른 세계는 이미 우리 집 한복판에서부터 시작되었는데, 그곳은 전혀 달랐다. 냄새가 달랐고, 말이 달랐고, 약속과 요구가 달랐다. 이 두 번째 세계에는 하녀와 장인(匠人), 귀신 이야기와 추잡한 소문이 있었다. 엄청난, 매혹적인, 무시무시한, 불가사의한 것들이 가지각색으로 넘쳐났다. 도살장, 감옥, 술 취한 남자와 잔소리하는 아낙, 새끼 낳는 암소, 고꾸라진 말, 침입과 살인과 자살에 관한 이야기 따위. 아름답고 야만적이고 무자비한 이 모든 것들이 도처에 있었고, 경찰관과 떠돌이가 어슬렁거렸다. 술 취한 남자가 아낙을 때렸고, 저녁이면 젊은 처녀들이 공장에서 떼 지어 흘러나왔고, 늙은 여자들은 남자를 마법으로 홀리고 병들게 만들 수 있었으며, 숲에는 도둑이 살았고, 방화범은 경관에게 체포되었다. 이 격렬한 두 번째 세계가 도처에서, 어머니와 아버지가 있는 우리 방들만 빼고 도처에서 냄새를 풍기고 튀어나왔다. 아주 좋은 일이었다. 여기 우리 곁에 평화와 질서와 고요, 의무와 양심과 용서와 사랑이 있다는 것, 또한 다른 것도, 시끄럽고 야한 것, 음침하고 폭력적인 것도 모두 있다는 것은 아주 멋진 일이었다. 그 모든 다른 것에서 한 걸음만 뛰면 어머니에게로 도피할 수 있었다.

가장 기이한 것은 이 두 세계가 맞닿은 방식이었다. 두 세계가 얼마나 가까이 공존했던지! 예컨대 우리 하녀 리나는 저녁 예배 시간에 거실 문가에 앉아 주름을 말끔히 편 앞치마 위에 깨끗이 씻은 양손을 얹고 밝은 목소리로 노래를 함께 부를 때는 온전히 아버지와 어머니의 세계에, 밝고 올바른 우리의 세계에 속했다. 곧이어 부엌이나 땔감 창고에서 나에게 머리 없는 남자 이야기를 해주거나 작은 정육점에서 이웃 아낙들과 싸울 때 그녀는 다른 여자였다. 다른 세계에 속했고 비밀에 휩싸여있었다. 다들 그런 식이었고, 나 자신이 가장 많이 그랬다. 나는 부모님의 자식이었으므로 확실히 밝고 올바른 세계에 속했다. 그러나 내 눈과 귀가 향하는 모든 곳에 다른 세계가 있었고, 나는 그 세계에서도 살았다. 그 세계는 나에게 흔히 낯설고 으스스했고, 거기에서는 양심의 가책과 불안에 빠지고 또 빠지기 마련이었는데도 말이다. 심지어 때로는 그 금지된 세계에서 더없이 기꺼이 살았고, 밝은 세계로의 귀환은 흔히—그것이 아무리 필수적이고 좋은 행동이라 하더라도—덜 아름다운 세계, 더 지루하고 황량한 세계로의 귀환에 가까웠다. 때때로 나는 생각했다. 내 삶의 목표는 아버지와 어머니처럼 밝고 순결하게 되는 것, 우월하고 질서정연하게 되는 것이었다. 그러나 그 목표까지는 갈 길이 멀었다. 꾹 참고 학교들을 졸업하고 대학에 다니고 검정과 시험을 통과해야 했다. 길은 줄곧 더 어두운 다른 세계를 스치고 심지어 관통했고, 그 세계에 머물고 빠져드는 것도 불가능한 일은 전혀 아니었다. 잃어버린 아들이 그런 일을 겪는다는 이야기가 있었고, 나는 그런 이야기들을 열심히 읽은 바 있었다. 거기에서 아버지와 좋은 세계로의 귀환은 대단히 은혜롭고 장엄해서 나는 오로지 그것만이 올바르고 좋고 바랄 만하다고 전적으로 느꼈지만, 그럼에도 잃어버린 악인이 등장하는 대목이 훨씬 더 매혹적이었다. 솔직히 말해도 괜찮다면, 잃어버린 아들이 참회하고 다시 발견되는 것이 때로는 안타까울 지경이었다. 하지만 사람들은 그렇게 말하지 않았고 생각하지도 않았다. 감정의 맨 밑바닥에 어렴풋한 느낌과 가능성으로서 그런 안타까움이 뭐라 꼬집어 말하기 어려운 방식으로 있을 따름이었다. 악마를 상상할 때 나는 저 아래 거리에 변장한 모습이나 본래 모습으로 있는 악마를, 또는 명절 장터나 주막에 있는 악마를 아주 잘 상상할 수 있었지만 우리 집에 있는 악마는 결코 상상할 수 없었다.

　나의 누이들 역시 밝은 세계에 속했다. 내가 자주 느낀 바로는, 그들은 본성상 아버지와 어머니의 곁에 더 가까이 있었다. 그들은 나보다 더 선하고 예절 바르고 실수가 없었다. 그들에게도 결함이 있고 나쁜 습관이 있었지만, 내가 보기에 그것은 그리 뿌리 깊지 않았다. 악과의 접촉이 흔히 심각하고 아슬아슬한 지경으로 발전하는, 어두운 세계에 훨씬 더 가까이 있는 나의 경우와는 달랐다. 누이들은 부모님과 마찬가지로 아끼고 존중해야 할 상대였다. 그들과 싸운 사람은 여지없이 나중에 제 자신의 양심 앞에서 본인이 나쁜 놈이라고, 용서를 빌어야 할 악당이라고 느꼈다. 왜냐하면 누이들을 괴롭히는 것은 선한 지시자인 부모님을 모욕하는 것이기 때문이었다. 차라리 방치될 대로 방치된 골목의 아이들에겐 훨씬 더 쉽게 털어놓을 수 있어도 나의 누이들에게는 털어놓을 수 없는 비밀들이 나에겐 있었다. 햇빛이 밝고 양심에 거리낌이 없는 좋은 날이면 누이들과 놀면서 덩달아 착하고 올바르게 되어 나 자신의 반듯하고 고귀한 겉모습을 보는 것이 감미로울 때가 많았다. 천사라면 그래야 마땅했다! 그것이 우리가 아는 최고였고, 우리는 성탄절과 행복처럼 밝은 소리와 향기에 둘러싸인 천사가 되는 것이 멋지고 달콤하다고 생각했다. 아, 그런 시간과 날은 어찌나 드물던지! 나는 놀이를 하다가, 좋은 놀이, 해롭지 않은 놀이, 해도 되는 놀이를 하다가, 누이들이 보기엔 지나치고 결국 싸움과 불행을 부르는 격정에 빠지는 경우가 잦았고, 그러다가 분노에 휩싸이면, 끔찍한 놈이 되어 사악한 말과 행동을 했다. 그러면서 그 사악함을 강렬하고 생생하게 느꼈다. 그 후에는 혹독하고 캄캄한 후회와 자책의 시간이 찾아오고, 이어서 내가 용서를 비는 슬픈 순간이 도래하고, 그 다음엔 다시 밝은 햇살이, 고요하고 고맙고 균열 없는 행복이 찾아와 몇 시간 동안 또는 잠시 머물렀다.

나는 라틴어학교에 다녔다. 한 학년 친구인 시장의 아들과 상급산림감시인의 아들이 종종 나와 어울렸다. 거칠기는 해도, 좋은 세계, 허용된 세계에 속한 소년들이었다. 그럼에도 나는 이웃 아이들과 친하게 지냈는데, 그들은 평소에 우리가 얕잡아보는 국민학교 학생들이었다. 나의 이야기는 그 아이들 중 한 명에서 시작해야 한다.

수업이 없는 어느 오후에—내가 만 열 살이 된 직후였다—나
는 이웃 아이 두 명과 서성거리고 있었다. 그때 우리보다 더 큰
키에 힘도 더 세고 더 거친 소년이 다가왔다. 재단사를 아버지로
둔 열세 살 가량의 국민학생이었는데, 그의 아버지는 술꾼이었고
온 가족이 평판이 나빴다. 나는 그 소년 프란츠 크로머를 잘 알
았다. 그를 무서워했고 지금 그가 우리와 합류하는 것이 마뜩치
않았다. 그는 행동거지가 벌써 어른 같았고 젊은 공장 직원들의
걸음걸이와 말투를 흉내 냈다. 우리는 그를 따라 다리 옆 둔치로
내려가 세상이 우리를 볼 수 없게 다리의 첫 번째 아치 아래 숨
었다. 다리의 불룩한 벽과 느릿느릿 흐르는 물 사이의 그 좁은 둔
치는 완전히 쓰레기장이었다. 사금파리와 잡동사니, 심하게 녹슨
철사며 각종 쓰레기가 마구 얽힌 꾸러미들로 뒤덮여있었다. 그곳
에서 쓸 만한 것이 발견되는 일도 가끔 있었다. 우리는 프란츠 크
로머의 지휘 아래 정해진 구간을 샅샅이 뒤지고 발견한 것을 그
에게 보여주어야 했다. 그러면 그는 그것을 챙기거나 강물에 던졌
다. 납이나 놋쇠나 양철로 된 물건이 있는지 잘 보라고 했다. 그는
그런 물건을 모조리 자기 몫으로 챙기고 뿔로 된 낡은 빗도 챙겼
다. 그와 함께 있으면 나는 심한 압박감을 느꼈다. 내가 그와 어
울리는 걸 아버지가 알면 금지하리라는 것을 알았기 때문이 아
니라 프란츠 자체에 대한 두려움 때문이었다. 나는 그가 나를 다
른 아이들과 마찬가지로 대하는 것이 기뻤다. 그는 명령했고 우

리는 복종했다. 내가 그와 어울리는 것은 그때가 처음이었는데도 마치 오랜 관습인 것처럼 그렇게 했다.

이윽고 우리는 바닥에 앉았다. 프란츠가 강물에 침을 뱉었는데, 그 모습이 어른 같았다. 그는 이 사이의 틈으로 침을 쏘아 원하는 모든 표적에 명중시켰다. 대화가 시작되었고, 아이들은 온갖 못된 짓과 유치한 영웅 흉내를 떠벌이고 찬양했다. 나는 침묵했지만, 바로 그 침묵이 눈에 띄어 크로머의 노여움을 살까봐 두려웠다. 나의 학우 두 명은 처음부터 내게서 멀어져 그와 친해졌고, 그들 사이의 이물질인 나는 나의 옷차림과 행동거지가 그들의 눈에 거슬린다고 느꼈다. 라틴어학교 학생이요 신사의 아들인 나를 프란츠가 좋아하기는 불가능했다. 또한 내가 느낌으로 잘 알았듯이, 나머지 두 명도 필요하면 당장 나와의 관계를 부인하고 나를 곤경에 내버려둘 것이었다.

마침내 나도 순전히 두려움 때문에 지껄이기 시작했다. 나를 주인공으로 삼아서 대단한 도둑질 이야기를 지어냈다. 내가 밤에 한 친구와 함께 모퉁이 방앗간 근처 과수원에서 사과를 한 자루 가득 훔쳤다고, 그것도 보통 사과가 아니라 전부 다 최고 품종인 라이네테 사과와 골트파르메네 사과였다고 떠벌렸다. 순간의 위험을 피해 이야기 속으로 달아났다. 나는 이야기를 지어내고 늘어놓는 것에 능숙했다. 단지 금세 다시 말을 그쳐서 상황을 어쩌면 더 악화시키기를 바라지 않았기에, 있는 솜씨를 모두 다 발휘했다. 우리 중 한 명은 다른 한 명이 나무에 올라가 사과를 떨어뜨리는 동안 계속 망을 봐야 했고, 자루가 너무 무거워서 결국 주둥이를 열고 절반을 내려놔야 했지만, 30분 뒤에 우리가 다시 가서 그 사과들도 가져왔다고 나는 이야기했다.

이야기를 마쳤을 때 나는 약간의 갈채를 바랐다. 막바지에는 이야기 지어내기에 도취해 열이 오른 상태였다. 작은 아이 둘은 말없이 기다렸지만, 프란츠 크로머는 가늘게 뜬 눈으로 나를 노려보면서 위협적인 목소리로 물었다. "정말이냐?"

"그럼, 정말이고말고." 내가 말했다.

"진짜 있었던 일 그대로라는 거지?"

"그래, 진짜 그대로라니까." 나는 속으론 겁이 나서 숨이 막히면서도 반항조로 단언했다.

"맹세할 수 있어?"

나는 몹시 놀랐지만 곧바로 할 수 있다고 말했다.

"좋아, 이렇게 말해봐. 하나님과 천국의 행복을 걸고 맹세합니다!"

내가 말했다. "하나님과 천국의 행복을 걸고 맹세합니다."

"흥, 알겠어." 그러더니 그는 시선을 돌렸다.

나는 잘 되었다고 생각했다. 곧이어 그가 자리에서 일어나 둔치 위로 돌아가기 시작했을 때, 나는 기뻤다. 우리가 다리 위에 이르렀을 때, 나는 이제 집에 가야한다고 소심하게 말했다.

"그렇게 서둘 것 없어." 프란츠가 웃으며 말했다. "우리가 다 함께 갈 테니까."

그는 계속 천천히 걸었고, 나는 감히 달아나지 못했지만, 그는 정말 우리 집 쪽으로 나아갔다. 우리 집 현관문이 보이고 놋쇠 손잡이와 창에 반사된 태양과 어머니 방의 커튼이 보이는 곳에 다다랐을 때 나는 깊은 한숨을 내쉬었다. 아, 집에 돌아왔구나! 아, 좋은 귀가, 축복받은 귀가, 밝음과 평화로의 귀환이여!

내가 재빨리 문을 열고 미끄러지듯 들어가 곧장 닫으려는 순간, 프란츠 크로머가 밀고 들어왔다. 마당의 불빛만 드리워 서늘하고 어두운 타일 깔린 통로에 나와 함께 서서 그가 내 팔을 잡고 속삭였다. "그렇게 서둘지 말라니까!"

나는 겁에 질려 그를 바라보았다. 내 팔을 잡은 그의 손아귀는 쇠처럼 단단했다. 그의 의도가 무엇인지, 혹시 나에게 폭력을 휘두르려는 것인지 궁금했다. 내가 지금 소리를 지르면, 크고 다급하게 내지르면, 아마 충분히 신속하게 저쪽에서 누군가 와서 나를 구할 것이라는 생각이 들었다. 그러나 나는 소리 지르기를 포기했다.

"뭐야?" 내가 물었다. "뭐 하려는 건데?"

"별 거 아냐. 그냥 너한테 물어볼 게 있어. 다른 사람은 들을 필요 없고."

"그래? 좋아. 내가 뭘 더 대답해야 하지? 내가 들어가야 하는 건 너도 알잖아."

"모퉁이 방앗간 근처 과수원이…" 프란츠가 조용히 말했다. "…누구네 건지는 너도 알지?"

"아니, 몰라. 난 방앗간주인 거라고 생각했는데."

프란츠가 내 어깨에 두른 팔에 힘을 주어 나를 자기 쪽으로 바투 끌어당겼고, 나는 코가 닿을 만큼 가까운 곳에서 정면으로 그를 볼 수밖에 없었다. 그의 눈에 악의가 역력했다. 그의 미소는 음산했고, 얼굴은 잔인성과 힘으로 가득 차 있었다.

"그래, 꼬마야, 그 과수원이 누구네 건지 내가 말해주지. 난 거기 사과가 도둑맞은 걸 벌써부터 알고 있었어. 또 누가 사과를 훔쳤는지 알려주기만 하면 누구에게든 2마르크를 주겠다고 그 남자가 말했다는 것도 알지."

"이런 세상에!" 내가 외쳤다. "설마 네가 그 남자에게 말하진 않겠지?"

그의 명예심에 호소하는 것은 쓸데없는 짓일 거라고 나는 느꼈다. 그는 다른 세계에 속한 자였다. 그에게 배신은 죄가 아니었다. 나는 그것을 정확히 느꼈다. "다른" 세계에 속한 사람들은 이런 상황에서 우리와 달랐다.

"말을 안 한다고?" 크로머가 웃었다. "친구야, 넌 내가 2마르크 동전쯤은 직접 만들 수 있는 동전 위조범인 줄 아니? 나, 가난한 놈이야. 너처럼 부자 아버지가 없다고. 2마르크를 벌 수 있으면 벌어야 해. 어쩌면 그 남자가 돈을 더 많이 줄 수도 있어."

그가 나를 갑자기 다시 풀어놓았다. 우리 집 현관에서 평화와 안전의 냄새가 더는 나지 않았다. 나를 둘러싼 세계가 무너졌다. 그는 나를 고발할 터였고, 나는 범죄자였다. 아버지가 알게 되고,

심지어 어쩌면 경찰까지 올 것이었다. 온갖 혼란과 참상이 나를 위협했고, 온갖 추한 것과 위험한 것이 나에게 몰려들었다. 내가 절대로 도둑질을 하지 않았다는 것은 아무 의미가 없었다. 게다가 난 맹세까지 해버렸다. 오, 하나님, 나의 하나님!

눈물이 솟아났다. 나는 돈을 써서 이 곤경에서 벗어나야 한다고 느꼈고 필사적으로 내 주머니를 모조리 뒤졌다. 사과도, 주머니칼도, 아무것도 없었다. 문득 내 시계가 떠올랐다. 작동하지 않지만 내가 "그냥" 가지고 다니는 낡은 은시계였다. 우리 할머니가 주신 은시계. 나는 서둘러 그것을 꺼냈다.

"크로머," 내가 말했다. "내 말 들어. 나를 고발하면 안 돼. 그러면 너한테 안 좋을 거야. 너한테 내 시계를 선물할 게, 자 여기. 아쉽지만 내가 가진 건 이게 전부야. 네가 가져도 돼. 은으로 된 거고, 기계장치도 멀쩡해. 딱 한 군데 간단한 고장이 났는데, 그건 수리해야 해."

그는 미소를 지으며 커다란 손으로 시계를 받았다. 나는 그 손을 보았고, 그 손이 얼마나 야만적이고 나에게 적대적인지를, 그 손이 나의 삶과 평화를 향해 뻗어오는 것을 느꼈다.

"은으로 된 거야…" 내가 소심하게 말했다.

"난 너의 은과 너의 이 낡은 시계가 꼴도 보기 싫어!" 그가 강한 혐오를 담아 말했다. "네가 직접 수리를 맡겨!"

"이러지마, 프란츠." 내가 외쳤다. 그가 떠날까봐 불안에 떨면서. "잠깐만 기다려! 이 시계 받아! 진짜 은이야, 정말 진짜라고.

그리고 난 가진 게 이것뿐이야."

그는 냉정하고 깔보는 표정으로 나를 응시했다.

"긴 말 할 것 없고, 내가 누구에게 갈지는 너도 알 테지. 아하, 경찰에다 말해도 되겠구나. 내가 치안대장을 잘 알거든."

그가 떠나려고 몸을 돌렸다. 나는 그의 소매를 잡아당겼다. 그냥 놔두는 것은 있을 수 없는 일이었다. 그가 그렇게 가버리고 나면 닥칠 모든 일을 감내하느니 차라리 죽어버리는 편이 훨씬 나았다.

"프란츠." 나는 흥분으로 갈라진 목소리로 애원했다. "바보짓 좀 하지 마! 너 지금 그냥 장난하는 거지?"

"맞아, 장난이야. 하지만 너한테는 큰 비용이 드는 장난일 수 있지."

"이봐, 프란츠. 내가 어떻게 해야 하는지 말해줘! 뭐든 할게!"

그는 가늘게 뜬 눈으로 나를 훑어보더니 다시 웃었다.

"바보처럼 굴지 마!" 그가 가장된 호의로 말했다. "너도 잘 알잖아. 난 2마르크를 벌 수 있어. 그리고 나는 부자가 아니어서 그 돈을 내버릴 수 없다는 거, 알잖아. 반면에 넌 부자야. 심지어 시계도 있어. 그러니까 네가 나한테 2마르크를 주기만 하면 돼. 그럼 다 해결된다고."

나는 그의 논리를 이해했다. 하지만 2마르크라니! 나에게 2마르크는 10마르크, 100마르크, 1000마르크와 다를 바 없이 너무 커서 마련할 수 없는 금액이었다. 나는 돈이 없었다. 저금통이 있긴 한데, 어머니 곁에 놓여있었고, 거기에는 삼촌이 오거나 할 때 생긴 10페니히 동전과 5페니히 동전 두세 개가 들어있었다. 그밖엔 아무것도 없었다. 당시에 열 살이던 나는 아직 용돈을 받지 않았다.

"난 빈털터리야." 내가 구슬프게 말했다. "돈은 한 푼도 없어. 하지만 다른 건 전부 다 줄게. 인디언 책도 있고, 병정 인형도 있고, 나침반도 있어. 당장 가져올 게."

크로머는 뻔뻔하고 악한 입술을 움찔거리더니 바닥에 침을 뱉을 뿐이었다.

"잡소리 하지 마!" 그가 명령조로 말했다. "그런 잡동사니는 너나 가져. 나침반이라! 나를 더 열 받게 하지 말고, 돈을 내놔. 알겠냐?"

"돈이 없다니까. 난 용돈을 안 받아. 나로서는 어쩔 수가 없어!"

"그럼 내일 나한테 2마르크를 가져와. 학교 끝나고 저 아래 시장에서 기다릴 게. 만약에 안 가져오면 어떤 일이 벌어질지는, 네 눈으로 똑똑히 보게 될 거야."

"알았어, 하지만 내가 어디에서 돈을 구하지? 가진 건 한 푼도 없는데, 대체 어떻게…"

"너희 집엔 돈이 많아. 네가 알아서 해. 그럼 내일 학교 끝나고 보는 거다. 분명히 말해두는데, 만약에 안 가져오면…" 그는 무시무시한 눈빛으로 나를 쏘아보더니 다시 한 번 침을 뱉고 그림자처럼 사라졌다.

나는 계단을 오를 수 없었다. 내 삶은 파괴되었다. 달아나서 영영 돌아오지 않거나 물에 빠져 죽을까 하고 생각했다. 하지만 또렷하게 상상한 것은 아니다. 나는 우리 집 계단의 맨 아랫단에 앉아 어둠 속에 몸을 바싹 웅크리고 불행에 빠져들었다. 거기에서 울고 있는 나를 리나가 바구니를 들고 뗄감을 가지러 내려오다가 발견했다.

나는 그녀에게 저 위에다가는 아무 말도 하지 말라 부탁하고 계단을 올랐다. 유리문 옆 옷걸이에 아버지의 모자와 어머니의 양산이 걸려있었고, 그 모든 물건에서 내게로 집의 포근함과 다정함이 밀려왔다. 마치 잃어버린 아들이 옛 고향의 방들을 보고 냄새 맡은 것처럼 나는 진심으로 애원하고 고마워하면서 그 물건들에게 인사했다. 하지만 이제 그 모두는 나의 것이 아니었다. 그 모든 것은 밝은 부모님 세계에 있었고, 죄 많은 나는 낯선 격류에 깊이 휩쓸려있었다. 모험과 죄에 얽혀들었고, 적에게 위협당하고 있었으며, 위험과 불안과 치욕이 나를 기다렸다. 모자와 양산, 사암이 깔린 오래되고 좋은 바닥, 복도 진열장 위에 커다란 그림, 저 안쪽 거실에서 들려오는 손위누이들의 목소리, 이 모든 것이 과거 어느 때보다 더 사랑스럽고 다정하고 감미로웠지만, 이제 나에게 그것들은 위안도 확실한 소유물도 아니라 노골적인 비난이었다. 그 모두는 더 이상 내 것이 아니었다. 나는 그것들의 명랑함과 평온함에 참여할 수 없었다. 내 발에는 깔개에 문질러 닦

을 수 없는 때가 묻어있었다. 나는 고향세계가 전혀 모르는 그림
자를 끌고 왔다. 이제껏 허다한 비밀과 걱정을 품어봤지만, 오늘
내가 여기에 들여온 것에 비하면 그 모든 것들은 놀이요 장난이
었다. 운명이 나에게 달려오고, 손들이 나에게 뻗어왔다. 심지어
어머니도 그 손들로부터 나를 지킬 수 없었다. 어머니는 그 손들
에 대해서 알면 안 되었다. 나의 잘못이 도둑질인지 아니면 거짓
말인지는(나는 하나님과 천국의 행복을 걸고 거짓 맹세를 하지
않았던가.) 중요하지 않았다. 나의 죄는 이것이나 저것이 아니었
다. 내가 악마에게 손을 내밀었다는 것, 그것이 나의 죄였다. 나
는 왜 함께 갔을까? 왜 크로머에게 복종했을까? 아버지에게도 그
렇게 충실히 복종한 적이 없는데, 왜 그랬을까? 왜 도둑질 이야기
를 지어냈을까? 왜 나쁜 짓을 영웅 행동인 양 뽐냈던 것일까? 이
제 악마가 내 손을 잡고 있었다. 이제 적이 나를 추적하고 있었다.

　문득 내일에 대한 두려움이 느껴지지 않았다. 대신에 이제부
터 나의 길이 점점 더 아래로 암흑을 향해 내려가리라는 끔찍한
확신이 무엇보다도 강하게 느껴졌다. 이 탈선이 다른 탈선들로 이
어질 수밖에 없다는 것, 누이들 곁에서의 내 모습이, 내가 부모님
에게 드린 인사와 입맞춤이 가짜라는 것, 내가 운명과 비밀을 남
몰래 내면에 짊어지고 있다는 것을 또렷하게 감지했다.

　아버지의 모자를 바라보는 순간, 불현듯 내 안에서 자신감과
희망이 번득였다. 아버지에게 모든 것을 말하고 아버지가 내리는
판결과 벌을 받아들일까, 아버지를 내 사정을 알고 나를 구원할

분으로 삼을까 생각했다. 단지 참회만 하면 될 것이었다. 이미 여러 번 겪어본 대로, 힘들고 쓰린 한때를 견디며 깊이 후회하면서 진지하게 용서를 빌면 그뿐일 것이었다.

얼마나 달콤한 생각이던지! 얼마나 그러고 싶던지! 그러나 부질없었다. 내가 그렇게 하지 않으리라는 것을 나는 알았다. 이제 나는 비밀을 품었다는 것, 혼자 스스로 감당해야 할 허물을 지녔다는 것을 알았다. 어쩌면 나는 지금 갈림길에 선 것이었다. 어쩌면 이제부터 영원토록 나는 나쁜 세계에 속하고 악인들과 비밀을 공유하고 그들에게 의존하고 복종하고 그들과 같아져야 할 것이었다. 나는 어른과 영웅의 흉내를 냈으니 이제 그 후과(後果)를 짊어져야 했다.

내가 들어서자 아버지는 내 구두가 젖은 것을 주목했다. 나로서는 반가운 일이었다. 딴 데 관심을 두느라고 아버지는 더 나쁜 것을 눈치 채지 못했고, 나는 아버지의 꾸지람을 남몰래 더 나쁜 그것과 연관지으면서 감내해도 되었다. 그때 내 안에서 이상하고 새로운 느낌이 일었다. 악하고 신랄한 그 느낌 속엔 미늘 달린 갈고리들이 가득했다. 나는 내가 아버지보다 우월하다고 느꼈다! 한순간, 아버지의 무지에 대해서 일종의 경멸감이 일었다. 젖은 구두에 대한 아버지의 질책이 하찮게 여겨졌다. "잘 알지도 못하면서!" 살인을 자백해야 하는데 빵을 훔친 혐의로 추궁을 당하는 범죄자라도 된 듯한 심정이었다. 그것은 추하고 역겨운 느낌이었지만 또한 강했고 속 깊이 매혹적이었다. 그 느낌은 나의 비밀과 잘못에 대한 다른 모든 생각보다 더 단단하게 나를 옭아맸다. 어쩌면 크로머가 벌써 경찰에 가서 나를 고발했으리라는 생각이 들었다. 폭풍이 내게 몰려드는 중인데, 나는 여기에서 어린애 취급을 당하고 있다는 생각이!

지금까지의 이야기에 국한해서 말하면, 이 경험 전체에서 중요하고 영속적인 것은 이 순간이었다. 이 순간, 아버지의 신성함이 처음으로 찢어졌다. 나의 어린 시절을 떠받치던 기둥, 누구나 자기 자신이 될 수 있으려면 먼저 부숴야 하는 그 기둥에 처음으로 금이 갔다. 아무도 보지 못하는 이런 경험들이 우리 운명의 내면적이고 본질적인 선(線)을 이룬다. 이런 절단과 균열의 상처는 다시 아문다. 치유되고 잊히지만, 가장 은밀한 방 안에서는 계속 살아서 피를 흘린다.

새로운 느낌은 곧바로 나 자신에게도 섬뜩함을 안겨주었다. 당장 아버지의 발에 입을 맞춰 그런 느낌을 가진 것에 대해 용서를 빌고 싶을 지경이었다. 그러나 본질적인 것에 대해 용서를 빌 수는 없다. 어린아이는 모든 현자와 마찬가지로 이 점을 깊게 또한 잘 느끼고 안다.

나는 내 처지를 숙고하고 내일의 대책을 궁리할 필요를 느꼈지만, 그러지 못했다. 저녁 내내 오로지 우리 거실의 달라진 분위기에 적응하는 데 몰두해야 했다. 벽시계와 테이블, 성경과 거울, 책장과 벽에 걸린 그림들이 말하자면 나에게 작별 인사를 보냈다. 나는 나의 세계, 나의 행복하고 좋은 삶이 나를 떠나 과거가 되는 것을 차갑게 얼어붙는 심정으로 응시해야 했고, 내가 저 바깥의 낯선 어둠 속에 흡인력 왕성한 새 뿌리를 내리고 붙박였음을 감지해야 했다. 난생 처음으로 죽음을 맛보았다. 죽음은 맛이 쓰다. 왜냐하면 죽음은 태어남이요 무시무시한 새로워짐 앞에서의 불안과 걱정이기 때문이다.

마침내 침대에 누웠을 때 나는 기뻤다. 그전에 저녁예배가 죄를 씻어내는 마지막 불길로서 내 위로 지나갔다. 우리는 내가 가장 좋아하는 노래 중 하나까지 불렀다. 아, 나는 함께 부르지 않았다. 나에게는 음 하나하나가 쓸개요 독이었다. 아버지가 축복의 말을 할 때, 나는 함께 기도하지 않았다. 아버지가 "우리 모두와 함께 하시기를…"이라고 마무리할 때, 어떤 갑작스럽고 세찬힘이 나를 기도하는 무리에서 떼어냈다. 신의 자비는 그들 모두와 함께했지만 나와는 더 이상 함께하지 않았다. 나는 심한 피로와 한기를 느끼며 그 자리를 떴다.

침대에 누워 한동안 기분 좋은 온기와 포근함에 감싸여 있을 때, 내 마음은 다시 불안에 휩싸여 지난 일을 근심하며 두근거렸다. 어머니가 평소와 다름없이 취침 인사를 건넨 뒤였다. 어머니의 발소리가 방안에서 아직 들렸고, 어머니의 촛불이 문틈으로 아직 환했다. 지금, 어머니가 지금, 다시 한 번 돌아올 거야, 하고 나는 생각했다. 벌써 낌새를 챈 어머니가 나에게 입 맞추며 물을 거라고, 우호적이고 믿음직스럽게 물으면, 내가 울음을 터뜨릴 수 있을 거라고 생각했다. 그러면 내 목구멍에 박힌 돌이 녹아버리고, 그러면 내가 어머니를 끌어안고서 고백하고, 그러면 잘 될 거야, 구원을 받을 거야! 문틈이 벌써 어두워진 뒤에도 나는 한동안 귀를 기울이며, 그래야 해, 꼭 그렇게 되어야 해, 하고 속삭였다.

그런 다음에 나는 현실로 돌아와 나의 적을 정면으로 바라보았다. 그를 또렷하게 보았다. 그는 한 눈을 가늘게 떴고, 입은 야비하게 웃었다. 내가 그를 응시하면서 피할 수 없는 것을 안으로 삭히는 동안, 그는 점점 더 커지고 추해졌으며, 그의 악한 눈은 악마처럼 빛났다. 내가 잠들 때까지 그는 내 곁에 바투 다가와 있었다. 하지만 그 다음에 꾼 꿈에는 그와 오늘 일이 등장하지 않았다. 대신에 나는 우리가, 부모님과 누이들과 내가 한 배에 탄 꿈을 꾸었다. 우리를 둘러싼 것은 오로지 휴일의 찬란한 평화뿐이었다. 한밤중에 꿈에서 깬 나는 여전히 행복의 여운을 느꼈다. 여전히 누이들의 하얀 여름옷이 햇빛에 반짝이는 것이 보였다. 그리고 그 모든 낙원의 광경으로부터 실제 일어난 일로 되떨어져 악한 눈을 가진 적과 다시 마주섰다.

아침에 어머니가 급히 달려와 벌써 늦었다고 왜 아직 안 일어나느냐고 외쳤을 때, 나는 안색이 좋지 않았다. 어머니는 어디 아프냐고 물었고, 나는 구토를 했다.

무언가 유익한 일을 해낸 듯했다. 약간 병들어서 아침 내내 카밀레 차를 마시며 누워있어도 되는 것, 그렇게 누운 채로 어머니가 옆방을 청소하는 소리, 리나가 저 바깥 현관에서 정육점 주인을 맞이하는 소리를 귀 기울여 듣는 것을 나는 무척 좋아했다. 학교에 가지 않고 보내는 오전은 왠지 매혹적이고 동화 같았다. 그런 오전엔 햇빛이 방으로 들어와 놀았다. 그 햇빛은 학교에서 녹색 커튼을 쳐서 가리는 햇빛과 달랐다. 그러나 오늘은 그런 오전도 맛이 없고 거슬리는 소리를 냈다.

정말이지, 차라리 내가 죽었으면! 그러나 나는 자주 그랬던 것처럼 몸 상태가 약간 안 좋을 뿐이었고, 따라서 해낸 것은 아무것도 없었다. 나의 몸 상태는 나를 학교로부터 보호했지만 11시에 시장에서 나를 기다릴 크로머로부터는 전혀 보호하지 못했다. 이번만큼은 어머니의 다정함도 위로가 되기는커녕 오히려 짜증과 아픔을 일으켰다. 이내 나는 다시 잠든 자세로 생각에 잠겼다. 아무것도 도움이 되지 않았다. 나는 11시에 시장에 가있어야 했다. 그래서 10시에 조용히 일어나, 몸 상태가 다시 좋아졌다고 말했다. 이런 경우에 대체로 그렇듯이, 다시 침대에 눕든지 아니면 오후에 학교에 가야 한다는 대꾸가 돌아왔다. 나는 학교에 가고 싶다고 말했다. 나는 이미 계획을 품고 있었다.

돈 없이 크로머에게 가는 것은 안 될 일이었다. 나는 내 소유의 작은 저금통을 손에 넣어야 했다. 거기에 든 돈으로는 부족함을 나도 알았다. 턱없이 부족했다. 그러나 그것도 돈은 돈이었다. 전혀 없는 것보다는 조금이나마 있는 것이 더 낫고 아무리 못해도 크로머를 달래는 정도는 해야 한다고 직감이 나에게 말했다.

양말만 신은 발로 어머니 방에 숨어들어 책상 위에서 내 저금통을 가져올 때 나는 기분이 참담했지만 어제만큼 참담하지는 않았다. 숨이 막힐 정도로 심장이 쿵쾅거렸고, 아래로 내려와 계단참에서 저금통을 처음 살펴보고 잠겨있음을 알았을 때, 상황은 더 나아지지 않았다. 저금통을 깨기는 아주 쉬웠다. 얇은 양철 망을 뜯어내기만 하면 되었다. 하지만 난생 처음 도둑질을 하는 것이었으므로 마음이 아팠다. 내가 그때까지 슬쩍해본 것은 사탕과 과일이 전부였다. 이번엔 비록 내 돈이긴 해도 돈을 훔친 것이었다. 내가 또 한걸음 크로머와 그의 세계에 접근했음을, 착착 아주 멋지게 몰락이 진행되고 있음을 감지하면서 나는 반항했다. 악마가 나를 채가는 것이라면, 이제 돌아갈 길은 없었다. 나는 불안에 떨며 돈을 셌다. 저금통 안에서는 꽉 찬 듯한 소리를 내던 돈이 이제 손 안에서는 애처로울 만큼 적었다. 전부 65페니히였다. 나는 아래층 복도에 저금통을 숨기고 돈을 손에 감싸 쥐고 집 밖으로 나섰다. 이제껏 그 문을 통과할 때와는 달랐다. 위에서 누군가 나를 부르는 듯했다. 나는 걸음을 재촉했다.

시간은 아직 많이 남아있었고, 나는 이제 달라진 도시의 골목들을 통과하는 우회로로 나 자신을 떠밀었다. 위로는 이제껏 보지 못한 구름이 흘러가고, 지나치는 집들이 나를 응시하고 사람들이 나를 의심했다. 도중에 학교 친구 하나가 언젠가 가축시장에서 은화 한 닢을 주웠던 일이 생각났다. 신이 기적이 일으켜 나도 그런 행운을 겪게 되기를 기도하고픈 마음 굴뚝같았지만, 난 이제 더는 기도할 자격이 없었다. 설령 기적이 일어나더라도,

저금통이 다시 멀쩡해지지는 않을 터였다.

프란츠 크로머는 먼 곳에서 나를 보았지만 아주 천천히 다가왔다. 나에게 관심이 없는 것처럼 보였다. 내 근처에 다다른 그는 따라오라고 눈짓으로 명령하더니 뒤도 한번 돌아보지 않고 태연하게 계속 걸어 슈트로가세 골목을 따라 내려가고 육교를 건너 결국 새로 짓는 건물 앞에서 멈췄다. 일하는 사람은 없었고, 벽들은 문짝도 창문도 없이 삭막하게 서 있었다. 크로머가 주위를 둘러본 다음에 문으로 들어가고 내가 뒤를 따랐다. 그는 벽 뒤로 돌아가 눈짓으로 나를 부르더니 손을 내밀었다.

"가져왔냐?" 그가 차갑게 물었다.

나는 움켜쥔 손을 주머니에서 꺼내 그의 손바닥에 돈을 쏟았다. 마지막 5페니히 동전이 떨어지는 소리가 채 잦아들기도 전에, 그는 돈 세기를 마쳤다.

"65페니히잖아." 하고 말하며 그가 나를 바라보았다.

"응, 맞아." 기어들어가는 소리로 내가 말했다. "내가 가진 것 전부야. 너무 조금이라는 거, 나도 잘 알아. 하지만 이게 전부야. 더는 가진 게 없어."

"난 너를 분별 있는 사람으로 생각하고 싶었는데…" 그의 말은 온화한 꾸지람에 가까웠다. "명예를 아는 남자끼리는 지킬 걸 지켜야 하는 법이야. 너도 알듯이 나는 너한테서 부당하게 돈을 받아낼 생각이 없어. 자, 이 동전들은 다시 집어넣어. 다른 남자는… 그 남자가 누군지는 너도 알 테고… 내가 제시한 값을 깎으려 들지 않아. 군말 없이 지불해."

"하지만 나도 지불했어, 더 가진 돈은 없고! 내가 모아둔 돈은 이것뿐이야."

"그건 네 사정이지. 하지만 난 너를 불행하게 만들고 싶지 않아. 너는 나한테 아직 1마르크 35페니히를 줘야 해. 언제 줄 거지?"

"아, 크로머, 반드시 줄 게! 언제일지 지금은 모르겠어. 어쩌면 내가 금세, 내일이나 모레 돈을 구하게 될 거야. 너도 알다시피 내가 아버지에게 사정을 말할 수는 없잖아."

"그건 나하고 상관없어. 나는 너에게 해를 끼치고 싶은 놈이 아냐. 난 내 돈을 오전 중에 받았으면 한다. 알겠니? 난 가난하다고. 너는 예쁜 옷을 입었고 점심거리로 나보다 더 좋은 것을 먹겠지. 하지만 나는 아무 말도 하지 않겠어. 네가 원한다면, 조금 기다려 주겠어. 모레 내가 너에게 휘파람을 불거야, 오후에. 그러면 네가 일을 마무리하는 거야. 내 휘파람소리 알지?"

그가 내 앞에서 휘파람을 불었다. 내가 자주 들어본 소리였다.

"응." 내가 말했다. "알았어."

그는 나와 상관없는 사람처럼 떠났다. 그것은 우리 사이의 일이었다. 우리 사이의 일일 뿐이었다.

내 생각에 크로머의 휘파람은 지금도 나를 화들짝 놀라게 할 것 같다. 만약에 내가 그 휘파람을 갑자기 다시 듣는다면 말이다. 그때 이후 나는 그 소리를 자주 들었다. 그 소리가 항상, 끊임없이 들린다고 느꼈다. 모든 장소, 모든 놀이, 모든 일과 생각에 그 휘파람이 파고들어 나를 종속시켰다. 이제 그 휘파람은 나의 운명이었다. 온화하고 다채로운 가을 오후에 나는 자주 우리 집의 작은 꽃밭에서 시간을 보냈다. 내가 아주 좋아한 그곳에서 이상한 욕망에 이끌려 더 어린 시절의 놀이를 다시 하곤 했다. 나는 말하자면 나보다 더 어린 아이, 아직 선하고 자유롭고 결백하고 걱정 없는 아이를 연기했다. 그러나 늘 예상해도 늘 소스라칠 듯한 놀람과 당황을 일으키는 크로머의 휘파람이 어딘가에서 꽃밭 한가운데로 울려 퍼져 맥락을 끊고 상상을 깨뜨렸다. 그러면 나는 괴롭히는 자를 따라 추하고 나쁜 곳으로 가야 했다. 그에게 해명하고 돈을 달라는 독촉을 들어야 했다. 모든 일이 아마도 몇 주 동안 지속되었지만, 나에게는 그 기간이 몇 년, 심지어 영원처럼 느껴졌다. 드물게 내 수중에 돈이 있을 때도 있었다. 리나가 부엌 테이블에 놔둔 장바구니에서 훔친 5페니히 동전이나 1페니히 동전 한닢이었다. 그럴 때마다 나는 크로머가 쏟아내는 비난과 경멸에 파묻혔다. 나는 그를 속이고 그의 정당한 권리행사를 막으려는 놈이었다. 그의 돈을 도둑질할 놈, 그를 불행하게 만드는 놈이었다! 내 평생에 그때만큼 절박한 심정이었던 적은 많지 않다. 그때보다 더 큰 절망, 더 큰 종속감을 느낀 적은 한번도 없다.

나는 저금통을 장난감 동전으로 채워 다시 제 자리에 갖다

놓았다. 아무도 그것에 대해 묻지 않았다. 하지만 그 질문 역시 어느 날이라도 불쑥 나를 덮칠 수 있었다. 나는 크로머의 야비한 휘파람보다 조용히 나에게 다가오는 어머니가 더 무서울 때가 많았다. 저금통에 대해서 물으러 오는 것이 아닐까?

내가 무일푼으로 나의 악마를 대면하는 일이 여러 번 반복되자 그는 다른 방식으로 나를 괴롭히고 이용해먹기 시작했다. 나는 그를 위해 일을 해야 했다. 그는 자기 아버지를 위해 우편물을 발송해야 했는데, 내가 그를 대신해서 그 일을 해야 했다. 혹은 그가 시키는 대로, 무거운 물건 나르기, 10분 동안 외발로 뛰기, 지나가는 사람의 외투에 종이 쪼가리 붙이기를 해야 했다. 나는 숱한 밤의 꿈에서도 이런 곤욕을 치르며 가위에 눌려 진땀을 흘렸다.

한동안 나는 앓았다. 자주 구토했고 약간 한기를 느꼈지만 밤에는 열이 올라 땀을 흘렸다. 어머니는 무언가 문제가 있다고 느끼고 나에게 많은 관심을 표시했지만, 내가 마음 놓고 응대할 수 없었으므로, 어머니의 관심은 나에게 고통이었다.

한번은 내가 이미 잠자리에 든 저녁에 어머니가 나에게 초콜릿 한 조각을 가져다주었다. 자연스럽게 과거가 떠올랐다. 옛날에 나는 착하게 생활한 날 저녁 잠들기 전에 그런 격려의 간식을 자주 받았었다. 지금 어머니가 내 곁에 서서 초콜릿을 건네는데, 나로서는 고개를 가로젓는 것 외에 달리 할 도리가 없다는 것이 슬펐다. 어머니는 어디 불편하냐고 물으며 내 머리를 쓰다듬었다.

나는 "아뇨! 아니에요! 아무것도 먹고 싶지 않아요."라고 내뱉을 수밖에 없었다. 어머니는 초콜릿을 머리말 탁자에 놓고 떠났다. 이튿날 어머니가 이 일에 대해 상세히 물으려 했을 때, 나는 아무것도 모르는 척했다. 한번은 어머니가 의사를 모셔왔다. 의사는 아침에 냉수욕을 하라는 처방을 내렸다.

당시에 나의 병은 일종의 정신이상이었다. 우리 집의 질서 잡힌 평화의 한복판에서 나는 마치 유령인 것처럼 소심하고 고통스럽게 살았다. 다른 식구들의 삶에 참여하지 않았으며 한 시간이라도 나 자신을 잊는 일이 드물었다. 아버지는 자주 나에게 말을 시켰지만, 그런 아버지 앞에서 나는 폐쇄적이고 차가웠다.

2장
카인

나를 고통에서 건져낸 구원의 손길은 전혀 예상치 못한 곳에서
왔고, 더불어 내 인생에 새로운 무언가가 도래했는데, 그것의 영
향은 지금도 여전하다.

　얼마 전에 우리 라틴어학교에 새로 들어온 학생이 있었다. 우
리 도시로 이사 온 부유한 과부의 아들이었는데 소매에 상장(喪
章)을 두르고 있었다. 그는 나보다 높은 학년이었고 나이도 몇 살
많았지만, 다른 모든 학생들과 마찬가지로 나도 곧 그를 눈여겨
보게 되었다. 이 특이한 학생은 외모보다 훨씬 더 나이가 많은 듯
했다. 아무도 그를 아이로 느끼지 않았다. 우리 어린 소년들 사
이에서 그는 어른처럼, 아니 신사처럼 생소하고 성숙하게 행동했
다. 그는 호감을 사지 못했다. 놀이에 끼지 않았고 싸움엔 더더
욱 끼지 않았다. 오직 그가 선생들을 향해 자신 있고 단호하게
내는 목소리만 다른 아이들의 마음에 들었다. 그의 이름은 막스
데미안이었다.

　우리 학교에서 종종 있는 일이었는데, 어느 날 어떤 이유에서

였는지 아주 큰 우리 교실에 다른 학년이 함께 앉게 되었다. 다름
아니라 데미안의 학년이었다. 저학년인 우리는 성경 이야기 시간
이었고, 고학년은 논문을 써야 했다. 카인과 아벨의 이야기가 우
리에게 주입되는 동안, 나는 데미안을 바라보았다. 그의 얼굴에
서 독특한 매력이 느껴졌다. 영리하고 밝고 보기 드물게 굳센 그
얼굴이 지적이고 신중한 표정으로 원고를 향해 기울어져 있는 것
을 나는 보았다. 과제를 수행하는 학생의 모습이 전혀 아니었다.
오히려 스스로 설정한 문제를 탐구하는 과학자처럼 보였다. 사실
그는 내 마음에 드는 상대가 아니었다. 정반대로 나는 그에 대해
서 무언가 반감을 가지고 있었다. 나에게 그는 너무 우월하고 침
착했으며 지나치게 도발적일 정도로 자신감이 있었고 그의 눈은
어른의 인상을 풍겼다. 아이들은 결코 좋아하지 않는, 약간 슬픈,
번득이는 비웃음을 머금은 인상 말이다. 그럼에도 나는 그를 계
속 바라볼 수밖에 없었다. 그가 내 마음에 들고 말고는 중요하지
않았다. 그러나 그가 나를 한번 바라보자마자, 나는 허둥지둥 눈
길을 거뒀다. 당시에 학생으로서 그가 어떤 모습이었는지를 지금
곰곰이 생각하면, 나는 이렇게 말할 수 있다. 그는 모든 면에서
모두와 달랐다. 철저히 고유하고 개인적이었으며, 그래서 눈에 띄
었다. 그러나 또한 동시에 그는 눈에 띄지 않으려고 최선을 다했
다. 그는 변장한 채로 농촌 소년들 틈에서 그들과 똑같게 보이려
고 갖은 애를 쓰는 왕자처럼 옷을 입고 행동을 했다.

　학교에서 집으로 돌아오는 길에 그가 내 뒤를 따라왔다. 다

른 아이들이 흩어지고 나자 그가 다가와 인사를 건넸다. 그가 우리 학생들의 말투를 흉내 냈음에도 불구하고, 역시나 그 인사도 몹시 성숙하고 공손했다.

"우리 조금만 같이 갈까?" 그가 우호적으로 물었다. 나는 우쭐해져서 고개를 끄덕였다. 그러고는 그에게 내가 어디에 사는지 이야기했다.

"아, 거기?" 그가 미소 지으며 말했다. "그 집 나도 알아. 너희집 현관문 위에 특이한 게 붙어 있잖아. 처음 봤을 때부터 그게 뭔지 궁금하더라고."

나는 그가 무엇을 이야기하는 것인지 처음엔 전혀 몰랐고, 그가 우리 집을 나보다 더 잘 아는 것 같아서 놀랐다. 문 상단 아치 위에 아마 쐐기돌로 쓰인 듯한 일종의 문장이 있었다. 하지만 세월에 닳고 여러 번 덧칠된 그것은 내가 아는 한 우리나 우리 가문과 무관했다.

"나도 몰라." 내가 소심하게 말했다. "새든지, 뭐 그런 거야. 틀림없이 아주 오래된 거고. 그 집이 옛날에 수도원이었대."

"그래, 충분히 일리 있는 말이야." 그가 고개를 끄덕였다. "한번 자세히 들여다봐! 그런 물건은 아주 재미있을 때가 많거든. 내생각에 그건 새매야."

우리는 계속 걸었고, 나는 몹시 쭈뼛거렸다. 갑자기 데미안이 무언가 재미있는 것이 생각난 듯이 웃었다.

"그래, 맞아. 내가 그때 너희 수업 시간에 같이 있었어." 그가 들떠서 말했다. "카인의 이마에 표시가 있다는 이야기, 맞지? 그 이야기 마음에 드니?"

천만에. 우리가 배워야 하는 것들을 통틀어 내 마음에 드는 것은 드물었다. 그러나 나는 어른과 대화하기라도 하는 것처럼 감히 그렇게 말하지 못했다. 오히려 그 이야기가 아주 마음에 든다고 했다.

데미안이 내 어깨를 두드렸다.

"에이, 내 앞에서 연기할 필요 없어. 아무튼 그 이야기는 정말 진짜로 대단한 것 같아. 수업 시간에 나오는 다른 대부분의 이야기보다 훨씬 더 대단한. 선생님은 그 이야기를 많이 하지 않았어, 신과 죄 따위에 대해서만 앵무새처럼 이야기하고. 하지만 내 생각엔 말이야…" 그가 말을 멈추고 미소 지으며 물었다. "그런데 너한테도 재미있으려나?"

"아무튼, 난 말이야…" 그가 말을 이었다. "그 카인 이야기를 전혀 다르게 해석할 수도 있다고 봐. 우리가 배우는 것들은 대부분 전적으로 참되고 올바르지만, 그것들 모두를 선생들과는 다른 시각으로 볼 수도 있거든. 그러면 대개는 그것들이 훨씬 더 나은 의미를 갖게 되지. 예를 들어 카인과 그의 이마에 있는 표시에 대한 이야기도 우리가 듣는 설명대로라면 불만스러운 구석이 있어. 너도 그렇게 생각하지 않니? 사람이 싸움을 하다가 자기 동생을 때려죽이는 일은 얼마든지 일어날 수 있어. 그런 다음에 겁에 질려 비굴하게 구는 것도 가능한 일이고. 하지만 그 사람에게 본인을 보호하고 다른 모든 사람을 겁먹게 하는 훈장을 비겁함의 대가로 따로 준다는 것은 정말 이상하잖아."

"맞아, 진짜 그래." 내가 적극적으로 맞장구를 쳤다. 나는 상황에 몰입하기 시작했다. "하지만 그 이야기를 달리 어떻게 설명한다는 거야?"

그는 내 어깨를 두드렸다.

"아주 간단해! 원래부터 있던 그 표시가 이야기의 시초였던 거야. 다른 사람들을 겁먹게 하는 무언가를 얼굴에 지닌 남자가 있었던 거지. 사람들은 감히 그를 건드리지 못했어. 그에게 위압당했지. 그와 그의 자식들에게 말이야. 어쩌면, 아니 확실히, 그 무언가는 무슨 날짜 도장처럼 정말로 이마에 찍힌 표시가 아니었을 거야. 삶이 그렇게 허술한 경우는 드물거든. 오히려 보일까 말까 한 어떤 으스스한 것이었을 가능성이 훨씬 더 높아. 그의 얼굴에 어린, 사람들에게 익숙한 정도보다 조금 더 많은 정신력과 대담성이었을 가능성이 훨씬 더 높다고. 이 남자는 힘을 갖고 있었고, 사람들은 그 앞에서 움츠러들었지. 그는 '표시'를 가지고 있었던 거야. 사람들은 이걸 자기가 원하는 대로 설명해낸 거지. '사람들'은 늘 자기를 편하게 해주고 정당화해주는 것을 원하기 마련이거든. 사람들은 카인의 자식들을 두려워했어. 그들은 '표시'를 지니고 있었으니까. 그래서 사람들은 그 표시를 진실대로 명예로운 훈장으로 설명하지 않고 정반대로 설명했던 거야. 사람들은 말했지. 이 표시를 지닌 놈들은 으스스하다고. 실제로도 그들은 으스스했어. 용기와 성격을 가진 사람은 다른 사람들이 보기에 아주 으스스하기 마련이지. 겁 없고 으스스한 종족이 근처에서 돌아다닌다는 것은 매우 꺼림칙한 일이었을 거야. 그래서 사람들은 그 종족에게 별명과 전설을 지어 붙였겠지. 그 종족에게 복수하고, 두려움을 견디느라 입은 손해를 조금이나마 벌충하기 위해서 말이야. 무슨 말인지 알겠니?"

"응, 그러니까… 카인은 나쁜 사람이 전혀 아니었다는 거지? 성경의 이야기는 전혀 진실이 아니라는 거고?"

"반은 맞았고, 반은 틀렸어. 그렇게 오래된 이야기, 까마득히 오래된 이야기는 항상 진실이야. 하지만 항상 올바로 기록되고 설명되는 것은 아니지. 간단히 말해서 내 생각은, 카인은 훌륭한 인물이었는데, 단지 사람들이 그를 두려워했기 때문에 그런 이야기를 지어냈다는 거야. 그 이야기는 그저 소문이었어. 사람들이 여기저기 떠들고 다니는 소문. 그리고 카인과 그의 자식들이 정말로 일종의 '표시'를 지니고 있었고 대부분의 사람들과 달랐다는 대목에서만큼은 전적으로 참된 소문이었어."

나는 몹시 놀랐다.

"그러니까 넌, 카인이 동생을 때려죽였다는 대목도 진실이 아니라는 거야?" 내가 절실하게 물었다.

"아니, 천만에! 그건 확실히 진실이야. 강한 사람이 약한 사람을 때려죽였어. 물론 정말로 형이 동생을 죽인 것인지는 의심해볼 수 있겠는데, 이 문제는 중요하지 않아. 따지고 보면 모든 사람은 형제간이니까. 요컨대 강자가 약자를 때려죽인 거야. 그건 어쩌면 순수한 영웅 행동이었고 또 어쩌면 아니었어. 아무튼 이제 다른 약자들은 공포에 휩싸였지. 그들은 강한 불만을 표시했고, '왜 너희도 그를 간단히 때려죽이지 않느냐?'는 질문에 '우리가 겁쟁이기 때문에'라고 대답하지 않고 이렇게 대답했어. '그럴 수 없어. 그는 표시를 지녔거든. 신이 그에게 표시를 했어!' 대충 이런 식으로 거짓 이야기가 생겨난 게 틀림없어. —이런, 내가 너를 붙잡고 있었군. 그럼 안녕!"

그는 알트가세 골목으로 접어들었고, 나는 과거 어느 때보다 심하게 놀란 상태로 홀로 남았다. 그가 떠나기 무섭게, 그가 한 모든 말이 전혀 믿을 수 없게 느껴졌다. 고귀한 카인과 겁쟁이 아벨이라니! 카인의 표시가 훈장이라니! 터무니없고 발칙하고 신을 모독하는 말이었다. 그럼 신은 무얼 했단 말인가? 신이 아벨의 제사를 받지 않았단 말인가? 아벨을 사랑하지 않았단 말인가? —아냐, 엉터리야! 나는 데미안이 나를 놀렸고 미끄러운 얼음판으로 꼬이려 했다고 짐작했다. 정말 가증스러울 만큼 영리한 놈이었다. 지껄이는 건 그의 자유지만, 그렇게 지껄이는 건 안되는 일이었다.

하지만 내가 성경의 이야기나 그밖에 이야기를 이토록 많이 곱씹은 적은 이제껏 한 번도 없었다. 또 프란츠 크로머를 이렇게 깡그리, 몇 시간 동안, 저녁 내내 잊어버린 적도 오랜만에 처음이었다. 나는 집에서 성경에 나오는 그 이야기를 다시 한 번 읽었다.

간단명료한 이야기였다. 거기에서 어떤 특별하고 은밀한 의미를 찾으려는 것은 완전히 미친 짓이었다. 그런 식이라면 모든 살인자가 자신은 신의 총애를 받는 자라고 선언할 수 있을 것이었다. 아무리 생각해도 그건 말도 안 되었다. 호감이 가는 것은 단지 데미안의 말투뿐이었다. 이토록 터무니없는 말을 그는 아주 가볍고 멋지게, 마치 모든 것이 자명하다는 듯이 늘어놓을 수 있었다. 게다가 그런 눈빛까지!

물론 나 자신에게 문제가 있는 것은 사실이었다. 실은 큰 문제가 있었다. 나는 밝고 청결한 세계에서 살아왔다. 말하자면 나 자신이 아벨이었던 셈이다. 그런데 지금 나는 "다른" 세계에 아주 깊이 처박혀 있었다. 아주 깊이 추락하고 침몰해 있었다. 하지만 내가 할 수 있는 일은 원리적으로 그리 많지 않았다! 대체 뭐가 어떻게 된 거지? 그리고 그 순간, 내 안에서 섬광처럼 떠오른 기억 때문에 정말이지 나는 숨이 멎을 뻔했다. 그날 저녁에, 지금 내가 처한 고난이 시작된 그 진절머리 나는 저녁에, 아버지가 있었다. 그때 나는 잠깐 동안 아버지와 아버지의 밝은 세계와 지혜를 한눈에 꿰뚫어보기라도 한 것처럼 경멸했었다! 그래, 그때는 나 자신이 카인이었고 카인의 표시를 지니고 있었다. 나는 그 표시가 치욕이 아니라 명예이고, 내가 나의 악함과 불행을 통해 아버지보다 우월하다고, 선하고 경건한 자들보다 우월하다고 상상했었다.

이 당시에 나의 체험은 이렇게 명료한 생각과는 거리가 멀었지만, 이 모든 것이 그 체험 속에 들어있었다. 그 체험은 느낌들이, 기이한 욕망들이 타오르는 것일 따름이었다. 그 욕망들은 나를 아프게 했지만 또한 자부심으로 채웠다.

곰곰이 생각해보니, 겁 없는 자들과 겁쟁이들에 관한 데미안의 말이 어찌나 특이하던지! 카인의 이마에 있는 표시에 대한 그의 해석이 얼마나 독특하던지! 그런 해석을 할 때 그의 눈이, 그의 비범한 어른 눈이 어찌나 경이롭게 빛나던지! 문득 이런 생각이 어렴풋이 떠올랐다. 혹시 데미안 자신이 일종의 카인이 아닐까? 자신과 카인이 비슷하다고 느끼지 않는다면 그가 왜 카인을 두둔하겠는가? 왜 그 힘을 눈여겨보겠는가? 왜 "다른" 자들, 겁 많은 자들을 그렇게 조롱하겠는가? 그들은 실은 경건한 사람들이고 신의 마음에 드는 사람들인데도 불구하고.

나는 이런 생각들을 한없이 이어갔다. 우물에 돌이 떨어진 것이었고, 우물은 나의 어린 영혼이었다. 오랫동안, 아주 오랫동안 내가 시도하는 모든 앎과 의심과 비판의 출발점은 카인과 살인과 표시가 얽힌 이 이야기였다.

나는 다른 학생들도 데미안에게 관심이 많다는 것을 눈치 챘다. 나는 카인에 관한 이야기를 누구에게도 뻥긋하지 않았는데, 그는 다른 학생들의 호기심도 일으킨 모양이었다. 적어도 "새로 온 학생"에 관한 소문이 파다한 것만큼은 분명했다. 만약에 내가 지금도 그 모든 소문들을 기억한다면, 그것들 각각을 해석해서 그를 더 잘 알 수 있을 것이다. 하지만 지금 기억나는 것은, 처음에 데미안의 어머니가 큰 부자라는 말이 있었다는 것뿐이다. 또한 그녀가 교회에 전혀 가지 않으며 그녀의 아들도 마찬가지라는 말도 있었다. 어떤 이는 그들 모자가 유대인이라고 했지만, 그들은 은밀한 무슬림일 수도 있었다. 그밖에 막스 데미안의 체력에 관한 동화 같은 이야기들이 나돌았다. 그의 학년에서 힘이 가장 센 학생이 그에게 싸움을 걸고 그가 거절하자 그를 겁쟁이라고 놀렸을 때, 그가 그 학생을 개망신시킨 것은 확실했다. 함께 있던 아이들의 말에 따르면, 데미안은 한 손만으로 그 아이의 목을 잡아 꽉 졸랐고, 그러자 그 아이는 얼굴이 창백해졌고 곧이어 슬금슬금 달아났는데 며칠 동안 한 팔을 쓸 수 없었다. 심지어 그가 죽었다는 소문이 하루 저녁 내내 돌았다. 한동안 온갖 소문이 떠돌며 호응을 얻고 흥분과 감탄을 자아냈다. 그 후 한동안은 잠잠했다. 하지만 오래 지나지 않아 우리 학생들 사이에서 새로운 소문이 돌았다. 데미안은 여자를 다루는 데 능숙하다고 했다. "다 안다"고 했다.

한편 나와 프란츠 크로머 사이의 일은 불가피하게 계속 진행되었다. 나는 그의 손아귀를 벗어나지 못했다. 가끔 그가 나를 온종일 내버려 두더라도, 나는 그에게 매인 몸이었다. 꿈속에서 그는 내 그림자처럼 함께 있었고, 나의 상상력은 그가 현실에서 하지 않은 짓을 내 꿈속에서 하게 만들었다. 꿈속에서 나는 완전하고도 철저하게 그의 노예가 되었다. 나는 현실에서보다 그런 꿈속에서 더 많이 살았고—나는 늘 꿈을 잘 꿨다—그 그림자 같은 꿈 속 세계에 힘과 삶을 소모했다. 여러 꿈을 꾸었지만, 크로머가 나를 학대하는 꿈을 자주 꾸었다. 그는 나에게 침을 뱉고 나를 무릎으로 짓눌렀으며, 더 나쁜 짓은 이것이었는데, 나를 심각한 범행으로 유인했다. 아니, 유인이 아니라 간단히 그의 강한 영향력으로 강요했다. 가장 무서운 꿈은 아버지를 습격해서 죽이는 내용을 포함했다. 크로머가 칼을 갈아서 내 손에 쥐어주었고, 우리는 가로수길의 나무들 뒤에 몸을 숨기고 서서 누군가를 기다렸다. 누구를 기다리는지는 몰랐다. 하지만 누군가 다가오고 크로머가 신호 삼아 내 팔을 움켜쥠으로써 내가 찔러 죽여야 할 표적이 그자라고 일러주었을 때, 거기에 있는 것은 아버지였다. 나는 반쯤 미친 채로 깨어났다.

이런 와중에 나는 물론 카인과 아벨도 생각했겠지만 데미안을 조금 더 많이 생각했다. 참 이상하게도 그가 처음으로 다시 나에게 다가온 것 역시 꿈에서였다. 무슨 말이냐면, 나는 학대와 폭력에 시달리는 꿈을 또 꾸었는데, 이번에는 나를 무릎으로 짓누르는 놈이 크로머가 아니라 데미안이었다. 그리고 전혀 새롭고 매우 인상적이게도 나는 고통으로 몸부림치고 저항하면서 크로머에게 당한 모든 것을 데미안에게는 기꺼이 당했다. 그러면서 공포와 쾌감이 동등하게 섞인 감정을 느꼈다. 나는 이 꿈을 두 번 꾸었다. 그 다음에는 다시 크로머가 등장했다.

이 시절에 내가 이런 꿈속에서 체험한 바와 현실에서 체험한 바를 나는 이미 오래 전부터 정확히 구분하지 못한다. 어쨌거나 나와 크로머 사이의 참담한 관계는 지속되었고, 마침내 내가 순전히 좀도둑질로 돈을 모아 그 아이에게 빚진 금액을 갚은 뒤에도 끝나거나 하지 않았다. 천만의 말씀이었다. 그는 항상 내게 돈이 어디에서 났느냐고 물었으므로, 이제 나의 좀도둑질들을 알고 있었고, 나는 예전보다 더 확실하게 그의 손아귀 안에 있었다. 그는 우리 아버지에게 모든 것을 고해바치겠다고 자주 위협했고, 그럴 때 나는 공포를 느낌과 동시에 애당초 내가 스스로 아버지에게 말하지 않은 것을 깊이 한탄했다. 공포보다 후회가 더 컸으면 컸지 결코 작지 않았다. 그럼에도, 또한 아주 비참한 내 처지에도 불구하고, 나는 모든 것을 후회하지는 않았다. 적어도 항상 후회하지는 않았다. 가끔은 모든 것이 이렇게 되어야 마땅하다는 느낌이 드는 듯했다. 내 위에 운명이 드리워있었고, 그 운명을 돌파하려는 것은 쓸데없는 짓이었다.

짐작하건대 나의 아버지와 어머니도 적잖이 힘들었을 것이다. 낯선 정령이 나를 덮쳤고, 이제 나는 우리의 공동체에 어울리지 않았다. 참으로 친밀했던 그 공동체에 대한 사무치는 그리움이 마치 잃어버린 낙원에 대한 그리움처럼 자주 나를 압도했다. 나는 나쁜 아이라기보다 병자로 대우받았다. 특히 어머니가 나를 그렇게 대했다. 하지만 나는 실제 상황이 어떠한지를 두 누이의 행동에서 가장 잘 볼 수 있었다. 아주 너그러우면서도 나를 한없이 비참하게 만든 그 행동은 내가 일종의 귀신 들린 자임을, 자신의 상태로 인해 비난보다 애도를 더 많이 받아야 할 자, 하지만 내면에 악이 확고히 자리 잡은 자임을 분명하게 알려주었다. 나는 사람들이 여느 때와 달리 나를 위해 기도한다는 것과 그 기도의 헛됨을 느꼈다. 짐을 내려놓고 싶은 열망, 진정한 회개의 욕망이 내 안에서 자주 뜨겁게 치밀었지만, 그보다 먼저 내가 아버지에게도 어머니에게도 모든 것을 제대로 말하고 설명할 수 없으리라는 걸 직감했다. 사람들은 그 모든 것을 우호적으로 받아들이고 나를 잘 감싸고 틀림없이 불쌍히 여기겠지만 완전히 이해하지는 못하리라는 것을, 그 모든 것이 실은 운명인데도 일종의 탈선으로 간주하리라는 것을 나는 알았다.

열한 살도 안 된 아이가 이런 느낌을 가질 수 있다는 것을 믿지 않을 이들도 있음을 나는 안다. 나는 내 이야기를 그들에게 들려주는 것이 아니다. 인간을 더 잘 아는 이들에게 들려주는 것이다. 느낌의 일부를 생각으로 바꿀 줄 알게 된 어른은 아이에게는 생각이 없음을 아쉬워하면서 체험마저 없다고 여긴다. 그러나 내가 인생에서 그때처럼 깊이 체험하고 앓은 적은 극히 드물다.

한번은 비오는 날에 나의 학대자 크로머가 나를 부르크플라츠 광장으로 불러냈다. 나는 그곳에 서서 기다리면서 흠뻑 젖은 검은 나무들에서 끊임없이 떨어지는 밤나무 잎을 발로 뒤적이고 있었다. 가진 돈은 없었지만, 크로머에게 뭐라도 줄 수 있기 위해 따로 챙겨두었다가 가져온 쿠키 두 개가 있었다. 그렇게 어딘가 한구석에 서서 그를 기다리는 것은 나에게 오래 전부터 익숙한 일이었다. 아주 오래 기다릴 때가 많았지만, 나는 바꿀 수 없는 것을 받아들이는 태도로 그것을 받아들였다.

마침내 크로머가 왔다. 오늘 그는 오래 머물지 않았다. 내 갈비뼈를 두세 번 쿡쿡 찌르고, 웃고, 내 손에서 쿠키를 가져가고, 심지어 젖은 담배를, 나는 받지 않았지만, 권하기까지 했다. 평소보다 더 친절했다.

"아, 참!" 그가 떠나면서 태연하게 말했다. "잊어버릴까봐 말해두는데, 다음번에 네 누나랑 같이 나올 수 있겠냐? 큰 누나랑. 누나 이름이 뭐냐?"

나는 도통 이해가 안 갔고 아무 대꾸도 하지 않았다. 놀라서 그를 바라볼 뿐이었다.

"내 말 안 들려? 네 누나를 데려와야 한다고."

"알아들었어, 크로머. 하지만 그건 안돼. 내가 그러면 안 되고, 누나도 절대로 같이 안 나올 거야."

나는 그의 말이 역시나 트집이요 핑계일 것을 각오했다. 그는 그런 식으로 무언가 불가능한 것을 요구해서 나를 당황시키고 기를 죽인 다음에 차츰 협상에 끌어들일 때가 많았다. 그러면 나는 돈이나 다른 선물로 곤경에서 벗어나야 했다.

그런데 이번만큼은 전혀 달랐다. 내가 거부했는데도 그는 전혀 화를 내지 않다시피 했다.

"그래, 그러냐…" 그가 얼버무렸다. "한번 잘 생각해봐. 내가 네 누나랑 인사하고 싶거든. 별로 어렵지 않을 거야. 네가 누나를 데리고 그냥 산책을 해, 그러면 내가 끼어들게. 내일 내가 너한테 휘파람을 불게. 그때 다시 한 번 의논해보자."

그가 멀어졌을 때, 나는 문득 그가 무엇을 욕망하는지를 어렴풋이 느꼈다. 나는 아직 완전히 아이였지만, 소년과 소녀가 어느 정도 나이를 먹으면 은밀하고 야하고 금지된 무언가를 함께 할 수 있다는 것을 주워들어 알고 있었다. 그러니까 그가 나에게 시킨 일은… 불현듯 나는 그것이 얼마나 엄청난 일인지를 분명하게 깨달았다. 곧바로 그 일을 절대로 하지 않겠다는 결심을 굳혔다. 그러나 향후에 무슨 일이 생기고 크로머가 나에게 어떻게 복수할지에 대해서는 감히 생각할 엄두가 나지 않았다. 나에게 새로운 고난이 시작된 것이었다. 그때까지의 고난으로는 충분하지 않았던 것이다.

나는 낙심하여 양손을 주머니에 넣고 빈 광장을 가로질렀다. 새로운 고통, 새로운 노예생활이라니!

그때 신선하고 낮은 목소리가 나를 불렀다. 나는 깜짝 놀라 달리기 시작했다. 누가 나를 따라 달려와 뒤에서 부드럽게 내 손을 잡았다. 막스 데미안이었다. 나는 저항하지 않았다.

"너였냐?" 내가 더듬거리며 말했다. "너 때문에 깜짝 놀랐잖아!"

그는 나를 응시했다. 그의 눈빛은 과거 어느 때보다 더 어른스럽고 우월하고 지혜로웠다. 우리가 서로 대화하는 것은 오랜만이었다.

"미안해." 예의 공손하지만 매우 분명한 어투로 그가 말했다. "하지만 이런 일에 그렇게 놀라고 그러면 안 돼."

"그건 그렇지만, 어떤 때는 놀라게 돼."

"그래, 그런 것 같구나. 하지만 잘 생각해봐. 너를 해코지하지 않은 사람 앞에서 네가 화들짝 놀라면, 그 사람은 이런저런 생각을 하게 돼. 궁금해지고 호기심이 생기니까 말이야. 그 사람은, 네가 참 특이하게 잘 놀라는구나, 하고 생각하겠지. 더 나아가, 사람들은 불안할 때 이렇게 잘 놀란다는 생각도 할 거야. 겁쟁이들은 항상 불안하지. 그렇지만 나는 네가 사실은 겁쟁이가 아닌 걸로 아는데, 안 그래? 물론 네가 영웅인 것도 아니긴 하지만 말이야. 네가 무서워하는 것들이 있지. 네가 무서워하는 사람들도 있고. 하지만 그건 바람직하지 않아. 사람을 무서워하는 일은 절대로 없어야 해. 난 안 무섭지? 그럴 리 없겠지만, 혹시 내가 무섭냐?"

"에이, 아냐. 하나도 안 무서워."

"그래, 바로 그거야. 하지만 네가 무서워하는 사람들이 있지?"

"잘 모르겠어… 날 그냥 내버려둬. 나한테 뭘 바라는 거야?"

그가 나와 발걸음을 맞췄고―나는 그를 회피할 생각으로 더 빨리 걷고 있었다―나는 그의 시선이 내 옆얼굴에 닿는 것을 느꼈다.

"한번 믿어봐." 그가 다시 말문을 열었다. "난 좋은 뜻으로 이러는 거야. 최소한 나를 무서워할 필요는 없다. 난 너랑 실험을 하나 해보고 싶어. 재미있는 실험이야. 게다가 네가 아주 유익한 교훈을 얻을 수도 있어. 잘 들어봐! 나는 가끔 독심술이라는 걸 시도하거든. 이건 마법하고는 영 거리가 먼데, 잘 모르는 사람이 보면 정말 신기하지. 이 기술로 사람들을 놀라자빠지게 할 수 있어. ―자, 한번 해보자. 나는 네가 좋아. 뭐, 너한테 관심이 있다고 해도 좋고. 그래서 나는 네 속내가 어떤지 알아내고 싶어. 그리고 벌써 알아낸 것도 있어. 방금 내가 너를 놀라게 했잖아. 그때 네가 잘 놀란다는 걸 알았지. 요컨대 네가 무서워하는 것도 있고 사람도 있어. 그런데 왜 그럴까? 사람이 사람을 무서워할 필요는 없거든. 네가 누군가를 무서워한다면, 그건 너 자신을 지배할 힘이 그 사람에게 있다고 네가 인정하기 때문이야. 예를 들어 네가 나쁜 짓을 했는데, 다른 사람이 그걸 안다고 해보자. 그러면 그 사람은 너를 지배할 힘을 가진 거야. 무슨 말인지 알겠니? 아주 쉽잖아, 안 그래?"

나는 속수무책으로 그의 얼굴을 바라보았다. 늘 그렇듯이 진지하고 영리하고 또한 호의적인 얼굴이었지만 다정한 기색은 전혀 없었다. 오히려 엄한 얼굴에 가까웠다. 정의라고 할까, 뭐 그 비슷한 것이 거기에 어려 있었다. 나에게 무슨 일이 일어나고 있는지 나는 알 수 없었다. 그는 마치 마법사처럼 내 앞에 서 있었다.

"알아들었냐고?" 그가 재차 물었다. 나는 고개를 끄덕였다. 말은 한마디도 할 수 없었다.

"봐라, 내가 말한 그대로잖아. 독심술이라는 게 보기에는 신기해도 완전히 자연스럽게 되거든. 이를테면 지난번에 내가 너한 테 카인과 아벨 이야기를 했을 때 네가 나에 대해서 무슨 생각을 했는지를 나는 꽤 정확하게 말할 수 있을 것 같은데…… 아, 이건 뜬금없는 소리구나. 또 나는 네 꿈에 내가 한번쯤 나왔을 수도 있다고 봐. 하지만 이런 얘기는 관두자! 너는 영리한 소년이야. 대 부분의 아이들은 멍청하지만! 나는 가끔 영리한 소년과 대화하 기를 좋아해. 내가 신뢰하는 소년과 말이야. 너도 싫지는 않지?"

"아니, 싫기는. 다만 내가 전혀 이해할 수 없는 게 하나 있는 데…"

"우리, 딴 얘기 말고 재미나는 실험을 계속 해보자! 지금까지 우리는 이런 것들을 알아냈어. S라는 아이는 잘 놀란다. 누군가 를 무서워한다. 아마도 그 누군가와 S가 비밀을 공유하고 있다. S 에게 아주 난처한 비밀을. 대충 맞니?"

마치 꿈속인 듯이 그의 목소리, 그의 영향력이 나를 지배했 다. 나는 고개를 끄덕일 따름이었다. 방금 저기에서 말한 목소리 는 오직 나 자신에게서 나온 것일 수밖에 없지 않은가? 그 목소 리는 모든 것을 알고 있다. 모든 것을 나 자신보다 더 잘, 더 명 확하게 알고 있다.

데미안이 내 어깨를 힘껏 두드렸다.

"그래, 맞구나. 나도 짐작하고 있었어. 이제 하나만 더 물을 게. 아까 떠난 그 아이 이름이 뭔지 아니?"

나는 화들짝 놀랐다. 건드려진 나의 비밀이 내 안으로 아프게 오그라들었다. 나의 비밀은 드러나기를 원치 않았다.

"웬 아이? 아까 아무도 없고 나만 있었어."

그가 웃었다.

"그냥 말해!" 그가 웃었다. "걔 이름이 뭐야?"

내가 속삭였다. "프란츠 크로머 말하는 거야?" 그가 만족스러운 표정으로 나를 향해 고개를 까딱했다.

"잘했어! 역시 넌 눈치 빠른 놈이야. 우리 우정은 앞으로도 변함없을 테고. 아무튼 이 말은 해야겠는데, 그 크로머인가 뭔가 하는 녀석은 나쁜 놈이야. 그 녀석 얼굴을 보니까 악당이라고 쓰여 있더군! 네가 보기엔 어때?"

"말도 마." 내가 한숨을 내쉬었다. "나쁜 놈이야. 악마야! 하지만 그 애가 알면 안 돼! 오 하나님, 걔가 알면 절대로 안 돼! 너 걔 아니? 걔가 너 알아?"

"진정해! 그 애는 갔어. 그리고 그 애는 나를 몰라, 아직은. 하지만 내가 걔를 아주 기꺼이 만나볼 생각이야. 걔가 국민학교에 다니니?"

"응."

"몇 학년?"

"5학년. 그렇지만 걔한테 아무 말 하지 마! 부탁이야, 제발 아무 말 하지 말아줘!"

"진정해, 너에겐 아무 일 없을 거야. 보아 하니 넌 그 크로머라는 녀석에 대해서 나한테 좀더 설명해줄 마음이 없겠지?"

"난 못해, 못해! 날 귀찮게 하지 마!"

그는 잠시 침묵했다.

"아깝다." 그가 다시 말문을 열었다. "우리가 실험을 조금 더할 수도 있었는데. 하지만 난 너를 괴롭힐 생각이 없어. 아무튼이건 맞지? 네가 그 아이를 무서워하는 것이 옳지 않다는 걸 너도 알지? 이런 두려움은 우릴 완전히 망가뜨리기 때문에 반드시떨쳐내야 해. 네가 올바른 놈이 되려면 이 두려움을 반드시 떨쳐내야 해. 내 말 알겠니?"

"물론 네 말이 백번 옳아… 하지만 그렇게 안 돼. 넌 뭘 몰라…"

"너도 봤듯이 내가 조금은 알아. 네가 짐작하는 것보다 더 많이 알지. 혹시 네가 걔한테 줘야 할 돈이 있니?"

"응, 그것도 맞아. 하지만 그건 진짜 문제가 아냐. 난 말할 수없어, 말 못한다고!"

"그러니까 네가 걔한테 줘야 할 금액을 내가 너한테 줘도 소용이 없겠구나? 필요하면 내가 너끈히 줄 수 있는데."

"아이 참, 그게 아니라니까. 내가 부탁할 게. 아무에게도 말하지 말아줘! 한마디도! 넌 지금 날 괴롭히고 있어!"

"나를 믿어, 싱클레어. 너는 언젠가 너희들 사이의 비밀을 나에게 털어놓을 거야."

"아냐, 영원히, 절대로!" 내가 격하게 외쳤다.

"강요하는 건 아냐. 전적으로 네 뜻에 달려있어. 내 말은, 어쩌

면 네가 나중에 더 많은 말을 하게 될 수도 있다는 거야. 물론 완
전히 자발적으로 그런다는 건, 당연한 얘기고! 너 설마 내가 크
로머처럼 굴 거라고 생각하는 건 아니겠지?"

"아이, 그건 아냐. —하지만 넌 아무것도 모르잖아!"

"전혀 모르지. 난 그냥 차근차근 생각해볼 뿐이야. 그리고 절
대로 크로머처럼 굴지는 않을 테니까, 이건 믿어줘. 생각해봐, 네
가 나한테 줘야 할 돈은 없잖아."

우리는 오랫동안 침묵했고, 나는 마음을 가라앉혔다. 그러나
데미안이 얼마나 아는지는 갈수록 더 알쏭달쏭했다.

"난 이제 집에 간다."라고 말하며 그가 빗속에서 방수 모직 외
투를 더 단단히 여몄다. "말이 나온 김에 딱 한마디만 더 할게. 너
는 그 녀석을 떨쳐내야 해. 달리 방도가 없으면 녀석을 때려죽여
버려! 만약에 네가 그렇게 하면, 나는 감탄하고 기뻐할 거야. 필
요하면 내가 도와줄 게."

나는 새삼 무서워졌다. 문득 카인 이야기가 다시 떠올랐다.
나는 소름이 끼칠 듯했고 가만히 울기 시작했다. 너무나 으스스
한 것이 나를 휘감고 있었다.

"괜찮아, 괜찮아." 막스 데미안이 미소를 지었다. "걱정 말고 집
에 돌아가! 우린 잘 헤쳐 나갈 수 있어. 물론 때려죽이는 게 가장
간단하지만. 이런 경우에는 가장 간단한 것이 가장 좋은 법이지.
너를 움켜쥔 네 친구 크로머는 좋은 놈이 아니야."

나는 집에 돌아왔다. 한 일년 만에 돌아온 것 같았다. 모든 것

이 달라 보였다. 나와 크로머 사이에 뭐랄까 미래 같은 것이, 희망 같은 것이 서 있었다. 이제 나는 혼자가 아니었다. 내가 홀로 비밀을 품고 보낸 한 주 또 한 주가 얼마나 끔찍했는지를 나는 이제야 깨달았다. 그리고 곧바로 내가 여러 번 곱씹은 생각이 떠올랐다. 부모님에게 고백하면 짐을 덜 수 있겠지만 완전히 해방될 수는 없으리라는 생각. 그런데 방금 나는 고백할 뻔했다. 그것도 남에게, 낯선 타인에게. 해방의 예감이 짙은 향기처럼 끼쳐왔다!

그러나 나의 두려움은 전혀 극복되지 않았고, 여전히 나는 나의 적과의 두렵고도 기나긴 갈등을 예상했다. 그럴수록 더 이상하게 느껴진 것은 모든 일이 아주 조용하게, 완전히 비밀리에 고요히 진행된다는 점이었다.

크로머가 우리 집 앞에서 휘파람을 불지 않은 채로, 하루, 이틀, 사흘, 일주일이 지났다. 나로서는 감히 믿을 수 없는 일이었다. 그가 갑자기, 그가 나타나리라는 예상이 완전히 사그라졌을 때 갑자기 다시 나타나지 않을까 하는 생각에 나는 내심 긴장했다. 그러나 그는 계속 나타나지 않았다. 나는 새로운 자유를 미심쩍게 여겼고 여전히 진정으로는 믿지 않았다. 그러던 어느 날 마침내 프란츠 크로머와 마주쳤다. 그는 자일러가세 골목에서 마주오는 나에게로 곧장 다가오고 있었다. 나를 보고 움찔한 그는 얼굴을 찡그려 비참한 표정을 짓더니 당장 뒤로 돌아 멀어져갔다. 나와 마주치지 않기 위해서였다.

나로서는 도저히 믿을 수 없는 장면이었다! 나의 적이 내 앞에서 달아났다! 나의 악마가 나를 무서워했다! 기쁨과 놀람이 내 온몸을 휩쓸고 또 휩쓸었다.

그 즈음에 데미안이 다시 나타났다. 그가 학교 앞에서 나를 기다렸다.

"안녕" 내가 말했다.

"안녕, 싱클레어. 잘 지내는지 한번 물어보고 싶어서. 이제 크로머가 널 건드리지 않지? 혹시 건드려?"

"네가 한 거야? 아니, 뭘 어떻게 했기에… 대체 어떻게? 난 도통 이해가 안 가는데, 요샌 걔가 완전히 사라졌어."

"잘 되었네. 걔가 언젠가 다시 나타나더라도, 내 생각에 너를 건드리지는 않을 거야. 하지만 녀석은 뻔뻔한 놈이니까, 혹시 건드리거든, 데미안을 생각하라고 말하면 돼."

"대체 뭐가 어떻게 된 거야? 네가 걔랑 싸움을 시작한 거야? 걔를 늘씬하게 두들겨 팼어?"

"아니, 난 그런 짓은 별로 좋아하지 않아. 그냥 너랑 얘기할 때처럼 그 아이랑 얘기만 했어. 그러면서 너를 그냥 놔두는 게 걔 자신에게 이익이라는 점을 분명히 깨닫게 해줬지."

"너 혹시 걔한테 돈 줬니?"

"그럴 리가 있겠니. 돈 주는 방법은 네가 벌써 써먹어봤잖아."

나는 꼬치꼬치 캐물으려 했지만, 그는 떠났다. 나는 그 앞에서 느껴온 예의 압박감과 함께 홀로 남았다. 고마움과 부끄러움, 감탄과 두려움, 호감과 내밀한 반감이 뒤섞인 그 특이한 느낌과 함께.

나는 그를 곧 다시 보기로 마음먹었다. 다시 만나서 이 모든 일에 대해서 더 많은 이야기를 나누고 싶었다. 카인에 대해서도 이야기하고 싶었다.

그러나 그렇게 되지 않았다.

감사는 전혀 미덕이 아니라고 나는 믿는다. 또 감사를 아이에게 요구하는 것은 내가 보기에 잘못이지 싶다. 그러므로 나 자신이 막스 데미안에게 전혀 감사를 표하지 않은 것을 나는 그다지 놀랍게 여기지 않는다. 지금 내가 확실히 믿거니와, 그가 나를 크로머의 손아귀에서 해방시키지 않았다면, 나는 평생을 병들고 망가진 채로 살았을 것이다. 이미 당시에도 나는 이 해방이 내 어린 시절의 가장 큰 체험이라고 느꼈다.—그러나 정작 나를 해방시킨 장본인에게는, 그가 기적을 완성하자마자, 등을 돌렸다.

거듭 말하지만, 나는 이 배은망덕을 이상하게 여기지 않는다. 내가 유일하게 특이하다고 여기는 것은 당시에 내가 호기심을 보이지 않았다는 점이다. 데미안 때문에 접하게 된 그 비밀들을 더 파헤치지 않고 가만히 지내는 것이 어떻게 나에게 단 하루라도 가능했을까? 어떻게 나는 카인에 대해서, 크로머에 대해서, 독심술에 대해서 더 듣고 싶은 마음을 억누를 수 있었을까?

이해하기 어렵지만 엄연한 사실이다. 나는 갑자기 악마의 그물에서 풀려나 있었고, 다시금 눈앞에 밝고 기쁨이 넘치는 세계가 펼쳐진 것을 보았으며, 공포의 엄습과 숨 막히는 두근거림에 더는 시달리지 않았다. 마법은 풀렸고, 이제 나는 저주 받아 고통을 겪는 자가 아니라 늘 그랬듯이 다시 어린 학생이었다. 나의 본성은 최대한 신속하게 균형과 안정을 되찾으려 했고, 따라서 무엇보다도 먼저, 수많은 추하고 위협적인 것을 떨쳐내려, 잊으려 애썼다. 나의 잘못과 공포로 얼룩진 긴 이야기는 놀랄 만큼 신속하게 미끄러지듯 내 기억에서 멀어졌다. 겉보기에 어떤 흉터도 자국도 남지 않았다.

한편 나는 나를 돕고 구원한 자도 빨리 잊으려 애썼는데, 지금의 나는 이것 역시 이해한다. 나는 내 손상된 영혼의 모든 힘을 짜내어, 내가 저주 받아 떨어진 비통의 골짜기에서, 크로머에게 매인 무시무시한 노예생활에서 벗어나 다시 과거에 내가 행복하고 만족스럽게 지내던 곳으로, 잃어버렸으나 다시 열린 낙원으로, 누이들과 순결의 향기와 신의 마음에 드는 아벨이 있는 환한 아버지와 어머니의 세계로 도피했다.

데미안과 짧은 대화를 나눈 다음날, 마침내 내가 자유를 되찾았음을 완전히 확신하고 다시 떨어질 것을 더는 두려워하지 않게 되었을 때, 나는 그동안 수도 없이 열렬하게 소망했던 바를 지체 없이 실행했다. 나는 회개했다. 어머니에게 가서 자물쇠가 부서지고 돈 대신에 장난감 동전이 들어있는 저금통을 보여주면서, 내가 나 자신의 잘못 때문에 얼마나 오래 악한 자에게 꼼짝없이 괴롭힘을 당했는지 설명했다. 어머니는 모든 말을 알아듣지는 못했지만 저금통을 보았고, 나의 달라진 눈빛을 보았고, 나의 달라진 목소리를 들었고, 내가 치유되었다고, 내가 다시 당신 품으로 돌아왔다고 느꼈다.

이어서 나는 잃어버린 아들의 귀향을, 내가 다시 받아들여졌음을 축하하는 행사를 고양된 기분으로 거행했다. 어머니는 나를 아버지에게 데려갔고, 똑같은 이야기가 반복되었고, 질문과 감탄사가 봇물처럼 쏟아졌고, 부모님은 내 머리를 쓰다듬으며 오래 참았던 한숨을 내쉬었다. 모든 것이 찬란했다. 모든 것이 이야기에서와 마찬가지였고, 모든 것이 경이로운 조화 속으로 녹아들었다.

나는 진심으로 열렬하게 그 조화 속으로 도피했다. 다시 얻은 나의 평화와 부모의 신뢰가 너무 좋아서 도무지 싫증이 나지 않았다. 나는 가정적인 아이의 본보기가 되었다. 예전보다 더 많이 누이들과 놀았고, 예배 시간에는 회개하여 죄 씻음을 받은 자의 심정으로 사랑스러운 옛날 노래를 함께 불렀다. 진심에서 우러나는 행동이었다. 거짓은 한 올도 섞여있지 않았다.

그럼에도 어딘가 영 순조롭지 않았다. 그리고 내가 생각하기에는, 내가 데미안을 잊은 것을 제대로 설명하려면 반드시 이 대목을 이해해야 한다. 나는 데미안에게 회개했어야 했다! 하지만 그것은 덜 화려하고 덜 감동적이어도 나에게는 더 두려운 일이었다. 하여 나는 예전에 살던 낙원 같은 세계를 모든 뿌리로 움켜쥐었다. 나는 귀향했고 자비롭게 받아들여졌다. 반면에 데미안은 이 세계에 전혀 속하지 않았고 맞지 않았다. 크로머와는 다른 방식으로였지만 데미안 역시 마찬가지였다. 그도 유혹자였고, 그도 나를 두 번째 세계, 악한 세계, 나쁜 세계와 연결했다. 그리고 이제 나는 그 세계에 대해서 영원히 아무것도 알고 싶지 않았다. 이제는 아벨을 포기하고 카인을 찬양하는 데 동조할 수 없었고 그럴 뜻도 없었다. 바로 나 자신이 다시 아벨이 되어있었으니까.

여기까지가 표면의 사정이었고 속사정은 이러했다. 나는 크로머와 악마의 손아귀에서 해방되었지만 나 자신의 힘으로 해방을 성취한 것은 아니었다. 내가 시험 삼아 거닐어본 세상의 길은 나에게 너무 미끄러웠다. 친구의 손이 나를 구해낸 순간, 나는 더 이상 한눈팔지 않고 내달려 어머니의 품으로, 울타리 안에서 포근함을 누리는 경건한 아이로 복귀했다. 나는 나 자신을 예전보다 더 어리게, 더 의존적이게, 더 아이답게 만들었다. 나는 크로머에게 예속됨을 새로운 예속됨으로 대체해야 했다. 나는 홀로 갈 역량이 없었던 것이다. 그래서 나는 아버지와 어머니에게 예속됨을, 내가 사랑했던 예전의 "밝은 세계"에 예속됨을 눈먼 가슴으로 선택했다. 그 세계 말고 다른 세계도 있음을 이미 알았지만 말이다. 그런 선택을 하지 않았다면 나는 데미안의 곁에 머물며 그에게 나를 맡겨야 했을 것이다. 내가 그렇게 하지 않은 것은 그의 기괴한 사상에 대한 정당한 불신 때문이라고 당시의 나는 생각했지만, 사실 그것은 단지 겁 때문이었다. 생각해보면 데미안은 나에게 더 많은 것을 요구했다. 부모님이 요구하는 것보다 훨씬 더 많은 것을 요구했다. 그는 당근과 채찍으로, 조롱과 반어(反語)로 나를 더 독립시키려 했다. 아, 지금의 나는 안다. 사람이 세상에서 가장 싫어하는 것은 자기 자신으로 향한 길을 가는 것임을!

그럼에도 반년쯤 지나서 나는 유혹을 이기지 못하고 산책길에 아버지에게 물었다. 어떤 사람들은 카인이 아벨보다 우월하다고 하는데, 그것을 어떻게 받아들여야 하느냐는 물음이었다.

아버지는 몹시 놀라면서 그것은 케케묵은 견해라고 설명했다. 아버지에 따르면, 심지어 초기 기독교 시대에도 그런 견해가 등장하여 여러 종파에서 채택되었는데 그중 하나는 스스로를 "카인파"라고 불렀다. 그러나 당연한 말이지만 이 희한한 견해는 단지 우리의 신앙을 파괴하려는 악마의 시도일 뿐이다. 왜냐하면 카인이 옳고 아벨이 그르다고 믿으면, 거기에서 나오는 결론은 신이 실수를 했다는 것, 따라서 성경의 신은 유일한 진짜 신이 아니라 가짜 신이라는 것이기 때문이다. 실제로 카인파도 이와 비슷한 것을 가르치고 설교했다. 하지만 이런 이단 사상은 벌써 오래 전에 인간 세상에서 자취를 감췄다. 아버지는 나의 학교 친구가 그런 사상을 접할 수 있었다는 것이 놀라울 따름이다. 아무튼 그런 사상은 잊어버리라고 아버지는 나에게 진지하게 훈계했다.

3장
강도 두 사람

나의 어린 시절에 대해서, 내가 아버지와 어머니 곁에서 느낀 아늑함에 대해서, 부드럽고 상냥하고 환한 환경과 하나가 된 아이의 사랑과 적당히 명랑한 생활에 대해서 이야기하면, 아름답고 정답고 사랑스러울 것이다. 그러나 나는 내가 살아오면서 나 자신에 도달하기 위해 내딛은 발걸음들에만 관심이 있다. 잠시 멈춰 쉬던 곳들, 행복의 섬들과 낙원들의 마법을 모르는 바 아니지만, 나는 그 모든 것들을 저 멀리 환한 곳에 놔두려 한다. 다시 그곳에 발을 들일 생각은 없다.

그러므로 어린 시절에 대해서 내가 하는 이야기는 나에게 다가온 새로운 것, 나를 앞으로 떠민 것, 나를 잡아챈 것에 국한될 것이다.

이런 자극들은 늘 "다른 세계"에서 왔고 두려움과 강제와 양심의 가책을 동반했다. 항상 혁명적이었고, 내가 거기 머물 수만 있었다면 기꺼이 머물렀을 평화를 해쳤다.

어느덧 원초적인 욕망이 나 자신 안에서 꿈틀거림을 새롭게 발견할 수밖에 없는 시절이 도래했다. 허용된 밝은 세계에서 그 욕망은 움츠러들고 숨어야 했다. 누구에게나 그렇듯이, 서서히 깨어나는 성감(性感)이 적이자 파괴자로서, 금기이자 유혹이자 죄로서 나를 덮쳤다. 나의 호기심이 추구하는 그것, 나의 꿈과 욕망과 두려움을 일으키는 그것, 사춘기의 커다란 비밀은 아이인 내가 울타리 안에서 평화롭게 누리는 지고의 행복과 전혀 어울리지 않았다. 나는 모든 사람과 마찬가지로 행동했다. 실은 이제 아이가 아닌 아이의 이중생활을 했다. 나의 의식은 허용된 친숙한 세계에서 살았다. 부옇게 밝아오는 새로운 세계를 부인했다. 그러나 다른 한편으로 나는 지하(地下)의 꿈과 욕망과 바람 속에서 살았다. 저 의식적인 삶은 갈수록 더 겁에 질리며 이것들 위로 다리를 놓았다. 내 안의 아이 세계가 무너져가는 것이었다. 거의 모든 부모가 그렇듯이, 나의 부모님도 깨어나는 생명의 욕망들을 돕지 않았다. 그것들을 언급하지 않았다. 현실을 부인하고 계속 아이 세계에, 갈수록 더 비현실적이고 기만적이어지는 그 세계에 거주하려는 나의 부질없는 노력만을 한량없이 꼼꼼하게 도왔다. 나는 부모가 이 문제와 관련해서 많은 것을 할 수 있는지 의문이며 나의 부모님을 비난하지 않는다. 나를 감당하고 나의 길을 찾는 것은 나 자신의 몫이었다. 그리고 유복한 아이들이 대개 그렇듯이, 나는 나의 몫을 잘 해내지 못했다.

모든 사람이 이 난관을 겪어낸다. 평범한 이들의 인생에서 이것은 자기 고유의 삶에 대한 요구가 환경과 가장 심하게 부딪히는 시기, 앞으로 나아가는 길을 가장 쓰라리게 쟁취해야 하는 시기이다. 소중한 모든 것이 우리를 떠나려 하고 우리를 둘러싼 우주 공간의 외로움과 치명적인 차가움이 갑자기 느껴질 때, 아이다움이 푸석푸석해지고 서서히 무너져갈 때, 많은 이들이 우리의 운명인 죽음과 거듭남을 일생에서 딱 한번 체험한다. 그리고 아주 많은 이들이 영원히 이 절벽에 매달려, 돌이킬 수 없게 지나가버린 것에, 잃어버린 낙원의 꿈, 모든 꿈 중에 가장 해롭고 살인적인 그 꿈에 평생토록 달라붙는다.

다시 이야기로 돌아가자. 아이다움의 종말을 나에게 알린 감각들과 꿈들은 그다지 중요하지 않으므로 언급하지 않겠다. 중요한 것은, "어두운 세계", "다른 세계"가 다시 나타난 것이었다. 한때 프란츠 크로머였던 것이 이제 나 자신 안에 박혀있었다. 게다가 바깥에서도 다시금 "다른 세계"가 나를 지배하기 시작했다.

때는 크로머와의 일이 있은 지 여러 해 뒤였다. 그 극적이고 잘못 많았던 내 인생의 한 시기는 이때 나에게 아주 멀게 느껴졌다. 아무 흔적 없이 지나가버린 짧은 악몽과도 같았다. 프란츠 크로머는 이미 오래 전에 내 인생에서 사라졌다. 나는 그와 마주치더라도 신경을 쓰지 않다시피 했다. 그러나 나의 비극에 등장하는 또 다른 주요 인물 막스 데미안은 내 주변에서 이제 더는 완전히 사라지지 않았다. 하지만 그는 오랫동안 멀리 가장자리에 서 있는 모습으로 눈에 띌 뿐, 힘을 발휘하지 않았다. 그러다가 차츰 다시 다가와 다시 힘을 발산하고 영향을 끼쳤다.

나는 이 시기의 데미안에 대해서 내가 아는 바를 떠올리려 애쓰는 중이다. 어쩌면 내가 일 년이나 그보다 더 오래 그와 한마디 말도 나누지 않았을 수도 있다. 나는 그를 피했고, 그가 불쑥 다가오는 일은 한번도 없었다. 한번인가 우리가 마주쳤을 때 그가 나에게 고갯짓을 했다. 그 후 때때로 나는 그의 친절함에서 조롱과 반어적인 비난이 희미하게 배어난다고 느꼈지만, 그것은 나만의 상상이었을 수도 있다. 내가 그와 함께 겪은 일, 그리고 그때 그가 나에게 끼친 특이한 영향은 나에게나 그에게나 잊힌 것과 다름없었다.

나는 그의 모습을 찾아 기억을 더듬는다. 그리고 이렇게 곰곰이 그를 생각하다보니, 그가 저만치에 있고 내가 그를 바라보는 광경이 보인다. 나는 그가 혼자서 혹은 비교적 큰 아이들 틈에서 학교에 가는 것을 본다. 그가 이질적이고 외롭고 조용하게 마치 별처럼 그들 사이에서 떠도는 것을, 그 자신만의 공기에 둘러싸여 그 자신만의 법에 따라 사는 것을 본다. 아무도 그를 사랑하지 않았고 그와 친하지 않았다. 오로지 그의 어머니만 예외였다. 그러나 그는 자신의 어머니도 아이답지 않고 어른답게 상대하는 듯했다. 선생들은 그를 가능하면 내버려두었고, 그는 우수한 학생이었지만 어느 누구의 마음에도 들려고 애쓰지 않았다. 그가 선생에게 더할 나위 없이 심하게 도발적으로 또는 반어적으로 내뱉었다는 단어나 논평이나 반론에 대한 소문을 우리는 몇 번이나 들었다.

눈을 감고 기억을 더듬으니, 내 앞에 그의 모습이 나타난다. 저기가 어디였더라? 그래, 이제 생각난다. 우리 집 앞의 골목이었다. 어느 날 나는 거기에 서있는 그를 보았다. 그는 공책을 손에 들고 무언가 그리고 있었다. 그가 그리는 것은 우리 집 현관 문 위에 있는 문장, 새가 들어있는 오래된 문장이었다. 나는 창가에 서서 커튼 뒤에 몸을 숨기고 그를 지켜보았다. 그 문장을 향한 그의 골똘하고 침착하고 밝은 얼굴을 보면서 나는 깊이 경탄했다. 그것은 어른의 얼굴, 과학자나 예술가의 얼굴이었다. 우월하고 의지가 충만하며 유난히 밝고 침착했으며, 눈은 지혜로웠다.

내 눈앞에 다시 그가 보인다. 조금 지난 후에 길거리에서였다. 학교에서 집으로 가던 우리는 모두 쓰러진 말을 둘러싸고 서 있었다. 말은 여전히 연결봉에 매인 채로 짐마차 앞에 누워서 뻥 뚫린 콧구멍을 허공에 대고 애써 가련하게 숨을 헐떡거렸고, 보이지 않는 상처에서 흘러나온 피가 말 옆 길바닥의 하얀 먼지를 차츰 흥건하게 적셔 어두운 색으로 만들었다. 내가 메스꺼움을 느껴 그 광경을 보지 않으려고 시선을 돌렸을 때, 데미안의 얼굴이 보였다. 그는 애써 앞으로 나오지 않고 맨 뒤에 편안하고 꽤 우아하게 서 있었다. 그에게 어울리는 모습이었다. 말의 몸뚱이를 향한 듯한 그의 골똘한 눈빛은 이번에도 깊고 고요했으며 광기마저 풍기면서도 초연했다. 나는 그를 오래 바라볼 수밖에 없었고, 당시에 무언가 아주 기이한 것을 아직은 무의식적으로 느꼈다. 나는 데미안의 얼굴을 보았다. 나는 그가 아이의 얼굴이 아니라 어른의 얼굴을 가졌다는 것만 본 것이 아니다. 나는 다른 것도 보았는데, 당시에 나는 그의 얼굴이 남자 어른의 얼굴도 아니라 무언가 다른 것임을 보았다고 또는 감지했다고 믿었다. 그의 얼굴에 무언가 여자 얼굴의 특징도 들어있는 듯했다. 요컨대 한순간 내 눈에 그의 얼굴은 남자답거나 아이답지 않았고 늙거나 젊지도 않았으며, 뭐랄까 천년은 묵은 듯한, 왠지 시간을 초월한 듯한, 우리가 사는 시간과는 다른 시간의 흐름이 새겨진 듯한 얼굴이었다. 동물들은 그렇게 보일 수 있었다. 또는 나무나 별도. ―나는 몰랐다. 지금 어른인 내가 말하는 바를 당시에 나는 정확히 지각하지 못했다. 그러나 무언가 그 비슷한 것을 지각했다. 어쩌면 그는 아름다웠고 내 마음에 들었을 테고, 어쩌면 나의 반감도 일으켰을 텐데, 이것조차도 판단할 수 없었다. 나는 그저 보았을 뿐이다. 그는 우리와 달랐다. 그는 동물이나 정령이나 그림 같았다. 아니, 그가 어땠는지 나는 모른다. 아무튼 그는 달랐다. 가늠할 수 없을 만큼 우리 모두와 달랐다.

기억이 나에게 해주는 말은 여기까지가 전부다. 또한 어쩌면 이 기억에도 더 나중에 받은 인상이 섞여있을지 모른다.

나는 나이를 여러 살 더 먹고 나서야 마침내 다시 그와 더 친밀하게 접촉했다. 데미안은 관례에 따라 정해진 나이에 교회에서 견신례를 받지 않았는데, 이것에 대해서도 곧 소문이 나돌았다. 그가 실은 유대인이다, 아니 이교도다 하는 이야기가 다시 학교 안에 떠돌았고, 어떤 이들은 그와 그의 어머니가 아예 종교를 믿지 않거나 어떤 해괴하고 사악한 종파에 속해 있다고 주장했다. 이와 관련해서 그와 그의 어머니가 마치 애인사이처럼 산다는 의혹도 있었던 것 같다. 짐작하건대 그는 당시까지 신앙 없이 성장해왔는데 이제는 그것이 그의 미래에 이런저런 방식으로 해로울 법했을 것이다. 어쨌거나 그의 어머니는 이제 그를 또래보다 2년 늦게 견신례에 참가시키기로 결정했다. 그리하여 그는 나와 함께 한 달 동안 견신례 학습을 받게 되었다.

한동안 나는 철저히 그를 피했다. 그와 관계 맺고 싶지 않았다. 내가 느끼기에 그는 너무 많은 소문과 비밀에 휩싸여 있기도 했지만, 무엇보다도 크로머와의 일 이후 내 안에 남은 부채감이 내 마음에 걸렸다. 게다가 바로 그 시기에 나는 나 자신의 비밀들을 감당하기에도 벅찼다. 나의 견신례 학습은 성(性)에 관한 결정적인 깨달음과 시기가 일치했고, 경건한 가르침에 대한 나의 관심은 선한 의지에도 불구하고 그 일치로 인해 심히 저해되었다. 성직자가 말하는 내용은 나에게서 멀리 떨어진 고요하고 신성한 비현실세계에 있었다. 그것은 아주 아름답고 가치 있을지는 몰라도 전혀 현실적이거나 설레지 않았던 반면, 성에 관한 것들은 더할 나위 없이 현실적이고 설레었다.

이런 사정 때문에 내가 견신례 학습에 심드렁해지면 질수록, 나의 관심은 다시 막스 데미안에게 더 바투 다가갔다. 우리가 어떤 실로 연결되어있는 듯했다. 나는 그 실을 최대한 정확하게 추적해야 한다. 내가 기억하는 한에서 시초는 교실 안에 붉은 햇빛이 아직 들던 어느 이른 아침의 수업시간이었다. 우리의 종교 선생이 카인과 아벨의 이야기를 하기 시작했다. 나는 한눈을 팔았다. 졸면서 거의 다 한 귀로 듣고 한 귀로 흘려보냈다. 그때 그 목사가 격앙된 목소리로 카인의 표시에 대하여 힘주어 말하기 시작했다. 그 순간 나는 일종의 다독임 혹은 타이름을 감지했고 고개를 들어 앞줄에 앉은 데미안이 나를 향해 돌린 얼굴을 보았다. 그의 밝은 눈은 무언가 말하는 듯했는데, 그 눈이 표현하는 바는 냉소일 수도 있고 진정성일 수도 있었다. 그는 단 한순간만 나를 바라보았지만, 나는 갑자기 긴장해서 목사의 말에 귀를 기울였다. 나는 목사가 카인과 그의 표시에 대해서 하는 말을 들었고, 진실은 그가 가르치는 대로가 아니고 그 이야기를 다르게 볼 수도 있으며 그의 가르침에 대해서 비판이 가능하다는 앎을 나의 내면 깊은 곳에서 감지했다.

이 짧은 시간에 데미안과 나 사이의 연결이 복구되었다. 그리고 신기하게도, 그렇게 영혼의 차원에서 어떤 연대감을 느끼자마자 그 연결이 마법처럼 공간으로 전이되는 것을 나는 보았다. 그가 나서서 그렇게 만든 것인지 아니면 순전히 우연인지 나로서는 알 수 없었지만—당시에 나는 우연이라고 굳게 믿었다—며칠 뒤에 데미안이 갑자기 종교 수업 때 앉는 자리를 내 자리 바로 앞으로 바꿨다(지금도 생생히 기억한다. 빈민구호소가 따로 없는 비좁은 교실의 비참한 공기 속에서 아침에 그의 목덜미에서 풍기는 신선하고 향긋한 비누 냄새를 나는 얼마나 즐겨 들이마셨던가!).

그리고 다시 며칠 후 그는 또 내 옆으로 자리를 바꿔서 겨울 내내 그리고 봄이 다 가도록 그 자리에 머물렀다.

나의 아침 수업은 완전히 달라졌다. 이제 더는 졸리고 지루하지 않았다. 나는 아침이 빨리 오기를 기다렸다. 때때로 우리 둘은 목사의 말을 매우 주의 깊게 들었다. 내 옆자리의 그가 눈짓을 한번만 보내면 나는 무엇이 특이한 이야기이고 이상한 말인지 알아챘다. 그리고 그의 아주 특별한 또 다른 눈짓은 내 안에서 비판과 의심을 일으키라는 타이름을 내게 전달하기에 충분했다.

그러나 우리는 나쁜 학생일 때가 아주 많았다. 그럴 때 우리는 강의를 전혀 듣지 않았다. 데미안은 선생과 학우에게 항상 예절바르게 굴었다. 나는 그가 어린 학생 특유의 객기를 부리는 것을 한번도 보지 못했다. 그가 큰 소리로 웃거나 떠드는 일도, 선생에게 꾸중을 듣는 일도 전혀 없었다. 그러나 그는 아주 조용하게, 속삭임보다 신호와 눈짓을 더 많이 활용하여 나로 하여금 그의 관심사를 공유하게 할 줄 알았다. 때때로 그의 관심사는 특이했다.

예컨대 그는 자신이 어떤 학생들에게 관심이 있고 그들을 어떤 식으로 탐구하는지 말했다. 그는 몇 명을 아주 자세히 알고 있었다. 그는 수업 전에 나에게 "내가 너한테 엄지손가락으로 신호를 보내면, 저 친구하고 저 친구가 우리를 돌아보거나 뒷목을 긁을 거야." 따위의 말을 했다. 이어진 수업 중에 나는 그의 말을 거의 잊을 때가 많았는데, 그럴 때 막스가 갑자기 눈에 띄는 동작으로 나를 향해 엄지손가락을 돌리면, 나는 재빨리 그가 지목했던 학생을 바라보았다. 그리고 매번 그 학생이 마치 실에 매어 있기라도 한 것처럼 막스가 말했던 동작을 하는 것을 보았다. 나는 막스에게 선생을 상대로도 한번 해보라고 졸랐지만, 그는 하지 않으려 했다. 그러나 어느 날 내가 수업에 들어와서 그에게 말하기를, 오늘은 내가 숙제를 안 했기 때문에 목사가 나에게 질문을 하지 않기를 간절히 바란다고 하자, 그가 나를 도왔다. 목사가 교리문답 한 구절을 낭송시킬 학생을 물색할 때였다. 교실을 두루 훑던 목사의 시선이 잘못을 알고 지레 겁먹은 나의 얼굴에서 멈췄다. 그가 천천히 다가오면서 나를 향해 손가락을 들고 내이름을 부르려는 찰라—갑자기 딴 생각이 났는지 혹은 어딘가 불편했는지, 그는 옷깃을 만지더니 그를 빤히 바라보는 데미안을 향해 다가갔다. 데미안에게 질문을 하려는 것 같았다. 그러나 놀랍게도 그는 다시 방향을 돌려 잠시 헛기침을 하더니 다른 학생에게 낭송을 요구했다.

이 장난을 아주 재미있게 즐기면서 나는 나의 친구가 나를 상대로 똑같은 놀이를 자주 한다는 것을 차츰 깨달았다. 내가 등굣길에 데미안이 내 뒤에 온다는 느낌이 문득 들어 돌아보면 그가 정말로 뒤에 있었던 것이 떠올랐다.

"정말로 넌 다른 사람이 네가 원하는 생각을 반드시 하도록 만들 수 있는 거야?" 내가 그에게 물었다.

그는 특유의 어른스러운 방식으로, 객관적이고 차분하게, 기꺼이 알려주었다.

"아니." 그가 말했다. "그렇게 할 수 있는 사람은 없어. 사람은 자유의지가 없거든. 물론 우리 목사는 있는 척 하지만. 다른 사람이 자기가 원하는 생각을 할 수도 없고, 내가 그 사람으로 하여금 내가 원하는 생각을 하게 만들 수도 없어. 하지만 누군가를 잘 관찰할 수는 있지. 그러면 그가 무얼 생각하거나 느끼는지를 꽤 정확하게 알 수 있을 때가 많아. 그럴 때는 대개 그가 다음 순간에 무엇을 할지 미리 알 수 있어. 단지 사람들이 모를 뿐이지, 아주 간단해. 당연히 연습은 필요해. 예를 들어 나비 중에는 야행성인 놈들이 있는데, 그 놈들은 암컷이 수컷보다 훨씬 드물어. 그 나비는 모든 동물과 마찬가지로 번식해. 수컷이 암컷을 수정시키고 나면 암컷이 알을 낳지. 만일 네가 이 야행성 나비 암컷을 가지고 있다면 말이야, 이건 자연과학자들이 여러 번 검증한 사실인데, 그러면 밤에 그 암컷에게로 수컷들이 날아오지. 그것도 아주 먼 곳에서 여러 시간 동안 날아서 말이야. 생각해봐, 여러 시간 동안. 그 모든 수컷들은 몇 킬로미터 떨어진 암컷 한 마리를 감지하는 거야! 사람들은 이걸 설명하려 하지만 쉽게 되지 않아. 모종의 후각이나 뭐 그런 것이 있는 게 분명해. 이를테면 좋은 사냥개가 눈에 띄지 않는 흔적을 발견하고 추적할 수 있는 것처럼 말이야. 무슨 말인지 알겠니? 수컷 나비의 능력도 그래. 자연은 그런 것들로 가득 차 있고, 아무도 그것들을 설명할 수 없지. 그런데 이걸 명심해야 해. 만약에 그 나비 암컷이 수컷만큼 흔하다면, 그 수컷들의 코는 그렇게 예민하지 않을 거야. 녀석들의 예민한 코는 단지 훈련의 결과일 따름이야. 동물이나 사람이 온 마음과 의지를 한 가지 일에 집중하면, 그 일은 이루어지기 마련이지. 이게 전부야. 네가 궁금해 하는 능력도 똑같아. 한 사람을 충분히 세밀하게 관찰해봐. 그러면 그 사람에 대해서 그 자신보다 더 많이 알게 될 거야."

나는 "독심술"이라는 단어를 입 밖에 내어 그로 하여금 오래 전에 있었던 크로머와의 일을 회상하게 할 뻔했다. 그러나 이것 역시 우리 둘 사이의 기이한 일이었는데, 그가 여러 해 전에 내 삶에 그토록 중대하게 개입했었음을 조금이라도 시사하는 행동을 그도 나도 절대로, 단 한 번도 하지 않았다. 우리 사이에 과거는 전혀 없는 듯했다. 또는 상대방이 과거를 잊었다는 것이 우리 각자의 확고한 전제인 듯했다. 심지어 한번인가 두 번 거리를 함께 걷다가 프란츠 크로머와 마주쳤을 때에도 우리는 시선을 교환하지 않았으며 그에 대해서 한마디도 하지 않았다.

"그럼 아까 의지에 대해서 한 말은 뭐야?" 내가 물었다. "사람은 자유의자가 없다고 네가 그랬잖아. 그래놓고 나중엔 사람이 자신의 의지를 무언가에 집중하면 목표를 이룰 수 있다고 다시 말했어. 앞뒤가 안 맞아! 내가 내 의지의 주인이 아니라면, 내가 내 의지를 마음대로 여기나 저기에 집중할 수도 없잖아."

그가 내 어깨를 두드렸다. 내가 그를 기쁘게 할 때, 그가 늘 하는 동작이었다.

"좋은 질문이야!" 그가 웃으며 말했다. "사람은 항상 묻고 항상 의심해야 하지. 하지만 이 문제는 아주 간단해. 예컨대 그 야행성 나비가 별이나 뭐 그런 것에 의지를 집중하려 한다면, 녀석은 실패할 거야. 다만 녀석이 그런 시도를 아예 하지 않을 뿐이지. 녀석은 자신에게 의미와 가치가 있는 것만, 자기에게 필요한 것, 자기가 반드시 가져야 하는 것만 추구해. 그리고 바로 그렇게 함으로써 믿기 어려운 일을 이뤄내는 거지. 녀석 외에 어떤 동물도 갖지 않은 마법 같은 여섯 번째 감각을 개발한단 말이야. 물론 두말 할 필요 없이 우리 사람은 동물보다 관심사도 더 많고 선택의 범위도 더 넓어. 하지만 우리도 꽤 좁은 범위 안에 묶여 있고 그 바깥으로 나갈 수 없지. 내가 이런저런 환상을 품는 건 얼마든지 가능해. 이를테면 반드시 북극에 가겠다거나 뭐 그런 바람을 품을 수 있겠지. 하지만 충분히 강하게 의지하고 실행하는 것은, 바람이 온전히 내 안에 있을 때만, 나의 본질이 온통 그 바람으로 충만할 때만 가능해. 그럴 때라면, 그러니까 네가 내면에서 우러나는 명령에 따르려 할 때라면, 그렇게 돼. 그럴 때라면 너는 너의 의지를 좋은 말(馬)처럼 다잡을 수 있지. 예컨대 지금 내가 우리 목사님이 앞으로는 안경을 쓰지 않게 만들겠다고 나선다면, 그건 이루어지지 않아. 그건 그저 장난이니까. 하지만 지난 가을에 내가 저 앞이던 내 자리를 바꾸겠다는 의지를 확고하게 품었을 때는, 내 의지가 아주 잘 이루어졌어. 그때는 알파벳 순서로 내 앞인데 그때까지 아파서 출석하지 않던 학생이 갑자기 나타났고, 누군가가 그 학생에게 자리를 내주어야 했기 때문에, 당연히 내가 내줬지. 내 의지는 기회를 지체 없이 붙잡을 준비가 되어있었으니까."

"그랬구나." 내가 말했다. "나도 그때 참 이상하다고 느꼈어. 우리가 서로에게 관심을 갖게 된 순간부터 너는 내 쪽으로 점점 더 가까이 옮겨왔지. 그런데 그건 왜 그랬니? 네가 처음부터 곧장 내 옆자리로 오지는 않았어. 처음 몇 번은 내 앞에 앉았었잖아. 왜 그런 거야?"

"그건 이래. 처음에 자리를 바꾸고 싶다는 마음이 들었을 때는 나도 내가 어디로 가고 싶은지 잘 몰랐어. 그냥 멀리 뒷자리에 앉고 싶다는 것만 알았지. 내 뜻은 네 곁으로 오는 것이었는데, 내가 그걸 아직 의식하지 못했던 거야. 그와 동시에 네 뜻이 맞장구를 치면서 나를 도왔고. 그때 네 앞자리에 앉으니까 비로소 내 바람이 반만 충족되었다는 걸 알게 되더군. 내가 정말로 원한 것은 다름 아니라 네 곁에 앉는 것이라는 걸 깨달았지."

"하지만 그때는 새로 들어온 학생이 없었잖아."

"그래, 없었지. 하지만 난 그냥 내 뜻대로 다짜고짜 네 곁에 앉았어. 나랑 자리를 바꾼 아이는 그저 놀라기만 했지, 나를 막지 못했어. 목사님도 자리 변화가 생긴 것을 한번 눈치 채긴 했어.—그런데 목사님은 나를 상대할 때면, 어떤 상황에서든 간에 어김없이, 어찌 된 영문인지 남몰래 불편해지거든. 무슨 말이냐면, 목사님은 내 이름이 데미안이란 걸 알고, 이름에 D가 들어있는 내가 S가 들어있는 한참 뒤의 학생 앞에 앉은 건 잘못되었음을 알아. 하지만 이 얇은 그의 의식에 진입하지 못해. 왜냐하면 내의지가 그것에 반대하고 내가 그것을 매번 방해하니까. 목사님은 무언가 잘못되었다는 것을 몇 번이나 눈치 채고 나를 바라보면서 꼼꼼히 살피기 시작해. 정말 훌륭한 선생님이지. 하지만 나한테는 간단한 대응책이 있어. 그럴 때마다 나는 목사님을 빤히, 뚫어지게 바라보는 거야. 사람들은 거의 다 그런 시선을 잘 견디지 못하거든. 다들 불안해지기 마련이지. 네가 누군가에게 무언가를 얻어내려는 마음을 품고 불시에 그를 정면으로 빤히 바라보는데, 그가 전혀 불안해하지 않는다면, 포기하도록 해. 그에게서는 아무것도 얻어낼 수 없어, 절대로! 하지만 그런 사람은 아주 드물어. 정말이지 내가 아는 사람 중에 이 방법이 통하지 않는 사람은 단 한 명뿐이야."

"그 사람이 누군데?" 내가 서둘러 물었다.

그는 약간 작아진 눈으로 나를 응시했다. 무언가를 숙고할 때, 그의 눈은 그렇게 작아지곤 했다. 그러다가 그는 대답 없이 시선을 딴 데로 돌렸고, 나는 강렬한 호기심에도 불구하고 질문을 되풀이할 수 없었다.

하지만 나는 그때 그가 언급한 유일한 사람이 그의 어머니라고 믿는다. —그는 어머니와 아주 친밀한 사이인 듯했지만 내 앞에서 어머니를 언급하거나 나를 집으로 데려가는 일은 한 번도 없었다. 나는 그의 어머니가 어떻게 생겼는지도 모르다시피 했다.

이 시절에 나는 데미안처럼 내 의지를 무언가에 집중해서 그것을 반드시 이뤄내는 시도를 몇 번 했다. 내가 느끼기에 충분히 절실한 바람들이 있었다. 하지만 소용없었다. 아무것도 이루어지지 않았다. 나는 이 문제를 데미안과 상의하는 굴욕을 무릅쓸 수 없었다. 설령 상의하더라도, 나의 바람이 무엇인지를 그에게 고백할 수 없을 것 같았다. 그도 묻지 않았다.

그러는 사이에, 종교적인 문제들에 관한 나의 믿음에 구멍이 몇 개 생겼다. 물론 나는 온전히 데미안의 영향으로 특정한 생각을 품게 된 나 자신과 완전한 불신앙을 드러내는 일부 학우를 잘 구별했다. 그런 아이들이 몇 명 있었다. 그들은 종종 신에 대한 믿음은 우스꽝스럽고 인간의 존엄을 해치며, 삼위일체와 예수의 동정녀 탄생 따위의 이야기들은 한마디로 웃음거리이고, 오늘날에도 이런 허튼소리를 퍼뜨리고 다니는 자들이 있다는 것은 부끄러운 일이라는 식의 말을 수군거렸다. 나는 전혀 그렇게 생각하지 않았다. 심지어 이런저런 의심을 품었을 때에도 나는 경건한 삶이 실제로 있다는 것과 예컨대 나의 부모님이 그런 삶을 어떻게 꾸려가는지를, 경건한 삶이 저급한 것도 꾸며낸 것도 아님을 어린 시절의 체험 전체에 근거해서 잘 알고 있었다. 오히려 나는 종교에 대해서 전과 다름없이 깊디깊은 외경심을 갖고 있었다. 다만, 데미안 덕분에 나는 이야기와 교리를 더 자유롭게, 더 개인적으로, 더 놀이하듯이, 더 많이 상상하면서 바라보고 해석하는 것에 익숙해졌다. 적어도 나는 그가 넌지시 내놓는 해석들을 늘 기꺼이 또한 즐기면서 경청했다. 말할 필요도 없겠지만, 많은 경우에 그의 해석은 나에게 너무 과격했다. 카인에 대한 해석도 그랬다. 또 언젠가 견신례 수업에서 그는 카인에 대한 해석보다 한층 더 대담할 수도 있는 견해로 나를 경악시켰다. 선생님이 골고다에 대해서 말할 때였다. 구세주의 고통과 죽음에 관한 성경의 보고는 아주 어릴 때부터 나에게 깊은 인상을 남겼다. 꼬마였던 나는 때때로, 이를테면 성금요일에 아버지가 예수의 수난 이야기를 낭독하고 나면, 진심으로 또한 홀린 듯이, 아프도록 아름답고 창백하며 한편으로 유령 같으면서도 엄청나게 생생한 그 세계에서, 겟세마네 동산과 골고다 언덕에서 살았다. 또 바흐의 〈마태수난곡〉을 들으면, 그 불가사의한 세계의 음울하고 강력한 고난의 광채가 온갖 신비한 전율과 함께 나를 덮쳤다. 지금도 나는 그 작품과 〈애도 행사Actus tragicus〉(바흐작품번호 106-옮긴이)에서 모든 시와 모든 예술적 표현의 총체를 발견한다.

　그런데 그 수업 막바지에 데미안이 나에게 신중한 어투로 말했다. "싱클레어, 이 이야기에는 내 마음에 안 드는 점이 있어. 한번 다시 읽으면서 맛을 음미해봐. 밍밍한 맛이 나는 곳이 있어. 어디냐면, 강도 두 명이 나오는 대목. 언덕 위에 십자가 세 개가 나란히 서있는 광경은 정말 멋져! 하지만 정직한 강도가 나오는 그 감상적인 대목은 교회 유인물에나 어울려. 그 강도는 아주 몹쓸 짓을 저지른 범죄자였어. 이것저것 온갖 짓을 저질렀겠지. 그런데 이제 와서 마음이 녹아내려서는 눈물이 철철 넘치는 참회와 개선의 축제를 벌이는 거야! 무덤을 두 걸음 앞두고 그렇게 참회하는 것이 대체 무슨 의미가 있는지, 네가 안다면 제발 얘기해다오. 이것도 완전히 설교용 이야기일 뿐이야. 순전히 신앙심을 고취하려고 감동의 기름을 발라서 지어낸 달착지근하고 부정직한 이야기. 만약에 네가 오늘 두 강도 중에 한 명을 친구로 선택해야 하거나 둘 중 누구를 신뢰해야 할지 고민해야 한다면, 눈물 쏟으며 회개한 그 강도는 절대로 아냐. 아니고말고. 오히려 다른 강도가 맞아. 그자는 괜찮은 놈이고 성격이 있어. 회개를 비웃잖아. 하긴 그의 입장에서 회개란 단지 떨떠름한 잡소리일 수 있겠지. 그는 끝까지 자신의 길을 간다고. 그가 여기까지 오는 동안 그를 도와야 했던 악마와의 관계를 마지막 순간에 비겁하게 끊지 않아. 그는 성격 있는 인물이야. 그리고 성격 있는 사람들은 성경 이야기에서 너무 짧게 등장하곤 하지. 어쩌면 그도 카인의 후예일 거야. 네 생각도 그렇지 않아?"

나는 몹시 당황했다. 이제까지 나는 이 십자가 이야기를 아주 잘 안다고 믿었는데, 내가 얼마나 몰개성적으로, 얼마나 생각과 상상 없이 그 이야기를 듣고 읽었는지 새삼 깨달았다. 그럼에도 내가 느끼기에 데미안의 새로운 생각은 치명적이었고 내가 반드시 고수해야 한다고 믿었던 내 안의 개념들을 뒤엎을 위험이 있었다. 이건 아니었다. 모든 이야기를, 심지어 가장 신성한 이야기를 이런 식으로 뒤집을 수는 없었다.

늘 그랬듯이 그는 내가 말을 꺼내기도 전에 곧바로 나의 반발을 눈치 챘다.

"그래, 나도 알아." 그가 양보하는 어투로 말했다. "이건 오래된 이야기야. 너무 심각하게 생각하지 말라고! 하지만 이 말은 해야겠다. 이 대목을 비롯한 여러 곳에서 이 종교의 결함을 아주 또렷하게 볼 수 있단다. 무슨 말이냐면, 이 신, 구약과 신약의 신은 온통 대단한 존재이긴 하지만 그가 대표해야 마땅한 것을 배제하거든. 봐봐, 신은 선한 분, 귀한 분, 아버지다운 분, 아름답고 높은 분, 다정한 분이야—암, 그렇고말고! 그러나 세계는 다른 요소로도 이루어졌거든. 그런데 이 종교에서는 그 다른 요소를 간단히 몽땅 악마에게 할당해. 그러고는 세계를 이루는 이 부분 전체, 이 반쪽 전체를 억누르고 철저히 침묵시키지. 이를테면 신을 뭇 생명의 아버지로 찬양하면서도, 정작 생명을 지탱하는 성생활에 대해서는 아예 입을 다물고 기회가 나면 악마의 짓이요 죄라고 선언하기까지 하잖아. 나는 사람들이 이 여호와라는 신을 공경하는 것을 반대하지 않아, 전혀. 하지만 난 우리가 모든 것을 공경하고 신성시해야 마땅하다고 봐. 인위적으로 떼어놓은 이 공식적인 반쪽만이 아니라 온전한 세계 전체를! 그러려면 신을 위한 예배와 더불어 악마를 위한 예배를 드려야 해. 나는 그게 옳은 것 같아. 아니면, 자기 안에 악마도 품은 신을 만들어내야 할 것 같아. 그 신 앞에서라면 사람들은 자연스럽기 그지없는 세상일이 벌어질 때 눈을 감을 필요가 없겠지."

그는 그답지 않게 감정이 격해지다시피 했지만 곧바로 다시 미소를 머금었다. 더는 나를 몰아붙이지 않았다.

그러나 그의 말은 내가 어린 시절 내내 항상 품어왔지만 남에게 입도 뺑긋한 적 없는 수수께끼에 적중했다. 그때 데미안이 신과 악마에 대해서, 신적이며 공식적인 세계와 침묵당하는 악마적 세계에 대해서 한 말은 정말이지 정확히 나 자신의 생각, 나자신의 신화, 두 세계 혹은 한 세계의 양쪽 절반, 즉 밝은 절반과 어두운 절반에 대한 생각이었다. 내 문제가 모든 사람의 문제, 모든 삶과 사상의 문제라는 깨달음이 문득 신성한 그림자처럼 내위에 드리웠고, 나의 가장 고유하고 개인적인 삶과 생각이 거대한 이념들의 영원한 흐름에 얼마나 깊이 동참해 있는가를 알고 불현듯 실감했을 때, 두려움과 외경심이 나를 덮쳤다. 그 깨달음은 왠지 나를 북돋고 행복하게 하기는 했지만 기쁘게 하진 않았다. 그 깨달음은 준엄하고 씁쓸했다. 왜냐하면 그 안에 책임이, 이제 더는 아이일 수 없음이, 혼자임이 울림처럼 들어있기 때문이었다.

나는 가장 오래 전 유치원 시절부터 품어온 "두 세계"에 대한 나의 생각을 친구에게 이야기했다. 그토록 깊은 비밀을 털어놓는 것은 난생 처음이었다. 친구는 나의 가장 깊은 감정이 그의 말을 수긍하고 동의한다는 것을 곧바로 알아챘다. 그러나 그런 상황을 이용해먹는 것은 그에게 어울리지 않았다. 그는 과거 어느 때보다 더 주의 깊게 내 말을 경청했고, 내가 어쩔 수 없이 시선을 돌릴 때까지, 내 눈을 응시했다. 내가 눈을 돌린 것은 그의 눈빛에서 다시금 그 특이한 동물적 무시간성을, 가늠할 수 없는 나이를 보았기 때문이었다.

"다음번에 더 이야기하자." 그가 나를 배려하며 말했다. "보아하니 너는 말로 표현할 수 있는 것보다 더 많은 생각을 하는 모양이다. 그렇다면 너도 알겠지만, 너는 네 생각을 온전히 삶으로 옮긴 적이 한번도 없다는 건데, 그건 좋지 않아. 오로지 우리의 삶으로 옮겨진 생각만 가치가 있거든. 너는 너의 '허용된 세계'가 세계의 절반일 뿐이라는 걸 알았지만 목사들과 선생들처럼 나머지 절반을 억누르려 애써왔어. 하지만 잘 안 될 거야. 생각하기 시작한 사람이라면 누구도 그렇게 할 수 없으니까."

나의 가장 깊은 곳을 찌르는 말이었다.

"그렇지만…" 나는 소리를 지르다시피 했다. "금지된 추한 것들이 엄연히 실제로 있다는 건 맞잖아. 너도 부인할 수 없잖아! 그것들은 분명히 금지되었어. 우리는 그것들을 하지 말아야 해. 살인이 있고 온갖 죄악이 있을 수 있다는 건 나도 당연히 알아. 그렇지만 단지 죄악이 있다는 이유로 내가 그리 가서 범죄자가 되어야 하겠니?"

"오늘 하루에 다 할 이야기가 아니라니까 그러네." 막스가 나를 달랬다. "네가 사람을 때려죽이거나 성적인 쾌락을 위해 여자애를 죽여야 한다는 게 아냐, 절대로. 하지만 너는 '허용'과 '금지'의 진정한 의미를 깨달을 수 있는 지점에 아직 이르지 못했어. 너는 진리의 한 조각을 어렴풋이 감지했을 뿐이야. 내가 장담하는

데, 다른 조각이 또 나타날 거야. 예를 들어 지금 너는 대충 1년 전부터 어떤 욕망을 가지고 있어. 그 욕망은 다른 모든 욕망보다 더 강한데, '금지된' 욕망으로 통하지. 그런데 그리스인을 비롯한 다른 많은 민족들은 정반대로 그 욕망을 신적인 것으로 삼고 큰 축제를 열어 경배해. 이처럼 '금지'는 영원하지 않아. 바뀔 수 있어. 또 지금은 누구나 한 여자와 함께 목사 앞에서 혼례를 올리기만 하면 당장 그 여자와 동침해도 돼. 하지만 다른 민족들에서는 그렇지 않아, 지금도 여전히 말이야. 그렇기 때문에, 허용된 것이 무엇이고 금지된 것이 무엇인지를 우리 각자가 스스로 발견해야 해. 자기에게 금지된 것을 자기 스스로 발견해야 한다고. 금지된 행동을 하는 사람이 큰 악당인 경우는 절대로 없어. 큰 악당이 금지된 행동을 하는 경우도 절대로 없고. 실은 편안하냐가 관건이야! 자신을 생각하고 스스로 자신의 재판관 노릇을 하기에는 너무 편안한 사람은 그때그때 있는 금지조항에 자기를 끼워맞추지. 쉽게 말이야. 반면에 자기 안의 명령을 스스로 감지하는 사람도 있어. 그런 사람에겐 모든 신사가 날마다 하는 행동이 금지된 행동이고 다른 사람들이 금지하는 행동이 허용된 행동이지. 누구나 스스로 서야 해."

그는 이렇게 많은 이야기를 한 것을 문득 후회하는 듯이 말을 멈췄다. 이미 그때 나는 그의 기분을 어느 정도 느낌으로 파악할 수 있었다. 그는 자신의 생각을 아주 유쾌하게 또한 겉보기에 대충 내놓곤 했지만, 언젠가 그가 한 말마따나 "단지 떠들기 위한" 대화는 죽어도 용납할 수 없었다. 그런 그가 나에게서 진정한 관심과 더불어 과도한 장난기를, 재치 있게 지껄이기를 너무 즐기는 태도를, 한마디로 오롯한 진정성의 결여를 감지했던 것이다.

"오롯한 진정성"이라고 써놓고 다시 읽으니, 불현듯 다른 장면이 떠오른다. 내가 아직 반쯤 아이였던 이 시기에 막스 데미안과 함께 겪은 가장 인상 깊은 장면이다.

우리가 견신례를 받을 날이 다가왔고, 막바지 종교 수업의 주제는 최후의 만찬이었다. 목사님에게는 중요한 시간들이었다. 그는 그 시간들을 은혜롭고 감동적이게 만들고자 애썼다. 그러나 그 마지막 두 번의 학습시간에 나의 생각은 다른 것에, 다름 아니라 내 친구에 매여 있었다. 우리에게 교회 공동체에 입회하는 엄숙한 예식으로 설명된 견신례가 다가오는 것을 보면서, 반년 정도 진행된 이 종교학습의 가치가 나에게는 우리가 배운 바에 있지 않고 데미안이 곁에서 끼친 영향에 있다는 생각이 내 안에서 불가피하게 고개를 들었다. 이제 나는 교회에 입회할 준비가 아니라 전혀 다른 교단에, 어떤 식으로든 지상에 존재해야 하는 사상과 개성의 교단에 입회할 준비를 마친 것이었다. 나는 내 친구가 그 교단의 대표자나 전령이라고 느꼈다.

나는 이 생각을 억누르려 애썼다. 견신례를 어느 정도 품위 있게 치르는 것은 나에게 모든 것을 떠나서 중대한 일이었고, 이 중대한 일은 나의 새로운 생각과 조화를 이루기 어려워 보였다.

하지만 나는 내가 의지하는 바를 실행하고 싶었다. 내 안에 엄연히 있는 그 생각은 임박한 견신례에 대한 생각과 차츰 결합했고, 나는 그 교회 예식을 다른 사람들과 다르게 치를 준비가 되어있었다. 나에게 그 예식은, 내가 데미안에게 배운 대로, 사상의 세계에 들어가는 예식을 의미해야 옳았다.

그 즈음 나는 다시 한 번 그와 열띤 논쟁을 벌였다. 학습시간을 코앞에 둔 때였다. 내 친구는 무뚝뚝했고, 아마도 꽤나 조숙하고 거창했을 나의 말을 반기지 않았다.

"우리는 말이 너무 많아." 그가 평소와 달리 진지하게 말했다. "영리한 말은 아무 가치가 없어, 전혀. 사람을 자기 자신에게서 멀어지게 할 뿐이니까. 자기에게서 멀어지는 것은 죄악이야. 사람은 자기 안으로 완전히 기어들어갈 수 있어야 해, 거북처럼."

곧이어 우리는 교실에 들어섰다. 수업이 시작되었고, 나는 집중하려고 애썼으며, 데미안은 그러는 나를 방해하지 않았다. 얼마 후에 나는 내 옆에 그가 앉은 자리에서 이상한 기운을 느끼기 시작했다. 공허나 차가움, 혹은 그 비슷한 기운이어서, 모르는 사이에 그 자리가 빈 것 같았다. 그 느낌이 나를 옭죄기 시작했을 때, 나는 고개를 돌렸다.

그리고 내 친구가 평소와 다름없이 곧고 바른 자세로 앉아있는 것을 보았다. 그러나 그럼에도 그는 평소와 전혀 달라 보였다. 내가 모르는 무언가가 그에게서 나와 그를 감쌌다. 나는 그가 눈을 감았다고 믿었지만, 실제로 보니 그는 눈을 뜨고 있었다. 그러나 그의 눈은 아무것도 바라보지 않았다. 보는 눈이 아니었다. 멍하니 내면을, 혹은 아주 먼 곳을 향해 있었다. 그는 꼼짝없이 앉아 있었고, 숨조차 쉬지 않는 듯했으며, 그의 입은 나무나 돌로 된 조각품 같았다. 그의 얼굴은 창백했다. 돌처럼 어느 곳이나 골고루 핏기가 없었다. 그에게서 가장 생기 있는 부분은 갈색 머리카락이었다. 그의 손은 앞 걸상 위에 생기 없이 정지한 채로 마치 물건처럼, 돌이나 열매처럼 움직임 없이 창백하게 놓여있었지만 축 늘어져있지 않았다. 오히려 숨어있는 강한 생명을 둘러싼 튼튼하고 좋은 껍질 같았다.

그 광경을 보며 나는 전율했다. 그가 죽었어! 라고 생각했고, 그렇게 외칠 뻔했다. 그러나 그가 죽지 않았음을 나는 알았다. 나는 홀린 듯이 그의 얼굴에, 돌처럼 굳은 그 창백한 얼굴에 시선을 고정했고, 이것이 데미안이야! 라고 느꼈다. 평소의 데미안, 나와 걷고 대화할 때의 데미안, 잠시 어떤 역할을 맡고, 적응하고, 호의로 동참하는 데미안은 반쪽 데미안에 불과했다. 반면에 진짜 데미안은 이런 모습이었다. 이렇게 석조품 같고, 태고의 존재 같고, 동물 같고, 돌 같고, 아름답고 차가우며, 죽었으면서도 듣도 보도 못한 생명으로 충만했다. 그리고 그를 감싸고 있는 이 고요한 공허, 이 에테르와 별들의 공간, 이 외로운 죽음!

지금 그가 완전히 자기 안으로 들어갔음을 느끼며 나는 전율했다. 나는 그토록 철저하게 외톨이가 되어본 적이 없었다. 나는 그와 별개였다. 나에게 그는 도달할 수 없는 상대, 세상에서 가장 먼 섬보다 더 먼 상대였다.

이 광경을 보는 사람이 나뿐이라는 것을 납득하기 어려웠다! 모두 여기를 보고 전율을 느껴야 했다! 그러나 아무도 그를 주목하지 않았다. 그는 그림처럼, 또한 나로서는 이렇게 생각할 수밖에 없었는데, 우상처럼 뻣뻣하게 앉아있었다. 파리 한 마리가 그의 이마에 앉아 천천히 코를 지나 입술로 기어갔지만, 그의 표정은 미동도 없었다.

어디에, 그는 지금 어디에 있을까? 무엇을 생각할까? 무엇을 느낄까? 그는 천국에 있을까? 아니면 지옥에?

그에게 묻는 것은 나로서는 불가능했다. 수업이 끝나고 그가 다시 살아나 숨쉬는 것을 내가 보았을 때, 그와 나의 눈이 마주쳤을 때, 그는 평소와 다름없었다. 그는 어디에서 왔을까? 어디에 있었을까? 그는 피곤해 보였다. 그의 얼굴은 혈색을 되찾았고, 그의 손은 다시 움직였지만, 갈색 머리카락은 이제 광채를 잃었고 지친 듯했다.

이어진 며칠 동안 나는 여러 번 내 침실에서 새로운 연습에 몰두했다. 의자에 꼿꼿이 앉아 시선을 고정하고 미동도 없이 버티면서, 내가 얼마나 오래 버티는지, 그러면서 무얼 느끼는지 알아보았다. 하지만 그저 피곤하고 눈꺼풀이 못 견디게 간지러울 뿐이었다.

그로부터 얼마 지나지 않아 견신례를 치렀는데, 그에 대해서는 중요한 기억이 남아있지 않다.

그리고 모든 것이 달라졌다. 나를 둘러쌌던 아이다움이 산산이 부서졌다. 부모님은 적잖이 난감한 심정으로 나를 바라보았다. 누이들은 나에게 전혀 낯선 존재가 되어있었다. 나는 이를테면 환상에서 깨어났고, 익숙한 느낌들과 기쁨은 뒤틀리고 퇴색했다. 정원은 향기가 없었고, 숲은 매혹적이지 않았고, 나를 둘러싼 세상은 오래 묵어 떨이로 내놓은 상품처럼 멋없고 진부했으며, 책은 종이였고, 음악은 소음이었다. 그렇게 가을 나무 주변에 잎이 떨어지고, 나무는 그것을 느끼지 못한다. 나무에 비나 햇살이나 서리가 내리고, 생명은 천천히 나무 안의 가장 깊고 좁은 곳으로 움츠러든다. 나무는 죽지 않는다. 기다린다.

방학이 끝나면 나는 처음으로 집을 떠나 다른 학교로 가기로 되어 있었다. 때때로 어머니가 유난히 다정하게 다가와 이별을 예습하면서 나의 가슴에 사랑과 향수와 잊지 못할 추억을 심으려 애썼다. 데미안은 여행을 떠나고 없었다. 나는 혼자였다.

4장
베아트리체

방학이 끝나자 나는 내 친구를 다시 보지 못한 채 St로 갔다. 부모님이 두 분 다 동행했고, 온갖 정성을 다하여 나를 김나지움 선생이 운영하는 기숙사에 맡겼다. 내가 거기에서 어떤 것들과 마주치게 될지를 그때 부모님이 알았다면, 그분들은 얼이 빠져 굳어버렸을 것이다.

세월이 흐르면 내가 좋은 아들이자 쓸 만한 시민이 될 수 있을 것인가, 아니면 나의 본성이 다른 길을 열망하는가는 여전히 질문으로 남아있었다. 아버지의 집과 정신을 그늘 삼아 그 아래에서 행복을 누리려는 나의 마지막 시도는 오래 지속되었고 때때로 성공에 이를 뻔도 했지만 결국 완전히 실패로 돌아갔다.

견신례를 치르고 맞은 방학에 난생 처음으로 느낀 특이한 공허감과 외로움(이 공허, 이 희박한 공기를 나는 나중에 또 어떻게 만났던지!)은 그리 쉽게 가시지 않았다. 고향과의 이별은 이상할 정도로 쉬웠다. 솔직히 내가 슬프지 않다는 것이 부끄러울 정도였다. 누이들은 하염없이 울었는데, 나는 그럴 수 없었다. 나 자신이 몹시 놀라웠다. 나는 늘 감정이 풍부한 아이였고 기본적으로 꽤 착한 아이였다. 그런데 그때 나는 완전히 달라져있었다. 나는 바깥 세상에 전혀 무관심하게 굴었고, 하루 종일 나의 내면에 귀를 기울여 격류의 소리를 듣는 데 몰두했다. 금지된 격류, 내 안의 지하에서 흐르는 그 격류의 소리를 말이다. 그전엔 안 그랬는데 지난 반년 동안 아주 빠르게 성장한 나는 길쭉하고 마르고 미숙한 꼴로 세상에 솟아올라 있었다. 아이의 사랑스러움은 나에게서 자취를 감췄다. 이런 나를 사랑할 사람은 없다고 나 스스로 느꼈고, 나 자신도 나를 전혀 사랑하지 않았다. 막스 데미안이 애타게 그리울 때가 많았다. 그러나 그를 증오하고 내 삶이 황폐해진 것을 그의 탓으로 돌릴 때도 적지 않았다. 나는 황폐해진 나의 삶을 어떤 추한 질병처럼 받아들였다.

우리 기숙학교에서 나는 초기에 사랑도 주목도 받지 못했다. 사람들은 처음엔 나를 놀리더니 어느새 멀찌감치 떨어져서 나를 내숭쟁이요 불쾌한 별종으로 취급했다. 나는 그 역할이 마음에 들어 더욱 과장했고 나를 원망하면서 고립시켰다. 나의 고립은 겉으로는 늘 사내답기 그지없는 초연함으로 보였지만, 속으로 나는 우울과 절망의 엄습에 가슴이 찢어질 때가 많았다. 학교에서 나는 고향에서 이미 쌓은 지식을 곱씹어야 했다. 내 학년의 수준은 내가 과거에 속했던 학년보다 조금 떨어졌고, 나는 또래들을 아이로 얕잡아보는 것에 익숙해졌다.

그렇게 일년여가 흘러갔고, 방학을 맞아 처음으로 집에 돌아온 일도 새로운 울림을 일으키지 못했다. 나는 기꺼이 다시 떠났다.

때는 11월 초였다. 나는 날씨에 아랑곳없이 생각에 잠겨 짧은 산책을 하는 것에 익숙해져있었다. 산책 중에 나는 자주 일종의 환희를 누렸다. 우울로 가득 찬 환희, 세계와 나 자신에 대한 경멸을 만끽했다. 축축한 안개가 낀 어느 어스름한 저녁에 나는 그렇게 도시의 변두리를 쏘다녔다. 어느 공원의 넓은 가로수길이 텅 비어 쓸쓸한 모습으로 나를 초대했다. 그 길에 낙엽이 두텁게 쌓여있었고, 나는 음침한 성욕으로 발을 놀려 낙엽들을 헤집었다. 습하고 쓸쓸한 냄새가 났고, 먼 나무들이 안개 속에서 유령처럼 크고 어렴풋하게 나타났다.

가로수길 끝에서 나는 마음을 정하지 못하고 멈춰 섰다. 검은 잎들을 응시하면서 죽음과 풍화의 축축한 향기를 게걸스럽게 맡았다. 내 안의 무언가가 그 향기를 반겨 호응했다. 아, 그때 삶의 맛은 얼마나 칙칙했던가!

저쪽 옆길에서 한 사람이 옷깃 빳빳한 외투 자락을 바람에 날리며 걸어왔다. 나는 다시 출발하려 했는데, 그가 나를 불렀다.

"안녕, 싱클레어!"

그가 다가왔다. 우리 기숙사에서 가장 나이가 많은 알폰스 베크였다. 나는 그와 상대하기를 늘 즐겼고, 그가 자신보다 어린 학생을 대할 때면 한결같이 그렇듯이 항상 빈정대는 삼촌처럼 나를 대한다는 것이 문제일 뿐, 그에게 다른 불만은 없었다. 그는 힘이 엄청 세고 우리 기숙사의 사감을 쥐락펴락한다고들 했다. 그는 김나지움 학생들 사이에 떠도는 수많은 소문의 주인공이었다.

"여기서 뭐하냐?" 우리보다 큰 사람들이 가끔 우리와 눈높이를 맞추려 할 때 내는 상냥한 목소리로 그가 외쳤다. "아하, 알겠다. 시를 짓고 있구나."

"끼어들지 마." 내가 쌀쌀맞게 퇴짜를 놓았다.

그는 소리 내어 웃고 내 옆에서 나란히 걸으며 수다를 떨었다. 그런 행동은 나에게 이미 낯설어져 있었다.

"내가 이해를 못하거나 할까봐 걱정할 필요 없어, 싱클레어. 뭐랄까, 이렇게 저녁에 안개 속을 걸으면서, 아 이렇게 가을 분위기 나는 사색에 잠겨 있으면, 저절로 시를 읊게 되잖아. 나도 알 건 안다고. 죽어가는 자연에 관한 시, 잃어버린 젊은 날을 자연에 빗댄 시. 하인리히 하이네를 보라고."

"난 그렇게 감상적이지 않아." 내가 반발했다.

"그래, 아니면 아닌 거지 뭐! 아무튼 이런 날엔 포도주나 뭐 그런 게 있는 조용한 곳에 가는 게 좋을 성싶은데, 같이 갈래? 지금 나 완전히 혼자거든. —혹시 싫으냐? 만일에 네가 모범적인 아이이고 싶다면 말이다… 친구야, 난 너를 유혹하는 놈이 되고 싶지 않아."

곧이어 우리는 교외의 작은 술집에 앉아 큼직한 잔을 부딪치며 성분이 의심스러운 포도주를 마셨다. 처음에 나는 심드렁했지만, 그래도 그것은 새로운 경험이었다. 하지만 포도주에 익숙하지 않은 나는 얼마 지나지 않아 말이 엄청나게 많아졌다. 내 내면의 창이 열리고 세계가 그 안으로 비쳐드는 듯했다. —얼마나 오랫동안, 정말 얼마나 지독하게 오랫동안 나는 영혼에서 우러나는 말을 한마디도 하지 않고 살았던가! 나의 상상력이 발동하기 시작했고, 나는 그 한가운데 들어있던 카인과 아벨의 이야기를 꺼내놓았다!

베크는 내 말을 즐겁게 경청했다—드디어 나에게서 무언가를 받는 타인이 생겼다! 그는 내 어깨를 두드리며 나를 대단한 놈이라 불렀고, 나는 억눌렸던 발설과 소통의 욕구를 한껏 풀어내고 연장자에게 인정과 대접을 받는 희열로 가슴이 벅차올랐다. 그가 나를 천재적인 똘아이라고 불렀을 때, 그 말은 달콤하고 독한 포도주처럼 내 영혼으로 흘러들었다. 세계는 새로운 색으로 타올랐고, 내 안의 불손한 샘 백 곳에서 생각이 솟아났고, 내 안에서 정령과 불이 이글거렸다. 우리는 선생과 학우에 대해서 이야기했고, 내가 느끼기에 서로를 더할 나위 없이 잘 이해했다. 우리는 그리스인과 이방인에 대해서 이야기했고, 베크는 나로 하여금 연애 경험을 죄다 털어놓게 하려 했다. 나는 그의 말을 거들 수 없었다. 나는 아무 경험도 없었다. 이야기할 것이 없었다. 내가 속으로 느끼고 구상하고 상상한 바가 내 안에 뜨거운 응어리로 들어있긴 했지만, 그것이 포도주에 녹아 소통 가능하게 되는 일은 일어나지 않았다. 베크는 여자에 대해서 훨씬 더 많이 알고 있었고, 나는 그 동화 같은 이야기를 후끈 달아올라서 들었다. 나는 믿을 수 없는 것을 알게 되었다. 가능하다는 생각을 한 번도 못해본 것이 엄연한 현실이 되었고, 당연하게 느껴졌다. 알폰스 베크는 18년쯤 되었을 그의 삶에서 이미 경험을 쌓아놓았다. 예컨대 그가 경험한 바로는, 처녀는 까다로워서 오직 아침과 친절만 받으려 한다는 말이 있는데, 그것은 아주 그럴듯하지만 진실이 아니다. 상대가 유부녀라면 성공 확률이 더 높다. 유부녀는 훨씬 더 똑똑하다. 예컨대 공책과 연필을 파는 가게의 주인인 야겔트 부인과는 말이 통한다. 그 가게의 판매대 뒤에서 벌어진 모든 일은 어느 장부에도 기록되지 않는다.

나는 이야기에 흠뻑 빠져 마비된 듯이 앉아있었다. 하지만 내가 야겔트 부인을 사랑할 수는 없을 것 같았다. —하지만 어쨌거나 난생 처음 듣는 이야기였다. 샘물이 흐르는 듯했다. 적어도 나보다 나이가 많은 사람들을 위한 샘물, 내가 한번도 꿈꿔보지 못한 샘물이. 물론 약간 이상한 부분도 있었고, 모든 대목에서 내가 상상한 사랑의 맛보다 더 일상적이고 맹맹한 맛이 났다. —하지만 그래도 그것은 현실이었다. 삶이고 모험이었다. 그것을 이미 경험해서 당연하게 여기는 사람이 내 곁에 앉아있었다.

우리의 대화는 약간 시들해졌다. 무언가 빠져나가버렸다. 어느새 나는 천재적인 꼬마 악당이기를 그치고 그저 남자 어른의 말을 경청하는 아이가 되어있었다. 하지만 여러 달 또 여러 달 전부터 줄곧 이어져온 내 삶에 비하면, 그 상황은 여전히 낙원처럼 감미로웠다. 더구나 내가 차츰 느끼기 시작했듯이, 술집에 앉아

있다는 것부터 우리가 주고받은 이야기까지, 그것은 금지된 상황, 절대로 금지된 상황이었다. 아무튼 나는 정신을 맛봤고, 그 정신에서 혁명의 맛이 났다.

나는 그 밤을 아주 또렷하게 기억한다. 차갑고 축축한 밤, 늦은 시각에 우리 둘이 부옇게 타오르는 가스등 아래를 지나고 또 지나 집으로 돌아올 때, 나는 난생 처음으로 술에 취했다. 기분이 좋기는커녕 몹시 괴로웠다. 하지만 그러면서도 무언가 자극적이고 달콤했다. 반란, 흥청거리는 축제, 삶, 그리고 정신. 베크는 나를 생초짜라며 호되게 나무라면서도 듬직하게 보살폈다. 그는 나를 반쯤 들쳐 메고 집으로 돌아왔고, 열린 복도 창문으로 용케 나와 함께 숨어들었다.

그러나 내가 곯아떨어져 아주 잠깐 자고 나서 아픔을 느끼며 맨 정신으로 깨어났을 때, 터무니없는 슬픔이 밀려들었다. 나는 낮에 입던 셔츠 차림 그대로 침대 위에 앉아있고, 내 옷가지와 신발은 바닥에 흩어져있고, 담배와 토사물의 냄새가 나고, 두통과 메스꺼움과 지독한 갈증 사이로 못 본지 오래된 광경이 내 영혼 앞에 나타났다. 나는 고향과 부모님의 집을, 아버지와 어머니, 누이들과 정원을 보았다. 고요하고 포근한 나의 침실, 학교와 시장, 데미안과 견신례 학습시간을 보았다. 그리고 이 모든 것이 환했다. 모두 광채를 냈고, 모두 경이롭고 성스럽고 순수했다. 그리고 내가 문득 깨달았듯이, 그 모든 것, 어제까지만 해도, 몇 시간 전만 해도 나의 소유였고 나를 기다렸던 그 모든 것이 지금, 바로 지금은 침몰하고 망가졌으며 더는 내 소유가 아니고, 나를 밀쳐내고, 나를 향해 역겨운 표정을 짓고 있었다. 가장 이르고 찬란한 어린 시절부터 내가 부모님으로부터 경험한 모든 사랑과 친밀함, 어머니의 입맞춤 하나하나, 모든 성탄절, 우리 집에 경건하고 환하게 밝아오던 모든 일요일 아침, 정원의 꽃 하나하나—모든 것이 폐허가 되어있었다. 내가 모든 것을 짓밟아버린 것이었다! 지금 당장 집행관이 나타나 나를 포박해서 인간쓰레기요 신전모독자라는 이유로 교수대로 끌고 간다면, 나는 동의하며 기꺼이 따라갈 것 같았다. 그것이 올바르고 좋은 일이지 싶었다.

바로 이것이 나의 내밀한 모습이었다! 이리저리 쏘다니며 세상을 경멸한 나! 자신만만한 정신으로 데미안의 생각을 공유한 나! 인간쓰레기에다 더러운 돼지, 술에 취하고 오염된, 역겹고 천박한, 추악한 욕망의 노예가 된 한 마리 비참한 짐승—이것이 나의 꼬락서니였다. 순결하고 찬란하고 우아하고 다정한 것들만 있는 저 정원에서 자란 나, 바흐의 음악과 아름다운 시를 사랑한 나의 꼬락서니! 나 자신의 웃음소리, 술에 취해 제멋대로 바보처럼 왈칵왈칵 터져 나오는 그 웃음을 여전히 들으며 나는 역겨움과 분노를 느꼈다. 그것이 바로 나였다!

하지만 이 모든 것에도 불구하고 이런 고통을 겪는 것은 즐거운 일에 가까웠다. 너무나 오랫동안 나는 눈멀고 둔감한 상태로 구석에 기어들어가 있었다. 내 마음이 하도 오래 곤궁하게 구석에 앉아 침묵했기에, 이런 자기 비난, 이런 섬뜩함, 영혼으로 느끼는 이 모든 추악함조차도 반가웠다. 이것도 엄연히 느낌이었다. 불꽃이 타올랐고, 그 안에서 심장이 박동했다! 나는 비참하게 휩쓸려든 절망의 한복판에서 뭐랄까 해방이라 할 만한 것을, 봄이라 할 만한 것을 느꼈다.

아무튼 이 시기에 나는 겉으로 보기에 유능하게 타락했다. 첫 도취는 얼마 지나지 않아 더 심한 도취에게 첫 경험의 지위를 내주었다. 우리 학교에서는 많은 학생이 술집에 드나들고 일탈행동을 했다. 나는 그런 학생들 중에 가장 어린 편이었는데, 패거리가 마지못해 끼워주는 꼬마의 신세를 금세 벗어나 주동자이자 스타가 되었다. 유명하고 대담한 술꾼이 된 것이다. 나는 다시 한번 어두운 세계에, 악마의 편에 온전히 속했고, 그 세계에서 걸출한 놈으로 통했다.

그러면서 참담한 기분이었다. 나는 나 자신을 조직적으로 파괴하면서 삶을 소진하고 있었고, 학우들은 나를 대장이자 대단한 놈으로, 엄청나게 자신만만하고 재치 있는 녀석으로 여겼지만, 나의 내면 깊은 곳에서는 겁에 질린 영혼이 걱정으로 가득 차 떨고 있었다. 지금도 기억하는데, 눈물이 난 적도 있다. 일요일 오전에 어느 술집에서 나오다가 거리에서 노는 아이들을 보았을 때였다. 말쑥하게 빗어 넘긴 머리에 일요일 옷차림으로 밝고 즐겁게 노는 아이들. 또한 나는 허름한 술집의 더러운 탁자에서 맥주 기운에 껄껄 웃으며 신선한 조롱과 냉소로 친구들을 즐겁게 하고 자주 놀라게 하는 동안에도, 은밀한 내면에서는 내가 비웃는 모든 것을 경외했고, 속으로 울면서 나의 영혼, 나의 과거, 나의 어머니 앞에, 신 앞에 무릎을 꿇었다.

내가 동행들과 하나가 된 적이 한번도 없는 것, 내가 그들 사이에서 끝내 외톨이로 남으면서도 그런 상황을 받아들일 수 있었던 것에는 그럴 만한 이유가 있었다. 나는 가장 거친 사람들의 심성을 추구하는 술집의 영웅이요 풍자가였다. 나는 선생과 학교와 부모와 교회에 대해서 생각하고 말할 때 정신과 용기를 드러냈다. 음담패설을 들어도 끄떡없었고 나 스스로 해보기까지 했다. 그러나 내 패거리가 여자들에게 갈 때 나는 한번도 동행하지 않았다. 그렇게 호기 있게 지껄였으면 방탕한 호색한다워야 했겠지만, 나는 외톨이였고, 사랑을 향한 열망으로, 그 가망 없는 열망으로 타오를 뿐이었다. 나보다 더 쉽게 상처 받는 놈, 더 숫기 없는 놈은 없었다. 가끔 내 앞으로 지나가는 젊은 중산층 처녀들을 보면, 예쁘고 청결하고 밝고 우아한 그들은 나에게 경이롭고 순결한 꿈이었다. 나보다 천배는 더 훌륭하고 순결했다. 한동안 나는 야겔트 부인의 종이가게에도 갈 수 없었다. 그녀를 보면서 알폰스 베크에게서 들은 그녀에 관한 이야기를 떠올리면 내 얼굴이 빨개지기 때문이었다.

나의 새로운 패거리 안에서 나 자신이 줄곧 이질적인 외톨이라는 의식이 깊어질수록, 나는 점점 더 그 패거리를 벗어나지 못했다. 내가 술을 퍼마시고 허풍을 떠는 것을 진짜로 좋아한 적이 한번이라도 있는지 지금은 잘 모르겠다. 더구나 나는 끝내 술에 익숙해지지 못해서 항상 음주 후의 난감한 귀결들을 예감해야 했다. 모든 것이 강제에 가까웠다. 나는 달리 무엇을 할지 도통 몰랐기에 내가 해야 하는 것을 했다. 나는 오랜 외톨이 생활이 무서웠고, 내가 느끼기에 내 성향에서 비롯된 연약하고 숫기 없고 내밀한 충동들이 두려웠고, 내가 툭하면 떠올리는, 사랑에 대한 여린 생각들이 두려웠다.

나에게 가장 아쉬운 것은 친구였다. 내가 아주 즐겨 상대한 학우가 두세 명 있었다. 그러나 그들은 품행이 단정했고, 나의 방탕은 오래 전부터 천하가 아는 사실이었다. 그들은 나를 피했다. 다들 나를 구제 불능의 날라리로, 기초가 부실한 놈으로 여겼다. 선생들은 나에 대해서 많은 것을 알았고, 나는 여러 번 엄한 벌을 받았으며, 사람들은 결국 내가 퇴학당하리라고 예상했다. 나 자신도 알고 있었다. 이미 오래 전부터 나는 모범생이 아니었다. 이런 식으로는 오래 갈 수 없다고 느끼면서도 나는 애써 나 자신을 속이며 버텨갔다.

신은 여러 길을 통해서 우리를 외롭게 만들고 우리 자신에게로 이끌 수 있다. 그 시절에 신은 나와 함께 이 길을 갔다. 역겨운 꿈과도 같은 시절이었다. 더럽고 끈적거리는 오물 너머, 깨진 맥주잔과 빈정대는 잡담으로 지샌 밤들 너머로, 내가, 파문당한 몽상가 하나가 추하고 불결한 길을 정처 없이 또한 고통스럽게 기어가는 것이 보인다. 어떤 꿈들에서는 주인공이 공주를 찾아가는 길에 그만 똥구덩이에, 악취와 쓰레기가 넘쳐나는 뒷골목에 처박

혀버린다. 바로 내가 그런 꼴이었다. 그렇게 우아한 구석을 찾기 힘든 방식으로 나에게 외로움이 허락되었고, 나 자신과 어린 시절 사이에 에덴동산 앞의 폐쇄된 문과 무자비한 눈빛의 문지기들을 세우는 것이 허락되었다. 그것은 나 자신을 향한 그리움의 깨어남이요 시작이었다.

아버지가 St에 왔으며 불시에 나를 찾아올 것이라는 경고를 담은 기숙사감의 편지를 처음 받았을 때만 해도 나는 소스라치게 놀랐다. 그 겨울의 막바지에 아버지가 두 번째로 왔을 때, 나는 이미 무정하고 냉담했다. 꾸지람하고 애원하고 어머니를 들먹이는 아버지를 그냥 그렇게 하도록 놔뒀다. 결국 아버지는 몹시 격앙되어, 내가 달라지지 않으면 나를 치욕스럽게 자퇴시켜 교정시설에 처넣겠다고 말했다. 그러거나 말거나! 그때 아버지는 나를 언짢게 해놓고 떠났지만 아무것도 이루지 못했다. 아버지는 나에게 이르는 길을 더는 발견하지 못했고, 한동안 나는 그것이 아버지에게 응당한 결과라고 느꼈다.

내가 이다음에 무엇이 될지는 나의 관심 밖이었다. 나는 내 나름의 특이하고 그리 멋지지 않은 방식으로 술을 마시고 허풍을 떨면서 세상과 싸우고 있었다. 그것이 내가 저항하는 방식이었다. 그러면서 나는 스스로를 망가뜨렸고 때때로 이런 식으로 상황을 파악했다. 그러니까, 나 같은 사람들이 세상에 필요할 리 없다면, 이런 사람들을 위한 더 좋은 자리, 더 높은 과제가 세상에 없다면, 그럼 나 같은 사람들은 그냥 망가지면 그만이지, 라는 식으로 말이다. 세상에 손해가 나든 말든, 내가 알 바 아니었다.

그해 성탄절 방학은 정말 마음에 들지 않았다. 나를 오랜만에 다시 본 어머니는 깜짝 놀랐다. 내 키는 더 컸고 여윈 얼굴은 황량한 잿빛인데다가 지친 기색이 역력하고 눈가에 염증까지 있었다. 처음 난 콧수염과 얼마 전부터 끼기 시작한 안경은 나를 더 낯설게 만들었다. 누이들은 주춤주춤 물러나며 킥킥거렸다. 모든 것이 불쾌했다. 아버지의 공부방에서 아버지와 나눈 불쾌하고 쓰라린 대화, 친척 두세 명의 불쾌한 인사, 무엇보다도 성탄 전날이 불쾌했다. 내가 태어난 이래로 우리 집에서 성탄 전날은, 축제 분위기와 사랑과 감사가 넘치는 가운데 부모님과 나 사이의 유대를 상기하는 중요한 날, 중요한 저녁이었다. 그런데 이번엔 모든 것이 갑갑하고 당혹스러웠다. 다른 성탄 전날과 마찬가지로 아버지는 들판의 양치기들이 등장하는 복음서 대목을 펼쳐 "목자들이 거기에서 양떼를 지키더니…" 하고 낭독하고 누이들은 선물이 놓인 탁자 앞에 환한 표정으로 서 있었지만, 아버지의 목소리는 기쁘지 않았고 얼굴은 늙고 쪼들려 보였다. 어머니는 슬펐고, 나는 선물, 덕담, 복음, 꽃등 장식을 두른 나무 할 것 없이 모두 하나같이 어색하고 마뜩찮았다. 렙쿠흐엔(독일에서 성탄절에 먹는 쿠키-옮긴이)은 달콤한 향기와 함께 더 달콤한 추억의 짙은 구름을 뿜어냈다. 전나무에서는 이제는 없는 것들의 이야기와 향기가 흘러나왔다. 나는 그 저녁이 끝나고 연휴가 끝나기를 간절히 기다렸다.

겨울 내내 그런 식이었다. 나는 얼마 전에야 교사위원회로부터 퇴학 조치에 관한 엄중한 경고를 받았다. 이젠 오래 용인하지 않을 것이라고 했다. 뭐, 그러거나 말거나.

나는 막스 데미안에게 특별한 앙심을 품고 있었다. 어느새 그를 못 본 지 아주 오래였다. 나는 St에서 학교생활을 시작할 때 그에게 두 번 편지를 썼지만 답장을 받지 못했다. 그래서 이번 성탄절 방학에도 그를 방문하지 않았다.

내가 지난 가을 알폰스 베크와 만난 바로 그 공원에서, 가시덤불 울타리에 초록색이 들기 시작하는 초봄에, 한 소녀가 내 눈에 띄었다. 나는 내키지 않는 생각과 고민에 푹 빠져 혼자서 산책하고 있었다. 건강이 나빠진데다가 끊임없이 돈 문제에 시달리는 탓이었다. 학우들에게 상당한 빚을 진 나는 또 다시 집에서 돈을 타내기 위해 반드시 돈이 필요한 이유를 꾸며내야 했다. 게다가 담배 따위의 외상값도 여러 가게에 쌓여있었다. 물론 고민이 아주 깊지는 않았다.—조만간 나의 이곳 생활이 끝나고 내가 물속으로 뛰어들거나 교정시설에 보내지면, 이런 사소한 문제 몇 가지쯤은 아무것도 아닐 것이었다. 그러나 나는 지금 당장 내 눈앞에 있는 그 불미스러운 문제들에 시달리지 않을 수 없었다.

그 봄에 공원에서 나는 마음이 몹시 끌리는 젊은 숙녀와 마주쳤다. 그녀는 키 크고 날씬하며 우아하게 차려입었고 얼굴은 영리한 사내아이 같았다. 그녀는 곧바로 내 마음에 들었다. 내 취향에 맞는 여자였다. 그리고 그녀는 내 상상을 점령하기 시작했다. 그녀는 나이가 나보다 훨씬 더 많을 성싶지는 않은데도 훨씬 더 성숙했다. 우아하고 윤곽선이 멋진 것이 벌써 완전한 숙녀와 진배없었다. 그러나 얼굴에는 도도함과 소년다움이 어려 있었고, 나는 그것이 너무나 좋았다.

나는 사랑을 느낀 여자에게 다가가는 데 성공한 적이 한 번도 없다. 이 경우에도 마찬가지였다. 그러나 이때의 인상은 이전의 어떤 인상보다 더 깊었고 이 사랑이 내 삶에 미친 영향은 어마어마했다.

갑자기 다시 내 앞에 그림이 나타났다. 고결하고 존귀한 그림—아, 그리고 내 안에서 어떤 욕구나 충동보다 깊고 강렬한 것은 경외하고 숭배하고픈 마음이었다! 나는 그녀를 베아트리체로 이름 지었다. 나는 단테를 읽어보진 않았지만 베아트리체가 등장하는 영국 회화작품의 복사본을 가지고 있었다. 그 작품에 영국 라파엘전파 풍의 처녀가 등장했다. 팔다리가 아주 길고 몸이 날씬하며, 갸름한 두상에 손과 용모가 물질세계를 초월한 듯한 처녀였다. 나의 아름다운 소녀가 그 처녀와 똑같지는 않았다. 하지만 나의 소녀도 내가 좋아하는 날씬함과 소년다움을 지녔고 얼굴에 정신과 영혼이 어려 있었다.

나는 베아트리체와 한마디 말도 해보지 못했다. 그럼에도 당시에 그녀는 나에게 비할 데 없이 깊은 영향을 끼쳤다. 그녀는 자신이 등장하는 그림을 내 앞에 펼쳐놓았고 나를 위해 지성소의 문을 열었으며 나를 성전 안의 기도자로 만들었다. 하루아침에

나는 밤새 술집을 전전하는 생활에서 멀어졌다. 나는 다시 혼자
일 수 있었다. 다시 즐겨 책을 읽고 다시 즐겨 산책을 했다. 이 갑
작스러운 회개로 나는 실컷 조롱을 당했다. 하지만 이제 나는 사
랑하고 숭배할 대상이 있었다. 이상을 되찾은 것이었다. 삶은 다
시금 암시로 가득 차고 신비로운 어스름으로 채색되었다.―덕분
에 나는 쉽게 상처받지 않게 되었다. 나와 나 자신의 관계가 다
시금 편안해졌다. 비록 어떤 존귀한 그림의 노예이자 하인으로서
누리는 편안함이었지만 말이다.

　　이 시기를 생각하면 감정의 동요를 억누를 수 없다. 나는 다
시금 나에게, 삶의 한 기간이 무너져버리고 남은 잔해로 "밝은 세
계"를 지어주려고 절절히 애쓰고 있었던 것이다. 다시금 내 삶 전
체의 유일한 바람은 내 안의 어둠과 악을 떨쳐버리고 온전히 빛
안에 머무는 것, 신들 앞에 무릎 꿇는 것이 되었다. 그러나 이때
의 "밝은 세계"는 어느 정도 나 자신의 작품이었다. 이제 나는 어
머니에게로, 책임질 일 없는 아늑한 품으로 달아나 기어들려 하
지 않았다. 이번 일은 내가 스스로 구상하고 명령하는 일이었고
책임과 자기규율을 동반했다. 나는 성욕에 시달리면서 항상 달아
나기만 했지만, 이제 성욕은 이 신성한 불속에서 정신과 묵상으
로 승화해야 했다. 캄캄한 것, 추한 것이라면 무엇이든 이제 더는
없어야 했다. 쾌락으로 신음하는 밤도, 음란한 그림 앞에서의 두
근거림도, 금지된 문에 귀를 대고 엿듣기도, 음탕함도 없어야 했
다. 이 모든 것 대신으로 나는 베아트리체의 그림이 있는 나의 제

단을 세웠다. 그리고 나 자신을 그녀에게 바침으로써 정신과 신들에게 바쳤다. 나는 암흑의 힘들에게서 빼내온 삶의 한 부분을 밝은 힘들에게 제물로 드렸다. 나의 목표는 쾌락이 아니라 순결, 행복이 아니라 아름다움과 영성이었다.

이 같은 베아트리체 숭배는 내 삶을 완전히 바꿔놓았다. 어제 만 해도 조숙한 냉소주의자였던 내가 이제는 성자가 되기를 목표로 세운 성전의 하인이 되었다. 나는 익숙해졌던 추잡한 생활을 떨쳐냈을 뿐더러 모든 것을 바꾸려 애썼다. 어디에나 순결함과 고귀함과 품위를 집어넣으려 했고, 먹고 마시고 말하고 옷을 입을 때, 그 생각을 잊지 않았다. 처음엔 힘들어서 억지로 해야 했지만, 냉수욕으로 아침을 시작했다. 진지하고 품위 있게 행동하고 반듯하게 차려입었으며 걸음걸이를 더 느리고 품위 있게 조절했다. 남들에게는 우습게 보였을 수도 있겠지만 나에게 그것은 더도 덜도 아니라 신을 위한 예배였다.

새로운 마음가짐을 표현하기 위해 새로 시작한 그 모든 훈련 중에 하나가 나에게 중요해졌다. 나는 그림을 그리기 시작했다. 처음 계기는 내가 가진 영국 베아트리체 그림이 나의 베아트리체 와 충분히 닮지 않았다는 것이었다. 나는 그 소녀를 직접 그려보고 싶었다. 전혀 새로운 기쁨과 희망으로 나는 얼마 전부터 갖게 된 내 방에서 멋진 종이와 물감과 붓을 모아놓고 팔레트와 유리, 사기 접시, 연필을 준비했다. 나는 내가 사온 작은 튜브들에 담긴 고급 템페라 물감에 매혹되었다. 그중에 강렬한 산화크롬 녹색이 있었는데, 하얀 접시 위에서 타오르던 그 녹색이 지금도 내 눈앞에 어른거린다.

나는 조심스럽게 착수했다. 얼굴을 그리기는 어려웠으므로 다른 것부터 그려보기로 했다. 장신구와 꽃, 상상 속의 작은 풍경을 그렸다. 예배당 옆 나무 한 그루, 측백나무들이 서있는 로마식 다리를 그렸다. 때때로 나는 이 놀이 같은 작업에 완전히 몰입했고 물감 상자를 가지고 노는 아이마냥 행복했다. 하지만 결국 베아트리체를 그리기 시작했다.

종이 몇 장이 완전히 실패작이 되어 버려졌다. 내가 이따금 거리에서 마주친 그 소녀의 얼굴을 떠올리려 애쓰면 애쓸수록, 그 얼굴은 점점 더 떠오르지 않았다. 나는 결국 단념하고 그냥 상상이 이끌고 이미 그려놓은 색과 시작한 붓질이 저절로 이끄는 대로 얼굴 하나를 그렸다. 그리하여 꿈속의 얼굴이 완성되었고, 나는 불만족스럽지 않았다. 하지만 나는 곧바로 작업을 이어갔고, 매번 새로 완성되는 그림은 무언가를 갈수록 더 또렷하게 말했고 그 소녀의 실상에는 아니더라도 유형에 갈수록 더 접근했다.

나는 꿈꾸는 붓으로 선을 긋고 면을 메우는 것에 점점 더 익숙해졌다. 그 선과 면은 본보기 없이, 더듬기 놀이에서, 무의식에서 나왔다. 마침내 어느 날 거의 무의식중에 나는 앞선 얼굴들보다 더 강렬하게 말하는 얼굴을 완성했다. 그것은 저 소녀의 얼굴이 아니었고 이미 오래 전부터 그럴 필요도 없었다. 그것은 무언가 다른 것, 비현실적인 것이었지만 가치가 덜하지는 않았다. 그것은 소녀의 얼굴보다 소년의 두상에 더 가까워 보였다. 머리카락은 나의 어여쁜 소녀처럼 밝은 금발이 아니라 붉은색이 감도는 갈색이었고, 턱 선은 힘차고 튼튼했으며 입술은 꽃처럼 붉었다. 전체적으로 약간 딱딱하고 가면 같으면서도 인상적이고 신비로운 생명으로 충만했다.

완성된 그림 앞에 앉은 나는 묘한 인상을 받았다. 내가 보기에 그것은 신상이나 신성한 가면 같았다. 반은 남자에 반은 여자이고, 나이가 없으며, 의지가 굳센 동시에 몽상적이고, 굳어있는 동시에 몰래 생동했다. 그 얼굴은 나에게 할 말이 있었다. 나와 별개가 아니었고, 나에게 무언가를 요구했다. 그리고 누군가를 닮았는데, 그게 누구인지 알 수 없었다.

한동안 그 초상화는 나의 모든 생각에 따라붙었고 내 삶을 공유했다. 나는 그것을 몰래 서랍 안에 보관했다. 누군가가 그것을 발견하고 나를 비웃는 일이 생겨서는 안 되었다. 그러나 방 안에 혼자 있게 될 때면 곧바로 그 그림을 꺼내어 함께 지냈다. 저녁엔 그 그림을 내 맞은편 침대 위 벽지에 바늘로 꼽아놓고 잠들 때까지 바라보았고 아침엔 눈을 뜨자마자 그 그림에 시선을 주었다.

바로 이 시기에 나는 다시 꿈을 많이 꾸기 시작했다. 어렸을 때는 늘 꿈이 많았는데, 생각해보니 여러 해 동안 꿈을 한번도 꾸지 않은 것 같았다. 이제 꿈이 돌아왔다. 전혀 새로운 유형의 그림들이 돌아왔고, 내가 그린 초상화도 자주 나타났다. 살아서 말을 하는 그 얼굴은 우호적이거나 적대적이었으며 때로는 흉할 정도로 인상을 찡그렸고 때로는 한없이 아름답고 조화롭고 고상했다.

그런 꿈에서 깨어난 어느 아침, 나는 불현듯 깨달았다. 그 얼굴은 믿기 어려울 정도로 친숙한 표정으로 나를 바라보았다. 내 이름을 부르는 듯했다. 마치 어머니가 자식을 알듯이 나를 아는 듯했고, 태초부터 나를 바라보아온 듯했다. 나는 두근거리는 가슴으로 그 초상화를 응시했다. 풍성한 갈색 머리, 반쯤 여자 같은 입술, 강인하고 유난히 밝은 이마(초상화가 저절로 바싹 건조된 상태였다)를 보면서, 내 안에서 깨달음, 재발견, 앎이 점점 더 바투 다가오는 것을 느꼈다.

나는 튕겨 오르듯이 침대에서 일어나 그 얼굴 앞으로 갔다. 코가 닿을 만큼 가까이에서 그 얼굴을 바라보았다. 다른 곳도 아니고, 크게 뜬 눈, 녹색이 감도는, 굳어있는 두 눈을 똑바로 들여다보았다. 오른 눈이 왼 눈보다 약간 위에 있었는데, 한순간 그 오른 눈이 움찔했다. 가볍고 섬세하지만 분명한 동작이었다. 그리고 그 눈짓에서 나는 그 그림을 알아보았다.

그리 늦게야 알아보았다니! 그것은 데미안의 얼굴이었다.

나중에 나는 그 그림을 내가 기억하는 데미안의 실제 얼굴과 자주 비교하고 또 비교했다. 둘은 비슷하긴 했지만 전혀 똑같지 않았다. 하지만 그래도 그것은 데미안이었다.

어느 초여름 저녁, 붉은 햇살이 서쪽으로 열린 내 창으로 비스듬히 들었다. 방안이 어스름해졌다. 그때 나는 베아트리체 혹

은 데미안의 초상화를 창틀에 바늘로 고정해 놓고 저녁 햇살로
물들여 바라보자는 생각을 했다. 그림 속 얼굴은 노을빛에 윤곽
이 지워지고 번졌지만, 가장자리가 불그스름한 두 눈과 밝은 이
마와 강렬한 붉은색 입술은 당장 종이에서 튀어나오기라도 할
것처럼 깊고도 거친 빛을 쏟아냈다. 나는 그 얼굴이 벌써 어둠
속에 묻힌 뒤까지도 오랫동안 그것을 마주하고 앉아있었다. 그리
고 차츰 그것이 베아트리체도 데미안도 아니라 나 자신임을 느꼈
다. 그 그림은 나와 같지 않았지만—그럴 필요도 없다고 나는 느
꼈다—내 삶의 진면목, 나의 내면, 나의 운명 혹은 수호신이었다.
내가 언젠가 또 친구를 만난다면, 그 친구가 그런 모습일 것이었
다. 나에게 언젠가 애인이 생긴다면, 그 애인이 그런 모습일 것이
었다. 나의 삶, 그리고 나의 죽음이 그럴 것이었다. 그것은 내 운
명의 울림이요 리듬이었다.

그 무렵 몇 주 전부터 나는 책 한 권을 읽고 있었는데, 그것
은 그때까지 내가 읽은 모든 책보다 더 깊은 인상을 남겼다. 또한
그 후에도 아마 니체의 작품들을 빼면 내가 책에 그토록 몰두한
적은 거의 없다. 그것은 노발리스가 쓴 편지와 금언을 묶어놓은
책이었다. 나는 많은 부분을 이해하지 못했지만, 어느 부분 할 것
없이 전체가 형언할 수 없을 만큼 나를 끌어당기고 사로잡았다.
그리고 금언 하나가 눈에 띄었다. 나는 그것을 초상화 아래에 펜
으로 써놓았다. "운명과 내면은 동일한 개념의 두 이름이다." 나는
이 말을 그때 이해했다.

나는 여전히 내가 베아트리체로 이름 지은 소녀와 자주 마주 쳤다. 그럴 때 나는 마음의 동요는 더 이상 느끼지 않았지만 항상 잔잔한 어울림을 느끼며 어렴풋이 예감했다. 넌 나와 연결되었어. 아니, 네가 아니라, 너의 그림만. 넌 내 운명의 한 조각이야!

막스 데미안을 향한 나의 그리움이 다시 커졌다. 나는 여러 해째 그의 소식을 전혀 듣지 못하고 있었다. 방학 때 그를 만난 적이 딱 한번 있기는 했다. 지금 보니, 나는 그 짧은 만남을 내 기록들 속에 숨겨놓았다. 또한 그것은 부끄러움과 허영심에서 비롯된 행동이었음을 이제 나는 안다. 나는 그것을 다시 불러내야 한다.

그러니까 언젠가 방학 때, 내가 술집을 떠돌던 시절의 거만하고 늘 피로가 가시지 않은 얼굴로 고향에서 어슬렁거릴 때, 속물들의 늙은 얼굴, 변함없는 얼굴, 경멸스러운 얼굴을 바라보며 지팡이를 휘두르면서 걷다가 옛 친구와 마주쳤다. 나는 그를 보자마자 움츠러들었다. 그리고 순간적으로 프란츠 크로머를 떠올리지 않을 수 없었다. 제발 그 일을 데미안이 정말로 잊었기를! 그 앞에서 이렇게 빚진 느낌을 갖는 것이 몹시 불쾌했다. 따지고 보면 코흘리개들 사이의 일이었지만 그래도 빚은 빚이 아닌가…

그는 내가 인사를 하는지 기다려보는 듯했고 내가 최대한 차분하게 인사를 하자 나에게 손을 내밀었다. 역시나 그의 악수였다. 힘차고 따스하면서도 시원하고 남자다운 악수!

그는 내 얼굴을 유심히 보며 말했다. "너 많이 컸다, 싱클레어."

내가 보기에 데미안은 조금도 변하지 않은 것 같았다. 예전과 똑같이 늙고 똑같이 젊어 보였다.

그는 나의 길동무가 되었다. 우리는 함께 산책하면서 순전히 사소한 이야기만 나눴다. 그때의 일에 대해서는 한마디도 하지 않았다. 나는 언젠가 내가 그에게 여러 번 편지를 쓰고 답장을 받지 못한 것이 생각났다. 아, 멍청하기 그지없는 그 편지들도 그가 잊었기를! 그는 그것들을 전혀 언급하지 않았다.

당시에 베아트리체와 초상화는 아직 없었다. 나는 여전히 황량한 시절의 한복판에 있었다. 교외에서 내가 그에게 술집에 가자고 제안했고, 그가 나와 동행했다. 나는 허세를 부리며 포도주 한 병을 주문하여 그에게 따라주고는 내가 대학생들의 음주 문화에 아주 익숙함을 보여주면서 첫 잔을 단번에 비웠다.

"너 술집에 자주 가는구나?" 그가 물었다.

"어, 그래." 내가 느릿느릿 말했다. "달리 뭐 할 일이 있냐? 언제든지 결국 제일 재미있는 건 술 마시는 거더라고."

"넌 그러니? 그래, 충분히 그럴 수 있어. 술은 어떤 면에서 정말 매력적이지. 술의 신 바쿠스처럼 취하는 건 진짜 멋져! 하지만 내가 보기엔 말이야, 술집에서 노상 죽치는 사람들은 그 멋진 재미를 완전히 상실하기 십상이야. 난 술집에 가는 것이야말로 제대로 속물다운 짓이라고 생각해. 그래, 밤새도록, 타오르는 횃불과 함께, 정말 멋지게 취해서 휘청거리는 재미! 하지만 시도 때도 없이 그렇게 한잔 또 한잔 마셔댄다면, 그건 진짜가 아니잖아? 이를테면 저녁마다 단골 술집 지정석에 앉아있는 파우스트를 넌 상상할 수 있니?"

나는 술을 마시고 적개심으로 그를 바라보았다.

"그래. 모든 사람이 파우스트는 아냐." 내가 짧게 대꾸했다. 그는 약간 당황한 표정으로 나를 바라보았다.

그러더니 예의 신선하고 우월한 웃음을 터뜨렸다.

"하긴 이런 일로 다툴 필요가 뭐 있겠니? 어쨌든 술꾼이나 난봉꾼의 삶이 나무랄 데 없는 시민의 삶보다 아마 더 생기 있을 거야. 그리고 그렇다면, 내가 어디에선가 읽은 대로, 난봉꾼의 삶은 신비주의자를 위한 최고의 예비과정이라고 할 만해. 아우구스티누스 성자처럼 결국 혜안을 얻는 사람이 항상 있으니까 말이야. 아우구스티누스 성자도 과거에는 방탕한 향락주의자였거든."

나는 미심쩍었고 절대로 그에게 말려들고 싶지 않았다. 그래서 거만하게 말했다. "맞아, 누구나 자기 취향대로 사는 거야! 솔직히 말하는데, 나는 혜안 따위엔 눈곱만큼도 관심 없어."

데미안은 약간 찡그린 눈으로 잘 안다는 듯이 나를 바라보았다.

"싱클레어, 우린 친구잖아." 그가 천천히 말했다. "너에게 불쾌한 말을 할 생각은 없었어. 아무튼, 네가 지금 무슨 목적으로 술을 마시는지를 우린 둘 다 몰라. 하지만 네 안에 있는 네 삶의 주인공은 그걸 알아. 이걸 알아두면 참 좋은데, 우리 안에는 모든 것을 알고 모든 것을 의지하고 모든 것을 우리 자신보다 더 잘

하는 누군가가 있어. —그건 그렇고, 미안한데, 나 지금 가야해."

우리는 간단히 작별인사를 나눴다. 나는 몹시 시무룩하게 남아서 포도주 한 병을 다 마셨고, 술집을 나서려 할 때에야 비로소 데미안이 벌써 술값을 치렀음을 알았다. 그래서 더욱 화가 났다.

이 사소한 사건이 새삼 내 생각을 붙잡았다. 데미안이 내 생각을 가득 채웠다. 그가 교외의 그 술집에서 한 말이 내 기억 속에서 유별나게 생생하고 온전하게 다시 떠올랐다. "이걸 알아두면 참 좋은데, 우리 안에는 모든 것을 아는 누군가가 있어!"

나는 창문에 매달린 그림을 바라보았다. 그림은 완전히 지워지고 없었지만, 나는 여전히 두 눈이 반짝이는 것을 보았다. 그것은 데미안의 눈빛이었다. 혹은 내 안에 있는 누군가였다. 모든 것을 아는 누군가.

데미안이 어찌나 그립던지! 나는 그에 대해서 아무것도 몰랐다. 그는 내가 범접할 수 없는 존재였다. 내가 아는 것은 그가 아마 어딘가에서 대학에 다닌다는 것, 그가 김나지움을 졸업하고 나서 어머니와 함께 우리 도시를 떠났다는 것뿐이었다.

나는 내 안에 있는 막스 데미안에 관한 기억을 모두 되살리려고 크로머와 나 사이의 일에까지 이르는 과거 전체를 더듬었다. 그러자 그가 나에게 했던 말이 얼마나 많이 다시 울리던지! 그 모든 말은 지금도 여전히 의미 있고 새롭고 나에게 와 닿았다. 즐거웠다고 하기 어려운 우리의 마지막 만남에서 그가 난봉꾼과 성자에 대해서 한 말도 불현듯 내 영혼 앞에 환히 떠올랐다. 그것은 정확히 내가 겪은 일이 아닌가? 나는 취하고 더럽혀진 채로, 마비되고 길을 잃은 채로 살았는데, 그런 내 안에서 새로운 삶의 욕구와 함께 정반대의 것이, 순결을 향한 욕망, 성스러운 것을 향한 갈망이 생동하지 않았던가?

내가 그렇게 계속 기억을 더듬는 동안, 벌써 한참 전에 밤이 와있었고, 밖에는 비가 내렸다. 나의 기억 속에서도 빗소리가 들렸다. 밤나무 아래에서 듣는 빗소리. 언젠가 거기에서 그가 나에게 프란츠 크로머에 대해서 캐묻고 나의 첫 비밀을 알아냈었다. 기억들이 줄줄이 떠올랐다. 등굣길에 나눈 대화, 견신례 학습시간. 그리고 마지막으로 나와 데미안이 맨 처음 만났을 때가 떠올랐다. 그때 무슨 얘기를 했더라? 곧바로 생각나지는 않았지만, 나는 차분히 되새기기로 하고 오롯이 회상에 잠겼다. 그러자 다시 떠올랐다. 그래, 이런 일도 있었다. 그가 카인에 대한 자신의 견해를 나에게 이야기한 다음에 우리는 우리 집 앞에 서 있었다. 그때 그는 우리 집 현관문 위의 쐐기돌에 새겨진 오래되고 빛바랜 문장에 대해서 말했다. 자신은 그 문장에 관심이 있다고, 그런 물건을 눈여겨보아야 한다고 했다.

그날 밤에 나는 데미안과 그 문장이 나오는 꿈을 꾸었다. 데미안이 문장을 손에 쥐고 있었는데, 그 문장은 끊임없이 변신하여 작은 크기에 회색이 되기도 하고 엄청나게 크고 알록달록하게 되기도 했다. 하지만 데미안은 그것이 항상 똑같은 문장이라고 설명했다. 그러더니 마지막에 나에게 그것을 먹으라고 했다. 그것을 삼키는 순간, 나는 문장 속의 새가 내 안에서 살아나 나를 온통 차지하고 안에서부터 파먹기 시작하는 것을 느끼며 소스라치게 놀랐다. 나는 죽음의 공포에 휩싸여 기겁하며 깨어났다.

나는 정신이 말똥말똥해졌다. 한밤중이었고, 밖에서 빗소리가 들려왔다. 창문을 닫으려 일어서다가 바닥에 떨어져있는 밝은 무언가를 밟았다. 아침에 보니 그것은 내가 그린 그림이었다. 젖은 채로 바닥에 떨어진 그 종이는 울룩불룩 변형되어있었다. 나는 그것을 말리려고 위아래에 흡수지를 덧대어 묵직한 책의 갈피에 끼워놓았다. 그 다음날 다시 보니, 그림은 건조되어 있었다. 그러나 달라져 있었다. 붉은 입술은 빛이 바래고 약간 더 가늘어졌다. 이제 그것은 완전히 데미안의 입술이었다.

그리고 나는 새로운 그림에 착수했다. 그 문장 속의 새를 그리기 시작한 것이다. 그 새가 실제로 어떤 모습이었는지 정확히 기억나지 않았지만, 어차피 오래되고 여러 번 덧칠된 물건이어서 이제 몇몇 부분은 가까이에서 봐도 잘 알아볼 수 없음을 나는 알고 있었다. 그 새는 무엇인가 위에 서있거나 앉아있었다. 어쩌면 꽃 위, 혹은 바구니나 둥지 위, 혹은 화환 위였을 것이다. 나는 이 문제를 고민하지 않고 내 마음에 또렷하게 떠오르는 부분부터 그리기 시작했다. 불명확한 욕구에 이끌려 곧장 짙은 색부터 칠했다. 내 그림에서 새의 머리는 황금색이었다. 나는 매순간 마음 내키는 대로 그려나가 며칠 만에 그림을 완성했다.

완성된 것은 날카롭고 대담한 새매의 머리를 가진 맹금이었다. 녀석은 몸의 절반이 어두운 색깔의 지구에 박힌 채로 마치 거대한 알에서 나오듯이 그곳에서 나오려 애쓰고 있었다. 그림의 바탕은 파란 하늘이었다. 내가 그 그림을 오래 응시하는 동안, 그것이 내 꿈에 나타났던 알록달록한 문장이라는 느낌이 갈수록 더 강해졌다.

그때 나는 데미안의 주소를 몰랐지만 설령 알았더라도 그에게 편지를 쓰는 것은 나로서는 불가능했을 것이다. 하지만 나는 당시에 나의 모든 행동에 동반되었던 바로 그 몽상적인 예감으로 그에게 그 새매 그림을 그가 받든 말든 상관없이 보내기로 결심했다. 그림에 내 이름을 비롯해서 아무것도 쓰지 않았다. 그림의 가장자리를 정성들여 잘라내고 커다란 종이봉투를 사서 내 친구의 옛 주소를 적은 다음에 부쳤다.

시험이 다가왔고, 나는 평소보다 더 많이 공부해야 했다. 내가 나의 졸렬한 품행을 갑자기 바꾼 이후 선생들은 나를 다시 너그럽게 받아들였다. 물론 내가 모범생이 된 것은 아니었겠지만, 반년 전만 해도 모두가 나의 퇴학을 예상했음을 아직 생각하는 사람은 나를 비롯해서 아무도 없었다.

이제 아버지가 내게 쓰는 편지는 꾸지람도 위협도 없는 과거의 어투를 되찾았다. 하지만 나는 아버지나 다른 사람에게 나의 변화가 어떻게 진행되었는지 설명하고 싶지 않았다. 이 변화가 부모님과 선생들의 바람과 일치한 것은 우연이었다. 이 변화는 나를 타인들에게로 이끌지 않았다. 이 변화로 나는 누구에게도 접근하지 않았고 단지 더 외로워졌다. 이 변화는 어딘가로, 데미안에게로, 먼 운명으로 향해있었다. 나 자신은 물론 몰랐지만, 나는 변화의 한복판에 휩쓸려있었다. 시작은 베아트리체였지만, 얼마 전부터 나는 내가 그린 그림들과 데미안에 대한 나의 생각들과 더불어 전혀 비현실적인 세계에서 살고 있었다. 베아트리체조차 내 눈과 생각에서 완전히 없어질 정도였다. 나의 꿈, 나의 기대, 나의 내적인 변화에 대해서, 설령 하려 했더라도, 나는 누구에게도 한마디도 할 수 없었을 것이다.

물론 내가 그런 말을 할 마음을 먹을 리도 없었지만.

5장
새는 싸우면서 알에서 나온다

내가 그린 꿈의 새는 내 친구를 찾아 나섰다. 그리고 참으로 기묘한 방식으로 나에게 답장이 왔다.

어느 날 내 교실, 내 자리에서 수업 사이 쉬는 시간에 내 책에 꽂힌 쪽지를 발견한 것이다. 때때로 수업 시간에 쪽지를 주고받을 때 우리가 통용하는 방식으로 접힌 쪽지였다. 누가 그런 쪽지를 나에게 보냈는지, 나로서는 의아할 따름이었다. 나는 어느 학우와도 그런 쪽지를 주고받는 사이가 아니었으니까 말이다. 무언가 학생다운 장난을 하자는 제안일 텐데 나는 동참하지 않겠다는 생각으로 그 쪽지를 그냥 책 위에 놔뒀다. 그리고 수업 중에야 비로소 우연히 그 쪽지를 다시 손에 쥐었다.

나는 쪽지를 만지작거리다가 아무 생각 없이 펼쳤고 거기에 단어 몇 개가 적혀있는 것을 보았다. 그곳을 향한 내 시선은 한 단어에 붙박였다. 내가 깜짝 놀라 쪽지를 읽는 동안, 내 심장은 마치 살을 에는 추위 속에서처럼 운명 앞에서 움츠러들었다.

"새는 싸우면서 알에서 나온다. 알은 세계다. 태어나고자 하는 자는 한 세계를 깨부숴야 한다. 새는 신에게 날아간다. 신의 이름은 아프락사스다."

나는 이 문구를 여러 번 읽고 나서 골똘히 생각에 잠겼다. 의심의 여지없이 그것은 데미안의 답장이었다. 그와 나 외에 누구도 그 새를 알 수 없었다. 그가 내 그림을 받은 것이다. 그가 내 그림을 이해하고서 나의 해석을 돕는 것이다. 하지만 이 모든 것이 어떻게 연결되어있는 것일까? 또 나로서는 이것이 가장 난감한 문제였는데, 아프락사스란 대체 무엇일까? 나는 그 이름을 들어본 적도 읽어본 적도 없었다. "신의 이름은 아프락사스다!"

수업시간이 다 가도록 나는 선생의 말을 한마디도 듣지 못했다. 곧이어 오전의 마지막 수업이 시작되었다. 그 수업은 젊은 보조교사 폴렌이 담당했는데, 대학을 갓 졸업한 그는 아주 젊고 우리 앞에서 부당한 권위를 내세우지 않는다는 것만으로도 호감을 샀다.

우리는 폴렌 박사의 지도 아래 헤로도토스를 읽었다. 내가 흥미를 느낀 과목은 극히 드물었는데, 이 강독이 그중 하나였다. 그러나 이번 시간에는 내 마음이 딴 데 가있었다. 나는 기계적으로 책을 폈지만 선생의 번역을 귀 밖으로 들으며 계속 나름의 생각에 잠겨있었다. 한마디 보태자면 나는 데미안이 예전 종교 수업 시간에 나에게 한 말이 백번 옳음을 이미 여러 번 경험하여 알고 있었다. 충분히 강하게 의지하는 일은 이루어지기 마련이었다. 내가 수업 중에 내 나름의 생각에 철저하게 몰두하면, 선생은 나를 그냥 놔둘 것이라고 안심하고 예상할 수 있었다. 물론 한눈을 팔거나 졸면, 어느새 코앞에 선생이 서 있기 마련이었다. 나도 그런 일을 겪어봤다. 그러나 정말로 사색하고 정말로 몰두하면 안전했다. 게다가 선생을 노려보는 방법도 내가 시험해보니 유효했다. 과거 데미안과 함께 지내던 시절에는 잘 되지 않았지만 이 시기에 나는 눈빛과 생각으로 아주 많은 것을 이룰 수 있음을 몸소 느낄 때가 많았다.

그래서 이번에도 나는 자리에 앉은 채로 헤로도토스와 학교를 멀리 벗어나 있었다. 그런데 어느 순간 뜻밖에 선생의 목소리가 내 의식 안으로 천둥처럼 울렸고, 나는 화들짝 정신을 차렸다. 나는 그의 목소리를 들었고, 그는 내 옆에 바투 서 있었으므로, 나는 그가 벌써 내 이름을 부른 줄 알았지만, 그는 나를 보고 있지 않았다. 나는 한숨을 내쉬었다.

그때 그의 목소리가 다시 들렸다. "아프락사스"라는 단어를 크게 읽는 소리였다. 설명의 첫 부분은 기억나지 않지만, 폴렌 박사는 이렇게 말을 이었다. "이런 고대 종파들의 직관과 신비적인 합일을 합리주의적인 관점에서 유치하게 보면 안 됩니다. 고대 사람들은 우리가 아는 의미의 학문을 전혀 몰랐어요. 대신에 철학적이고 신비적인 진리를 다루는 활동이 아주 높은 수준으로 발전해있었죠. 그 활동에서 저속한 마법과 야바위가 유래하기도 했어요. 이것들은 사기와 범죄로 이어지는 경우가 많았을 테고요. 하지만 마법도 고귀한 혈통과 심오한 사상을 가지고 있어요. 내가 방금 예로 든 아프락사스 이야기도 그렇습니다. 사람들은 이 이름을 그리스어 주문과 관련지어서 이런저런 마법사의 이름으로 여기지요. 예컨대 미개 종족들의 사회에 지금도 있는 그런 마법사 말이에요. 하지만 아프락사스는 훨씬 더 많은 의미를 지닌 것 같습니다. 예컨대 그 이름을 어느 신의 이름으로 생각할 수 있거든요. 그 신의 상징적인 임무는 신성과 악마성을 통일하는 것이고요."

그 자그마한 지식인은 섬세한 열정으로 설명을 이어갔지만, 흠뻑 빠져들어 듣는 사람은 아무도 없었고, 아프락사스라는 이름이 다시 나오지 않았으므로, 이내 나의 의식도 다시 내 안으로 가라앉았다.

"신성과 악마성을 통일하는 것"이라는 말이 내 귀에 잔향으로 들렸다. 그 말을 새로운 출발점으로 삼을 수 있었다. 나는 데미안과 내가 친한 친구로서 나눈 마지막 대화에서 들었기에 이 말에 익숙했다. 그때 데미안이 말하기를, 우리는 아마 어떤 신을 공경하겠지만, 그 신은 임의로 떼어낸 세계의 반쪽만(허용된, 공식적인, "밝은" 세계만) 대표한다고 했다. 그러나 세계 전체를 공경할 수 있어야 한다고, 따라서 신이면서 또한 악마인 그런 신을 확보하든지 아니면 신을 위한 예배와 더불어 악마를 위한 예배를 드려야 한다고 했다.─그런데 이제 보니 다름 아니라 아프락사스가 신인 동시에 악마인 그런 신이었다.

단서를 잡은 나는 한동안 탐구를 이어갔지만 더 나아가지 못했다. 아프락사스를 찾으려고 보람 없이 도서관 전체를 샅샅이 뒤진 적도 있었다. 그렇지만 사실 그런 식의 직접적이고 의식적인 탐구, 일단 조약돌처럼 손에 쥐어지는 진리들을 발견해가는 그런 탐구에 내 마음이 정말로 내킨 적은 한 번도 없었다.

내가 얼마 동안 줄곧 진심으로 몹시도 매달렸던 베아트리체의 모습은 차츰 가라앉았다. 아니, 천천히 나를 떠나 수평선에 접근하면서 더 그림자처럼 되고 멀어지고 희미해졌다. 그 모습은 이제 더는 영혼에 흡족하지 않았다.

이제 그것이, 묘하게도 고치 안에 들어앉듯이 나 자신 안에 들어앉은 그것, 내가 마치 몽유하듯이 품고 다니는 그것이 새롭게 성장하기 시작했다. 내 안에서 생명을 향한 열망이 꽃피었다. 아니, 사랑을 향한 열망이 꽃피었다. 그리고 한동안 내가 베아트리체 숭배를 통해 해소할 수 있었던 성욕이 새로운 그림과 목표를 요구했다. 충족은 나에게 여전히 먼 이야기였고, 그 열망을 속이는 것, 나의 패거리가 요행을 바라며 상대하는 소녀들에게 기대를 거는 것은 나로서는 과거보다 더 불가능한 일이었다. 나는 다시 왕성하게 꿈을 꾸었다. 이번에는 밤보다 낮에 더 많이 꿨다. 관념이나 그림, 바람이 내 안에서 솟아올라 나를 외부 세계로부터 멀어지도록 끌어당겼다. 그리하여 나는 내 안에 있는 그 그림들, 그 꿈들 혹은 그림자들을 나를 둘러싼 현실보다 더 현실답게 대하며 살았다.

계속 되풀이된 어떤 꿈 혹은 환상 놀이가 나에게 중요해졌다.

내 평생에 가장 중요하고 가장 해로운 그 꿈은 대략 이러했다. 내가 아버지 집으로 돌아간다.—현관문 위 문장 속의 새가 파란색 바탕에 노란색으로 반짝인다. 어머니가 집 안에서 나에게 다가온다.—그러나 내가 실내에 들어서고 어머니가 나를 안으려는 순간, 내 앞에 있는 것은 어머니가 아니라 난생 처음 보는 인물이다. 크고 건장하며 막스 데미안이나 내가 그린 그림과 닮았지만 같지는 않고 건장함에도 불구하고 어느 모로 보나 여성인 그 인물이 나를 끌어당겨 깊고 소름 끼치는 사랑의 포옹을 한다. 쾌락과 공포가 교차한다. 그 포옹은 신을 위한 예배인 동시에 범죄다. 나를 포옹한 인물은 내 친구 데미안을, 나의 어머니를 너무 많이 연상시킨다. 이 꿈에서 깨어나면서 나는 깊은 행복을 느낄 때도 많았고, 무서운 죄를 저지른 것처럼 죽음의 공포와 양심의 가책을 느낄 때도 많았다.

지극히 내밀한 이 그림과, 찾아야 할 신에 관한, 외부에서 나에게 다가온 단서는 좀처럼 연결되지 않다가 시간을 두고서야 차츰 무의식적으로 연결되었다. 그러나 일단 형성되고 나자 그 연결은 더 긴밀해졌고, 나는 그 암시적인 꿈에서 내가 아프락사스를 부른다는 것을 감지하기 시작했다. 쾌락과 공포, 남자와 여자의 뒤섞임, 가장 신성한 것과 소름끼치는 것의 얽힘, 지극히 보드라운 순결의 심층에서 번득이는 죄—내가 사랑하는 꿈속의 모습이 그러했고 아프락사스도 그러했다. 처음에 나는 겁을 먹고서 사랑을 동물적이고 컴컴한 욕망으로 여겼지만, 이제 사랑은 그런 것이 아니었다. 또한 사랑은 내가 베아트리체의 그림에 바쳤던 것과 같은 경건하고 정신적인 숭배도 더는 아니었다. 사랑은 둘 다였고, 또한 둘 다를 훨씬 넘어섰다. 사랑은 천사의 그림인 동시에 악마, 남자인 동시에 여자, 인간인 동시에 동물, 지고의 선인 동시에 극단의 악이었다. 내 느낌에 틀림없이 나의 운명은 이런 사랑을 사는 것, 이런 사랑을 맛보는 것이었다. 나는 그 사랑을 열망하고 또한 두려워했지만, 그 사랑은 항상 거기에, 항상 내 위에 있었다.

이듬해 봄이면 나는 김나지움을 떠나 대학에 진학해야 했지만 아직 어디에서 무엇을 전공할지 정하지 못하고 있었다. 내 입술 위에 자그마하게 수염이 돋았다. 나는 다 자란 성인이었다. 그런데도 완전히 미숙하고 목표가 없었다. 확실한 것은 단 하나, 내 안의 목소리, 그 꿈뿐이었다. 나는 눈 감고 그 목소리가 이끄는 대로 따르는 것이 나의 과제라고 느꼈지만 그것이 힘들어 날마다 반발했다. 혹시 내가 미친 것일까, 혹시 내가 남들과 다른 것일까, 생각한 적도 드물지 않았다. 그러나 남들이 해내는 일은 나도 다 할 수 있었다. 조금 부지런하게 공을 들이면 플라톤을 읽을 수 있었고 삼각함수 문제를 풀거나 화학분석을 이해할 수 있었다. 내가 못 했던 것은 단 하나, 세월이 얼마나 걸리고 어떤 이점이 있든지 간에 자기는 교수나 법관, 의사, 또는 예술가가 되고자 한다는 것을 명확히 아는 다른 사람들처럼 내 안에 어둡게 숨어있는 목표를 캐내어 내 앞 어딘가에 세워놓는 일이었다. 나는 그 일을 할 수 없었다. 어쩌면 나도 언젠가 그 비슷한 것이 되겠지만, 그

걸 내가 어찌 안단 말인가. 어쩌면 나도 어쩔 수 없이 애쓰고 또 애쓰며 여러 해를 보내다가 결국 목표에 도달하지 못하고 아무것도 못 될 수도 있었다. 어쩌면 나도 목표에 도달하는데, 그 목표가 악하고 위험하고 끔찍한 것일 수도 있었다.

정말이지 나는 그저 내 안에서 우러나는 대로 살아보려 했을 뿐인데, 그게 왜 그리 힘들었을까?

나는 내 꿈속 건장한 애인의 모습을 몇 번이나 그려보았다. 그러나 한번도 성공하지 못했다. 만약에 성공했다면, 나는 그 그림을 데미안에게 보냈을 것이다. 그때 그는 어디에 있었을까? 나는 몰랐다. 내가 아는 것은 그가 나와 연결되어있다는 것뿐이었다. 내가 그를 다시 볼 날이 언제일지 궁금했다.

베아트리체를 숭배하며 보낸 몇 주, 몇 달의 우호적인 고요는 지나버린 지 오래였다. 그 당시에 나는 섬에 당도하여 평화를 발견했다고 생각했다. 그러나 항상 그런 식이었다. 내가 어떤 상태를 좋아하게 되자마자, 어떤 꿈이 나에게 도움이 되자마자, 그 꿈은 벌써 시들고 흐릿해졌다. 부질없어라, 뒤늦은 탄식이여! 이제 나는 식히지 못한 열망과 팽팽하게 당겨진 기대의 불 속에서 살았고 그래서 흔히 한껏 격렬하고 난폭해졌다. 꿈속 애인의 모습이 내 눈앞에 지나치게 생생하게, 내 손보다 훨씬 더 또렷하게 나타나는 일이 잦았다. 나는 그 모습과 대화하고 그 앞에서 울고 그에게 욕설을 퍼부었다. 나는 그 모습을 어머니라고 부르며 그 앞에 꿇어앉아 울었고, 애인이라고 부르며 그의 성숙하고 충만할

대로 충만한 입맞춤을 예감했으며, 악마요 창녀요 흡혈귀요 살인 마라고 불렀다. 그 모습은 나를 유혹하여 여리디 여린 사랑의 꿈과 음탕한 외설로 이끌었다. 그에게는 너무 좋고 감미로운 것도 너무 나쁘고 저급한 것도 없었다.

그 겨울 내내 나의 내면에서 인 폭풍을 나로서는 묘사하기 어렵다. 이미 오래 전에 익숙해진 외로움은 나를 압박하지 않았다. 나는 데미안과 함께, 새매와 함께, 나의 운명이요 애인인 건장한 꿈속 인물의 모습과 함께 살았다. 그것으로 그 폭풍 속에서 사는 데 충분했다. 그 모든 것이 크고 넓은 세계를 바라보고 아프락사스를 암시했으니까. 그러나 이 꿈들 중 어느 것도, 나의 어떤 생각도 나에게 복종하지 않았다. 나는 어떤 것도 불러낼 수 없었고 마음대로 색칠할 수 없었다. 그것들이 와서 나를 거뒀다. 나는 그것들에 의해 지배되었다. 내 삶의 주인은 그것들이었다.

밖에서 보면 나는 안정을 되찾았다고 할만 했다. 나는 사람들을 무서워하지 않았다. 학우들도 그것을 알아채고 나에게 은근히 존경을 표하여 자주 나의 쓴웃음을 자아냈다. 나는 원하면 그들 대부분의 속내를 아주 잘 투시할 수 있었고 가끔 그럼으로써 그들을 경악시켰다. 다만 내가 그러기를 원한 경우가 거의 또는 전혀 없었다. 나는 항상 나에 골몰했고 언제나 나와 함께 있었다. 그리고 이제 마침내 한번 제대로 살아보기를, 내 안에 있는 것을 세상에 내놓기를, 세상과 관계하고 싸우기 시작하기를 간절하고도 간절하게 열망했다. 때때로 저녁에 마음이 잔잔해지지 않아 한밤중까지 집에 들어가지 못하고 거리를 쏘다닐 때 나는 가끔 생각하곤 했다. 지금, 틀림없이 지금 나의 애인이 나타난다고, 저기 모퉁이 너머에서 걸어간다고, 저 창에서 나를 부른다고. 때로는 이 모든 것이 견딜 수 없을 만큼 고통스러워서 언젠가 내가 자살하리라는 생각을 태연히 품기도 했다.

그때 나는 특이한 피난처를 발견했다. 흔히 말하는 "우연한" 발견이었다. 하지만 그런 우연은 존재하지 않는다. 무언가가 꼭 필요한 사람이 그 필요한 것을 발견한다면, 그에게 그것을 준 장본인은 우연이 아니라 그 사람 자신, 그 사람 고유의 열망과 필연이다.

나는 거리를 쏘다니다가 교외의 자그마한 교회에서 흘러나오는 오르간 연주를 두세 번 들었지만 걸음을 멈추지 않았다. 다음번에 거기를 지날 때 나는 또 오르간 소리를 들었고 그것이 바흐의 음악임을 알아챘다. 나는 입구로 다가갔지만, 문이 잠겨있었다. 거리에 사람이 거의 없었으므로, 나는 교회 옆 경계석 위에 앉아 외투 깃을 여미고 귀를 기울였다. 규모는 작아도 좋은 오르간이었고, 유별난 연주였다. 독특하고 지극히 개인적인 방식으로 의지와 고집을 표현하는, 기도처럼 들리는 연주였다. 나는 이런 느낌이 들었다. 저 안에서 연주하는 사내는 이 음악에 보물이 숨어있음을 알고 마치 그 자신의 생명을 얻으려는 것처럼 그 보물을 얻으려고 조르고 두드리고 애쓰는 중이다. 나는 기술의 측면에서는 음악을 그리 잘 알지 못하지만 영혼의 표현인 음악을 어려서부터 본능적으로 이해하고 음악적인 것을 말하자면 자명한 것으로 느껴왔다.

그 연주자는 이어서 어떤 현대적인 곡을 연주했다. 레거(Max Reger, 1873-1916 독일 작곡가)의 작품인 것도 같았다. 교회 안은 거의 완전히 캄캄했다. 가장 가까운 창으로 아주 가녀린 빛살만 새어나왔다. 나는 음악이 끝날 때까지 기다린 후 왔다갔다 서성이다가 오르간 연주자가 나오는 것을 보았다. 나보다는 연상이지만 아직 젊은 사람이었다. 다부지고 땅딸막한 그는 힘차지만 내키지 않는 듯한 걸음으로 빠르게 멀어졌다.

그 후 나는 때때로 저녁에 그 교회 앞에서 앉아있거나 서성거렸다. 한번은 문이 열려있는 것을 보고 안으로 들어가, 오르간 연주자가 높은 곳의 희미한 가스등 불빛 속에서 연주하는 가운데, 반시간 동안 추위에 떨면서도 행복하게 신도석에 앉아있었다. 그가 연주하는 음악에서 나는 그의 음악만 들었던 것이 아니다. 내 느낌에 그의 모든 연주는 서로 맥이 통했다. 은밀한 관련이 있었다. 모든 연주가 종교적이었다. 그 자신을 바치는 마음이 느껴졌고 경건했다. 그러나 그것은 교회 신도와 목사의 경건함이 아니라 중세의 순례자와 탁발 수도자의 경건함, 모든 종파를 초월한 세계감성에 조건 없이 모든 것을 바치는 경건함이었다. 바흐보다 앞선 거장들과 오래 전 이탈리아 작곡가들의 작품이 부지런히 연주되었는데, 모든 연주가 똑같은 말을 했다. 그 음악가의 영혼에도 들어있는 그것을 말했다. 그것은 간절한 그리움, 세계를 한

없이 꼭 움켜쥐고 다시 한없이 거칠게 밀쳐내기, 자기 자신의 어두운 영혼의 소리에 귀 기울이기, 모든 것을 바칠 때의 황홀함과 경이로운 것에 대한 깊은 호기심이었다.

언젠가 교회에서 나와 멀어지는 오르간 연주자의 뒤를 몰래 따라간 나는 그가 멀리 도시의 변두리에서 작은 술집에 들어가는 것을 보았다. 따라 들어가고 싶은 마음을 억누를 수 없었다. 거기에서 처음으로 그를 또렷하게 보았다. 그는 그 작은 술집 한쪽 구석의 주인용 탁자에 앉아있었다. 머리에 검은 펠트 모자를 쓰고 포도주 잔을 앞에 놓은 그의 얼굴은 내가 예상한 대로 추하고 약간 야성적인데다가 예리하고 집요하며 고집스럽고 의지가 충만했다. 하지만 입가는 부드러운 것이 아이 같았다. 남성다움과 힘은 모두 눈과 이마에 깃들어 있었고, 얼굴의 아랫부분은 다정하고 미숙하고 감정적이며 약간 연약하기까지 했다. 한편으로 우유부단한 기색을 물씬 풍기는 아이다운 턱과 다른 한편으로 이마와 눈빛은 모순에 가까웠다. 내 마음에 드는 것은 자부심과 적대감으로 충만한 어두운 갈색 눈이었다.

나는 말없이 그를 마주하고 앉았다. 술집에 다른 손님은 없었다. 그는 나를 쫓아내려는 듯이 쏘아보았다. 그러나 나는 꿋꿋이 버티며 계속 그를 바라보았고, 결국 그가 퉁명스럽게 내뱉었다. "젠장, 뭘 그렇게 뚫어지게 보쇼? 나한테 뭐 바라는 것이라도 있소?"

"아뇨, 없습니다." 내가 말했다. "하지만 나는 이미 당신에게서 많은 것을 얻었어요."

그가 이맛살을 찌푸렸다.

"아하, 음악광이시구면? 난 음악광을 역겨워하는 사람이오."

나는 움츠러들지 않았다.

"저기 교회에서 당신 연주를 자주 들었어요." 내가 말했다.
"아무튼 폐를 끼칠 생각은 없습니다. 그저 당신에게서 어쩌면 무
언가를 발견하리라는 생각을 했을 뿐이에요. 내가 잘 모르는 특
별한 무언가를 말이죠. 하지만 당신이 내 말을 아예 무시하시는
편이 더 낫겠어요! 어차피 난 교회에서 당신의 연주를 들을 수
있으니까요."

"하지만 난 항상 문을 잠그고 연주하는데."

"얼마 전엔 깜박하셨어요. 덕분에 난 실내에 앉아서 들었고
요. 평소엔 밖에서 선 채로 듣거나 경계석 위에 앉아서 듣죠."

"그래요? 다음번엔 안으로 들어오시오, 안이 더 따뜻하니까.
문만 두드리면 되오. 단, 내가 연주하지 않을 때 힘차게 두드리
시오. 자, 이제 시작해봅시다. 나에게 하고 싶은 말이 뭐요? 한창
젊은 나이에 보아 하니 학생이거나 대학생이지 싶은데, 혹시 음
악가요?"

"아닙니다. 음악을 즐겨 듣는데, 당신의 연주 같은 음악만 즐
겨 들어요. 모든 굴레를 벗어난 음악, 지금 한 사람이 천국과 지
옥을 흔들고 있구나, 하는 느낌이 드는 그런 음악만. 내가 음악을
아주 좋아하는 이유는 음악에 도덕적인 면이 거의 없기 때문이

라고 난 생각해요. 다른 모든 것은 도덕적이죠. 나는 그렇지 않은 무언가를 추구하고요. 도덕적인 것은 나를 항상 괴롭히기만 했어요. 아쉽지만, 내 생각을 잘 표현할 길이 없네요. 혹시 아세요? 신인 동시에 악마인 그런 신이 있어야만 한다는 거? 어디선가 들었는데, 그런 신이 있었대요."

음악가는 챙 넓은 모자를 약간 젖히고 머리를 흔들어 넓은 이마에 드리운 검은 머리카락을 털어냈다. 그러면서 나를 뚫어져라 바라보며 내 쪽으로 상체를 기울였다.

그가 낮고 긴장된 목소리로 물었다. "당신이 말하는 신의 이름이 무엇이오?"

"안타깝지만 나는 그 신에 대해서 아는 것이 거의 없어요. 실은 이름만 아는데, 아프락사스라고 해요."

음악가는 우리의 대화를 엿듣는 사람이 있을 수도 있다는 듯이 경계하는 눈초리로 주위를 둘러보았다. 그러고는 나에게 바투 다가와 속삭였다. "그럴 줄 알았소. 당신은 누구요?"

"나는 김나지움 학생입니다."

"아프락사스를 어떻게 알았소?"

"우연히요."

그가 탁자를 내리쳐 그의 잔에서 포도주가 넘쳤다.

"우연히? 이보게 젊은이, 쓸데없는 말은 그만 하오! 당신도 알다시피 아프락사스는 우연히 알게 되는 신이 아니오. 내가 당신에게 아프락사스에 대해서 더 말해주겠소. 내가 그 신을 조금 아니까."

그는 말없이 자기 의자를 뒤로 밀었다. 내가 기대감에 부풀어 그를 바라보았을 때, 그가 얼굴을 찌푸렸다.

"여기서는 안 되오! 다음번에 합시다.—이거 받으시오!"

그가 여전히 걸치고 있던 외투 주머니에서 군밤 두 톨을 꺼내 나에게 던졌다.

나는 말없이 받아서 먹고 매우 만족했다.

"자!" 얼마 후에 그가 속삭였다. "어떻게 알았소… 그를?"

나는 그에게 말하기를 주저하지 않았다.

"나는 혼자였고 막막했습니다." 내가 설명했다. "그때 옛 친구 하나가 생각났죠. 내가 생각하기에 아는 것이 아주 많은 친구에요. 나는 그림을 그렸어요. 새가 지구에서 나오는 그림이었는데, 그걸 그려서 그 친구에게 부쳤어요. 얼마 후 답장을 더는 기다리지 않게 되었을 때, 쪽지 하나를 받았어요. 그 쪽지에 이렇게 쓰여 있었고요. 새는 싸우면서 알에서 나온다. 알은 세계다. 태어나고자 하는 자는 한 세계를 깨부숴야 한다. 새는 신에게 날아간다. 신의 이름은 아프락사스다."

그는 대꾸가 없었고, 우리는 밤을 까서 포도주 안주로 먹었다.

"한 잔 더 하겠소?" 그가 물었다.

"고맙지만, 그만 하겠습니다. 나는 술을 즐기지 않거든요."

그가 약간 실망한 기색으로 웃었다.

"좋을 대로 하시오! 하지만 내 사정은 다르오. 난 여기에 좀 더 있겠소. 편히 가시오!"

그 후 다음번에 내가 오르간 연주를 듣고 그와 함께 갔을 때, 그는 말수가 그리 많지 않았다. 그는 나를 어느 오래된 골목의 낡고 웅장한 집으로 데려가 위층의 커다란 방으로 안내했다. 약간 황량하고 허름한 그 방에는 음악을 연상시키는 것이라고는 피아노뿐인 반면에 큰 책장과 책상이 있어 지적인 분위기가 풍겼다.

"책이 정말 많으시군요!" 내가 칭찬의 뜻으로 말했다.

"일부는 함께 사는 아버지의 책이오. ─그렇소, 젊은이. 나는 아버지 어머니와 함께 산다오. 하지만 그분들을 당신에게 소개하는 건 내 능력 밖이오. 나의 사교생활은 이 집에서 그리 중시되지 않으니까. 보시다시피 나는 잃어버린 아들이외다. 우리 아버지는 엄청나게 존경스러운 분이오. 자그마치 이 도시에서 알아주는 목사이자 설교자시라오. 그리고 단도직입으로 알려드리는데, 나는 그런 아버지의 유능하고 전도유망한 아드님이지만 제 길을 벗어나 약간 미쳤다오. 신학과 대학생이었는데 졸업시험 직전에 그 우직한 학과를 떠났소. 물론 솔직히 개인적으로는 여전히 신학을 공부하오. 시대마다 사람들이 어떤 신을 생각해냈는가 하는 것은 지금도 나에게 가장 중요하고 흥미로운 문제라오. 그건 그렇고, 지금 나는 음악가이고 머잖아 약소한 오르간연주자 자리를 얻을 것 같소. 그러면 다시 교회 곁에 있게 되겠지."

나는 책들을 훑어보았고, 작은 탁상 등의 희미한 불빛으로 볼 수 있는 한에서, 그리스어, 라틴어, 히브리어 제목을 발견했다. 그러는 사이에, 이제 나와 조금 친해진 음악가는 벽 근처 어두운 바닥에 엎드려 무언가에 몰두했다.

"이리 오시오." 잠시 후에 그가 불렀다. "지금부터 철학 연습을 좀 해봅시다. 입을 다물고 배를 깔고 엎드려서 생각을 하자는 거요."

그는 성냥을 켜서 제 앞에 있는 벽난로 속의 종이와 장작에 불을 붙였다. 불꽃이 높이 솟았고, 그는 아주 조심스럽게 연료를 집어넣으며 불길을 돋우었다. 나는 그의 곁으로 가서 닳아빠진 양탄자 위에 엎드렸다. 그는 불을 응시했고, 불은 내 시선도 끌어당겼다. 우리는 족히 한 시간 동안 너울거리는 장작불 앞에 말없이 엎드려 불꽃이 타오르며 '쏴아' 하는 소음을 내고 가라앉으며 휘어지고 경련하듯이 깜박이다가 결국 바닥에 가만히 깔린 숯불이 되는 것을 보았다.

"불 숭배는 이제껏 발명된 가장 어리석은 숭배는 아냐." 어느 순간엔가 그가 혼잣말로 중얼거렸다. 그 말만 빼면 우리는 한마디도 하지 않았다. 나는 굳어버린 눈을 불에서 떼지 않은 채 꿈과 침묵에 잠겨 연기 속에서 모양들을 보고 재 속에서 그림들을 보았다. 그러다가 불현듯 깜짝 놀랐다. 음악가가 송진 한 덩이를 숯불에 던지자 조그맣고 가느다란 불꽃이 솟았는데, 나는 그 불꽃 안에서 노란색 새매의 머리를 가진 그 새를 보았다. 벽난로 속의 죽어가는 숯불 안에서 금빛 찬란한 실들이 모여들어 그물을 이루고, 철자들과 그림들이 나타났다. 기억 속의 여러 얼굴, 동물, 식물, 꿈틀거리는 벌레와 뱀이 나타났다. 내가 정신을 차리며 음악가를 보니, 그는 주먹 쥔 손으로 턱을 괴고 정신이 나간 듯이 몰입한 채로 재를 응시하고 있었다.

"나는 이제 가야 해요." 내가 작게 말했다.

"예, 그럼 가보시오. 또 봅시다!"

그는 일어나지 않았고, 등이 꺼져있었으므로, 나는 캄캄한 방과 복도와 계단을 더듬더듬 어렵게 지나서 마법에 걸린 그 낡은 집 밖으로 나왔다. 거리에 멈춰 서서 그 오래된 집을 올려다보았다. 빛이 새어나오는 창은 하나도 없었다. 현관문 앞 가스등 불빛 아래에서 작은 놋쇠 현판이 반짝였다.

읽어보니 "주임목사 피스토리우스"라고 새겨진 문패였다.

집에 돌아와 저녁을 먹고 나의 작은 방에 홀로 앉았을 때에야 비로소, 피스토리우스가 나에게 아프락사스를 비롯한 그 무엇에 대해서도 알려주지 않았다는 것이, 우리가 기껏해야 단어 열 개도 주고받지 않았다는 것이 생각났다. 그러나 나는 그의 집을 방문한 것이 아주 만족스러웠다. 게다가 그는 다음번에 정말 좋은 옛날 오르간 음악을 들려주겠다는 약속까지 했다. 그것은 북스테후데(Dietrich Buxtehude, 1637?-1707 독일 작곡가)의 파사칼리아라고 했다.

나는 그런 줄 몰랐지만, 오르간연주자 피스토리우스는 어둡고 쓸

쓸한 그의 방에서 나와 함께 벽난로 앞에 엎드려있을 때 나에게
첫 강의를 한 것이었다. 불을 들여다본 것은 나에게 이로웠다. 그
행동은 내가 항상 가져왔지만 한번도 제대로 챙기지 않은 내 안
의 취향들을 승인하고 강화했다. 차츰 나는 그것들 중 일부를 명
확히 알게 되었다.

이미 꼬마시절부터 나는 자연의 기묘한 형태들을 눈여겨보
곤 했다. 관찰한 것이 아니라 그 형태들의 고유한 마법에, 심오하
고 난해한 말에 몰두한 것이었다. 길고 딱딱한 나무뿌리, 돌 속
에 뻗어있는 여러 색깔의 핏줄, 물 위의 기름얼룩, 유리에 생긴 균
열…… 이와 비슷한 모든 것이 때때로 나를 매혹했다. 특히 물과
불, 연기, 구름, 먼지가 그랬고, 정말 특별하게 매혹적이었던 것은
내가 눈을 감으면 보이는 색깔 얼룩들이었다. 피스토리우스의 집
을 처음 방문한 후 며칠 지나지 않아 나는 이 취향을 새삼 의식
하기 시작했다. 왜냐하면 그 방문 이후 내가 왠지 활력과 기쁨을
느끼고 자아감의 상승을 겪는 것은 다름 아니라 노출된 불을 오
랫동안 응시한 덕분임을 스스로 알아챘기 때문이다. 불을 응시
하는 것은 대단히 쾌적하고 이로운 행동이었다!

내가 나의 진정한 인생 목표를 향해 나아가는 과정에서 그때
까지 얻은 얼마 안 되는 경험에 다음과 같은 경험이 새로 추가
되었다. 그런 형태들을 주시하면, 비합리적이고 엉클어지고 기괴
한 자연의 형태들에 몰두하면, 그 형태들을 빚어낸 의지와 우리
의 내면이 일치한다는 느낌이 우리 안에서 일어난다─우리는 곧

그 형태들을 우리 자신의 마음, 우리 자신의 작품으로 간주하고 싶은 유혹을 느낀다—우리는 우리와 자연 사이의 경계가 떨리고 녹아버리는 것을 보고, 우리의 망막에 맺힌 그 그림들이 바깥에서 유래했는지 혹은 우리 안에서 유래했는지 모르겠다는 기분을 체험하게 된다. 바로 우리가 창조자이며 바로 우리의 영혼이 끊임없는 세계 창조에 늘 참여한다는 지당한 사실을 이 주시하기 연습만큼 쉽고 간단하게 일깨워주는 것은 어디에도 없다. 더 나아가 분리할 수 없는 단 하나의 신성이 우리 안에서 작동하고 또한 자연 안에서 작동한다. 설령 외부 세계가 무너지더라도 우리 중에 한 명이 다시 지을 수 있을 것이다. 왜냐하면 산과 강, 나무와 잎, 뿌리와 꽃, 나아가 자연에 있는 모든 생성물이 우리 안에 본보기로서 있고 영원을 본질로 가진 영혼에서 유래하기 때문이다. 우리는 그 영혼의 본질을 모르지만 대개 사랑의 힘과 창조의 힘으로서 느낀다.

이런 견해를 승인하는 책이 있음을 나는 몇 년 뒤에야 알았다. 다름 아니라 레오나르도 다빈치의 승인이었다. 언젠가 그는 여러 사람이 침을 뱉어놓은 벽을 유심히 바라보면 아주 심오하고 이로운 영감을 얻는다고 말한 바 있다. 피스토리우스와 내가 불에서 느낀 바를 다빈치는 벽에 묻은 침 얼룩에서 느낀 것이다.

다음번에 우리가 만났을 때 오르간연주자가 나에게 설명했다.

"우리는 개인의 경계를 항상 너무 좁게 설정하지요. 우리가 보

기에 낱개로 구분된 것, 따로 떨어진 것만 우리 자신으로 간주한
단 말이오. 그러나 우리는 세계를 이루는 성분들 전체로 이루어
졌소. 우리 각자가 그러하오. 또 물고기를 지나 훨씬 더 멀리까지
거슬러 올라가는 진화의 역사를 우리 몸이 품고 있는 것과 똑같
이, 우리 영혼에는 이제껏 전 인류의 영혼에 깃든 모든 것이 들어
있소. 이제껏 존재해온 모든 신과 악마가, 그리스인이 믿었든지
중국인이나 줄루족이 믿었든지 상관없이, 모두 다 우리 안에 존
재하오. 가능성으로서, 바람으로서, 탈출구로서 말이오. 설령 인
류가 다 죽고, 재능은 웬만큼 있지만 교육을 전혀 못 받은 아이
하나만 남더라도, 그 아이는 만물의 역사 전체를 재발견할 것이
오. 그 아이는 온갖 신과 정령, 낙원, 명령과 금기, 신약성서와 구
약성서, 나아가 모든 만물을 다시 생산할 수 있을 게요."

"좋은 얘기군요." 내가 반발했다. "하지만 그렇다면 개체의 가
치는 어디에서 찾아야 하죠? 모든 것이 우리 안에 이미 완성된
채로 들어있다면, 우리가 더 애쓸 이유가 있나요?"

"잠깐만!" 피스토리우스가 다급하게 외쳤다. "당신이 세계를
단지 품고 있느냐, 아니면 세계를 품고 있으면서 또한 그것을 아
느냐는 큰 차이오! 미치광이도 플라톤을 연상시키는 사상을 만
들어낼 수 있고, 헤른후트파 학교에 다니는 경건한 꼬마도 영지
주의자들이나 조로아스터에게서 나타나는 심오한 신화적 연관
성을 창조적으로 숙고하지요. 하지만 그 꼬마는 아무것도 모르
오! 그리고 모르는 한에서 그는 나무나 돌이고 기껏해야 동물

이지요. 그러나 저 연관성에 대한 앎이 처음으로 밝아올 때 꼬마는 사람이 됩니다. 아마 당신도 저기 거리에서 두 다리로 걸어 다니는 모든 동물을 단지 곧추 서서 걷고 아홉 달 동안 새끼를 밴다는 이유만으로 다 사람으로 간주하지는 않을 것이오. 그들 중에 물고기나 양, 지렁이나 거머리가 얼마나 많은지, 개미가 얼마나 많고 벌이 얼마나 많은지 당신도 알잖소! 물론 그들 각자 안에 사람이 될 가능성이 들어있다는 건 엄연한 사실이에요. 하지만 각자가 그 가능성을 어렴풋이 느끼고 심지어 부분적으로 의식할 줄도 알게 될 때, 그때 비로소 그 가능성이 그의 것이 됩니다."

우리의 대화는 대충 이런 식이었다. 내가 전혀 새로운 것, 깜짝 놀랄 만한 것을 접하는 경우는 거의 없었다. 그러나 가장 진부한 것까지 모든 대화가 내 안의 한 지점을 조용하고 꾸준하게 망치질했다. 모든 대화가 나의 성장을 도왔다. 나에게서 껍질이 벗겨지고 알껍데기가 깨지는 데 기여했다. 대화할 때마다 나는 머리를 조금 더 높이, 조금 더 자유롭게 쳐들었고, 결국 나의 노란 새가 아름다운 맹금류의 머리를 산산 조각난 세계 껍데기 밖으로 내밀었다.

우리는 자주 각자의 꿈을 설명하기도 했다. 피스토리우스는 꿈에 의미를 부여할 줄 알았다. 멋진 예 하나가 방금 떠올랐다. 내가 꿈을 꾸었는데, 꿈속에서 나는 날 수 있었다. 그런데 말하자면 어떤 커다란 추진력에 의해 공중으로 내던져져 날아가는 방식이었다. 나는 그 추진력을 통제할 수 없었다. 그 비행의 느낌은 고무적이었지만, 곧이어 무기력하게 위태로운 높이로 팽개쳐진 나 자신을 보는 순간, 공포로 바뀌었다. 그때 나는 내가 숨을 멈추고 흘려보냄으로써 나의 상승과 하강을 조절할 수 있음을 발견하고 안심했다.

이 꿈에 대해서 피스토리우스는 이렇게 말했다. "당신을 날아가게 한 추진력은 우리 인류의 커다란 자산이오. 누구나 그 추진력을 가지고 있지요. 그것은 자신이 모든 힘 하나하나의 뿌리와 연결되어있다는 느낌이오. 그런데 그런 느낌은 곧바로 두려움을 불러옵니다. 지독하게 위험한 느낌이니까! 그래서 대부분은 아주 기꺼이 비행을 포기하고 법률의 지시에 따라 인도에서 거니는 쪽을 선택하오. 하지만 당신은 다르오. 당신은 유능한 젊은이답게 더 멀리 날아가오. 그리고 신기하게도 차츰 당신이 비행을 통제할 수 있게 되는 것을 발견하오. 당신을 내던진 그 커다란 보편의 힘에 당신 자신의 작고 섬세한 힘이 추가되는 것을 발견한단 말이오. 말하자면 어떤 기관이, 조종간이 추가되는 거요! 이건 정말 대단한 일이라오. 조종간이 없으면 무기력하게 공중에서 떠돌 것이오. 이를테면 미치광이처럼 말이오. 당신은 인도에 있는 이들이 얻은 것보다 더 심오한 예감을 얻었소. 하지만 열쇠와 조종간까지 얻지는 못한 채 바닥없는 허공으로 쏜살같이 날아가오. 하지만 당신은…. 싱클레어, 당신은 해냅니다! 어떻게 해낼까요? 아직 전혀 모르는 것 같은데, 그렇소? 당신은 호흡

조절기라는 새로운 기관으로 해냅니다. 이제 당신도 알았을 게 요, 당신의 영혼이 심층에서는 얼마나 '비개인적인지를'. 무슨 말 이냐면, 당신은 그 조절기를 발명하지 않소! 그것은 새롭지 않 소! 수천 년 전부터 있었던 기관을 당신이 빌리는 것이오. 그것 은 물고기의 평형기관인 부레올시다. 실제로 오늘날에도 특이하 고 보수적인 물고기 두세 종은 부레인 동시에 일종의 폐인 기관 을 가지고 있다오. 그런 부레는 경우에 따라 본격적으로 호흡을 담당할 수도 있소. 당신이 꿈속에서 비행용 부레로 사용한 폐와 전혀 다를 바 없이!"

그는 동물학 책을 가져와서 나에게 그 고풍스러운 물고기들 의 이름과 그림을 보여주기까지 했다. 나는 과거 진화 단계에서 유래한 기능이 내 안에서 생동함을 묘한 전율과 함께 느꼈다.

6장
야곱의 싸움

유별난 음악가 피스토리우스가 아프락사스에 대해서 나에게 알려준 바를 간단히 전달할 수는 없다. 그러나 내가 그에게서 배운 가장 중요한 것은 나 자신을 향한 또 하나의 발걸음이었다. 당시에 열여덟 살쯤이었던 나는 평범하지 않은 젊은이였다. 백 가지면에서 조숙했으며 다른 백 가지 면에서 심하게 뒤쳐지고 무력했다. 나 자신을 남과 비교하고 또 비교할 때면, 자랑스럽고 우쭐할 때도 많았지만 의기소침하고 자존심이 상할 때도 마찬가지로 많았다. 자주 나 자신을 천재로 여겼고 또한 자주 반미치광이로 여겼다. 또래들의 삶과 기쁨에 동참하는 데 실패했고, 흔히 나 자신을 비난하고 걱정하며 애를 태웠다. 마치 내가 또래들로부터 돌이킬 수 없게 분리되기라도 한 것처럼, 삶이 나를 물리치기라도 한 것처럼 말이다.

그 자신이 다 자란 괴짜인 피스토리우스는 나에게 용기와 나자신에 대한 존중을 잃지 말라고 가르쳤다. 그는 나의 말과 꿈과 상상과 생각을 항상 진지하게 받아들이고 진심으로 논평했으

며 늘 그것들에서 가치를 발견했다. 그럼으로써 그는 나에게 본
보기가 되었다.

"당신이 이런 말을 한 적 있소." 그가 말했다. "당신이 음악을
좋아하는 건 음악이 도덕적이지 않기 때문이라고. 뭐, 그럴 수도
있겠소. 하지만 당신 자신도 도덕주의자가 아니어야 하오. 당신
자신을 남과 비교하지 마오. 자연이 당신을 박쥐로 창조했다면,
당신이 당신 자신을 타조로 만들고자 하면 안 되오. 당신은 종종
자신을 괴짜로 여기고, 당신이 대다수와 다른 길을 간다는 이유
로 스스로를 비난하오. 그 버릇을 고쳐야 하오. 불을 들여다보시
오. 구름을 바라보시오. 그리고 어렴풋한 예감이 들고 당신의 영
혼 안에서 목소리들이 말하기 시작하면, 곧바로 당신을 그 목소
리들에 맡기고, 이것이 선생님이나 아버님이나 어떤 소중한 신이
보기에도 적당하고 좋은 행동인지 먼저 묻지 마시오. 그런 물음
은 사람이 자신을 망치는 길이오. 그렇게 물음으로써 사람은 인
도 위로 올라가 화석이 되는 것이오. 친애하는 싱클레어, 우리 신
의 이름은 아프락사스요. 그는 신이면서 악마라오. 그는 어두운
세계와 밝은 세계를 품고 있소. 아프락사스는 당신의 생각과 꿈
가운데 어떤 것에도 전혀 반대하지 않소. 이것을 영원히 잊지 마
시오. 하지만 언젠가 당신이 나무랄 데 없고 평범하게 된다면, 아
프락사스는 당신을 떠날 것이오. 당신을 떠나서, 아프락사스의 사
상을 집어넣고 끓일 새 솥을 찾을 것이오."

나의 모든 꿈 가운데 가장 진실한 것은 저 어두운 사랑의 꿈

이었다. 나는 그 꿈을 자주 꾸고 또 꾸었다. 문장 속의 새 아래를 통과하여 우리의 옛 집에 들어서고, 어머니를 끌어안으려 하지만 어머니 대신에 반은 남성적이고 반은 어머니 같은 건장한 여자를 포옹했다. 나는 그 여자가 무서운데, 뜨겁게 타오르는 욕망이 나를 그녀에게로 끌어당겼다. 나는 이 꿈을 내 친구에게 한번도 이야기하지 않았다. 다른 모든 것을 그에게 털어놓으면서도 이 꿈만은 숨겼다. 그 꿈은 나의 구석, 나의 비밀, 나의 도피처였다.

침울할 때면 나는 피스토리우스에게 옛 작곡가 북스테후데의 파사칼리아를 연주해달라고 부탁했다. 그러고는 저녁에 어둑한 교회 안에 앉아, 그 특이하고 내밀하며 자기 안에 빠져있는, 자신의 소리를 엿듣는 음악에 몰두했다. 그 음악은 매번 나에게 이로웠고 나로 하여금 영혼의 목소리에 동조할 준비를 더 잘 갖추게 했다.

때때로 우리는 오르간 소리가 이미 잦아든 뒤에도 한동안 교회 안에 앉아서 희미한 빛이 뾰족한 창으로 들어와 점차 사라지는 것을 보았다.

"생각해보면 우스운 일이오." 피스토리우스가 말했다. "내가 한때 신학생이었고 목사가 될 뻔했다는 것 말이오. 하지만 그때 나는 단지 형식의 오류를 범한 것이었소. 성직자는 나의 천직이요 목표라오. 다만 내가 너무 일찍 만족해서 아프락사스를 알기도 전에 여호와에게 나를 바친 것이 문제였소. 하아, 모든 종교는 아름답다오. 종교는 영혼이오. 기독교의 성찬식에 참석하든, 메카로 순례를 떠나든 마찬가지요."

"그렇다면…" 내가 의견을 밝혔다. "사실은 목사가 되실 수도 있었겠네요."

"아니오, 싱클레어, 그렇지 않소. 내가 목사가 되려면 거짓말을 해야 했을 거요. 우리의 종교는 마치 종교가 아닌 것처럼 실행된다오. 우리 종교가 마치 지성의 산물처럼 군다는 뜻이오. 어쩔 수 없다면 나는 가톨릭 성직자는 될지언정, 개신교 성직자는…… 아니오! 정말로 독실한 신자 두 분을 내가 아는데, 그들은 즐겨 자구(字句)에 매달립니다. 나는 그들에게, 예컨대 그리스도는 나에게 인물이 아니라 반신반인이요 신화요 영원의 벽에 그려진 인류 자신의 거대한 그림자라는 말을 할 수 없을 것 같소. 또 지혜로운 말을 듣고 의무를 이행하고 나태하게 살지 않으려는 등의 목적으로 교회에 오는 다른 사람들, 그래요, 그런 사람들에게 내가 무슨 말을 하겠소? 그들을 기독교에 귀의시켜야 한다고 생각하오? 천만에, 난 전혀 그러고 싶지 않소. 성직자로서 나는 귀의시키기를 원하지 않고, 다만 자신과 동류인 신자들 사이에서 살면서 우리가 신들을 만드는 데 바탕이 된 느낌을 갖고 표현하기를 원하오."

그는 잠시 침묵한 뒤에 말을 이었다. "우리가 지금 아프락사스라고 부르는 새로운 신앙의 대상은 아름답고 사랑스러운 친구요. 그는 우리가 가진 최선의 것이오. 하지만 그는 아직 젖먹이라오! 아직 날개가 돋아나지 않았소. 아, 외로운 종교, 이건 아직 참된 종교가 아니오. 이 종교는 공동의 것이 되어야 하오. 예배 형식과 무아지경, 축제, 비밀 의식을 갖춰야 하오."

그는 골똘히 혼자만의 생각에 잠겼다.

"비밀 의식을 혼자서 치르거나 몇 명 안 되는 사람들끼리 치를 수는 없나요?" 내가 머뭇거리며 물었다.

"물론 그럴 수 있소." 그가 고개를 끄덕였다. "나는 오래 전부터 비밀 의식을 치르고 있지요. 내가 거행해온 예배가 사람들에게 알려지면, 나는 몇 년을 감옥에서 썩어야 할 거요. 하지만 그건 아직 올바른 예배가 아니라는 걸 나 스스로 안다오."

그가 갑자기 내 어깨를 두드리는 바람에 나는 몸을 움츠렸다. "젊은이." 그가 절실하게 말했다. "당신도 비밀이 있소. 나는 당신이 어떤 꿈들을 틀림없이 갖고 있는데, 그 꿈들을 나에게 말하지 않는다는 것을 압니다. 나는 그 꿈들을 알고 싶지 않소. 하지만 당신에게 이 말을 해주겠소. 그 꿈들을 당신의 삶과 놀이로 삼으시오! 그 꿈들을 위한 제단을 지으시오! 이것은 아직 완성이 아니라 과정이외다. 언젠가 우리가, 그러니까 당신과 나와 다른 두세 명이 세계를 새롭게 할지는 시간이 가면 저절로 드러날 것이오. 그러나 우리 안의 세계는 우리가 나날이 새롭게 해야 하오. 그렇게 하지 않으면 우리는 아무것도 아니오. 잘 생각하시오! 당신은 열여덟 살이오, 싱클레어. 당신은 거리의 창녀들에게 가지 않소. 당신은 사랑을 꿈꾸고 바라야 하오. 어쩌면 사랑에 관한 당신의 꿈과 바람이 당신을 겁먹게 할 만한 것일 수도 있겠지만, 겁먹지 마시오! 그것들은 당신이 지닌 가장 좋은 것이오! 나를 믿으시오. 나는 당신 나이 때 나의 사랑 꿈을 억누르면서 많은 것을 잃었소. 그래선 안 되오. 아프락사스를 안다면, 더는 그리 하면 안 되오. 우리 안의 영혼이 바라는 것은 무엇이든 간에 두려워하거나 금지된 것으로 간주하지 말아야 하오."

나는 깜짝 놀라 반발했다. "하지만 생각에 떠오르는 것들을 모조리 실행할 수는 없어요! 마음에 안 든다고 사람을 죽이는 것도 안 되고요."

그가 내 쪽으로 더 바투 다가왔다.

"경우에 따라선 그렇게 해도 되오. 물론 대부분의 경우에 살인은 잘못이지만. 내 말은, 당신 머리에 떠오르는 모든 것을 그냥 실행하라는 뜻이 아니오. 그건 아니지만, 좋은 의미를 가진 발상들을 떨쳐내고 이리저리 도덕에 맞추느라고 해롭게 만들어선 안 되오. 당신 자신이나 타인을 십자가에 못 박는 대신에, 엄숙한 사상을 담은 잔에서 포도주를 마시면서 희생의 미스터리를 생각할 수 있다오. 저런 행동들을 하지 않아도 자신의 충동과 이른바 유혹을 존중과 사랑으로 대할 수 있소. 그러면 그것들은 자신의 의미를 알려주지요. 그것들은 모두 의미를 가지고 있소.─싱클레어, 다음번에 무언가 정말 끔찍하고 사악한 생각이 떠오르거든 말이오, 누군가를 죽이거나 무언가 엄청나게 상스러운 짓을 하고 싶거든, 잠깐 멈춰서 이걸 생각하시오. 당신 안에서 그런 상상을 하는 장본인은 아프락사스라는 것을 말이오. 당신이 죽이고 싶은 사람은 절대로 아무개 씨가 아니오. 틀림없이 그는 허수아비일 뿐이오. 우리가 누군가를 증오한다면, 우리는 그의 모습을 보면서 우리 자신 안에 자리 잡은 무언가를 증오하는 것이라오. 우리 안에 있지 않은 것은 우리를 자극하지 않소."

나의 가장 은밀한 곳을 이토록 깊이 찌르는 말을 피스토리우스가 한 적은 없었다. 나는 대꾸할 수 없었다. 그러나 내가 가장 기이하고 충격적이라고 느낀 것은 이 격려와 내가 여러 해 전부터 품고 사는 데미안의 말이 일치한다는 점이었다. 피스토리우스와 데미안은 서로를 모르는데도 나에게 같은 말을 했다.

"우리가 보는 사물은…" 피스토리우스가 작게 말했다. "다름 아니라 우리 안에 있는 사물과 동일하오. 우리가 우리 안에 지닌 현실 말고 다른 현실은 없소. 그렇기 때문에 대부분의 사람들은 아주 비현실적으로 산다오. 그들은 바깥의 모습들을 현실로 여기고 자기 안에 있는 자기 나름의 세계를 전혀 발설하지 않으니까요. 그러면서도 행복할 수 있소. 하지만 다른 삶을 알게 되면, 대다수의 길을 가는 것을 더는 선택할 수 없소. 싱클레어, 대다수의 길은 쉽고 우리의 길은 어렵소.—우리의 길을 갑시다."

며칠 후, 그 사이 두 번이나 그를 기다리다 허탕을 친 나는 늦은 저녁에 거리에서 그와 마주쳤다. 차가운 밤바람을 맞으며 모퉁이를 돌아 다가오는 그는 몹시 취해 휘청거렸다. 나는 그를 부르고 싶지 않았다. 그는 나를 못 보고 지나쳤다. 마치 미지의 존재가 부르는 어두운 소리를 따라가기라도 하는 것처럼, 타오르는 듯한 그의 외로운 눈은 앞을 향해 고정되어 있었다. 나는 길이 끝나는 곳까지 그를 따라갔다. 그는 보이지 않는 줄에 끌려가는 것처럼 열정적이면서 또한 허우적거리는 걸음걸이로 나아갔다. 흡사 유령 같았다. 나는 슬퍼하면서 집으로, 나의 실행되지 않은 꿈들로 돌아왔다.

나는 "지금 그는 그 자신 안의 세계를 새롭게 하는 중이야!"라고 생각함과 동시에 이 생각이 저급하고 도덕적이라고 느꼈다. 내가 그의 꿈들에 대해서 뭘 안다는 것인가? 어쩌면 내가 마음 졸이며 가는 길보다 그가 흠뻑 취해서 가는 길이 더 안전할지도 몰랐다.

수업 사이 휴식시간에 종종 내가 전혀 주목하지 않은 학우 하나가 나와 친해지려 애쓰는 것이 눈에 띄었다. 그는 키가 작고 약해 보이고 몸매가 홀쪽하며 숱이 적고 붉은 빛이 감도는 금발을 가진 소년이었는데 눈빛과 행실에 독특한 구석이 있었다. 어느 저녁 내가 귀가할 때, 그는 골목에 숨어 나를 기다리다가 내가 그의 앞을 지나치자 다시 내 뒤를 따라와 우리 집 현관문 앞에 멈춰섰다.

"나한테 뭐 받을 거라도 있니?" 내가 말했다.

"그냥 너랑 한번 얘기해보고 싶어서." 그가 수줍게 말했다. "나랑 같이 조금만 산책해줄 수 있겠니?" 나는 그를 따라가면서 그가 몹시 들뜨고 기대에 부풀었음을 눈치 챘다. 그의 손이 떨리고 있었다.

"너 심령론자Spritist니?" 그가 느닷없이 물었다.

"아냐, 크나우어." 내가 웃으며 말했다. "심령론하고는 눈곱만큼도 관계없어. 왜 그런 생각을 하게 됐니?"

"그럼 신지론자Theosph는 맞지?"

"그것도 아니야."

"아이 참, 그렇게 숨기지 마! 난 네가 어딘가 유별나다는 걸 또렷이 느껴. 네 눈이 특별하거든. 나는 네가 정령들과 통한다고 확실히 믿어. —내가 호기심으로 묻는 게 아냐, 싱클레어. 정말 아니라고! 실은 나 자신이 구도자란 말이야. 게다가 아주 외롭고."

"그래, 계속 얘기해봐." 내가 그를 격려했다. "나는 정령에 대해서는 아무것도 모르지만 내 꿈속에서 사는데, 네가 그걸 눈치 챘구나. 다른 사람들도 꿈속에서 살긴 하는데, 자기 자신의 꿈속에서 살지는 않지. 그게 차이야."

"맞아, 어쩌면 그런 것 같아." 그가 속삭였다. "오로지 어떤 꿈속에서 사느냐 하는 것만이 중요해. 혹시 백색마법에 대해서 들어본 적 있니?"

나는 아니라고 대답할 수밖에 없었다.

"백색마법을 배우면 자기 자신을 지배할 수 있어. 그러면 죽지 않게 되고 마법도 부릴 수 있지. 그런 연습을 한 번도 안 해봤니?"

내가 궁금해서 그 연습에 대해서 묻자 그는 비밀스럽게 굴다가 결국 내가 떠나려고 몸을 돌리자 이렇게 털어놓았다.

"나는 예컨대 잠들거나 나 자신에 집중하고 싶을 때 그런 연습을 해. 우선 무언가를 생각하는 거야. 이를테면 단어나 이름, 또는 도형을 말이야. 그 다음엔 온 힘을 써서 그 도형을 내 안으로 집어넣는다고 생각해. 그리고 그 도형이 내 머리 안에 있는 것을 떠올리려고 애쓰지. 그것이 거기에 있다는 느낌이 들 때까지 말이야. 그런 다음에는 그것을 목 안으로 집어넣는다고 생각하고, 그런 식으로 계속하는 거야. 결국 나 전체가 그 도형으로 가득 찰 때까지. 그러고 나면 나는 아주 견고해지고, 어떤 것도 나의 고요를 깨뜨릴 수 없게 돼."

나는 그의 말을 어느 정도 이해했다. 하지만 그가 여전히 무언가 다른 것을 가슴에 품고 있다고 느꼈다. 그는 이상하게 흥분하고 허둥댔다. 나는 그가 편히 질문하게 만들고자 애썼고, 그는 곧 자신의 진짜 관심사를 내비쳤다.

"금욕은 너도 하겠지?" 그가 소심하게 물었다.

"금욕? 성욕을 절제하느냐고?"

"그래, 그래. 나는 2년 전에 그 연습을 알게 된 뒤로 줄곧 금욕해왔어. 너도 알다시피, 그 전에는 방탕했거든.—그러니까 넌 여자랑 어울린 적이 한 번도 없는 거야?"

"응." 내가 말했다. "적당한 여자를 여태 못 만났어."

"그럼 적당하다 싶은 여자가 나타나면, 그 여자랑 잘 거야?"

"응, 당연하지.—그 여자가 반대하지 않는다면." 내가 약간 비웃는 투로 말했다.

"아이고, 너 그러면 일을 망치게 돼! 내면의 힘을 기르려면 반드시 철저하게 금욕해야 한다고. 나는 2년 동안 금욕했어. 2년 하고도 한 달 넘게! 이렇게 하기는 정말 어려워. 때로는 도저히 참을 수 없을 지경이 되다시피 하지."

"크나우어, 내 말 잘 들어. 난 금욕이 그렇게 엄청나게 중요하다고 믿지 않아."

"나도 알아." 그가 반발했다. "다들 반대하지. 하지만 너는 다를 줄 알았어. 더 높은 정신의 길을 가려는 사람은 순결을 유지해야해, 반드시!"

"그래, 그렇다면 너는 그렇게 하렴! 하지만 성욕을 억누르는 사람이 왜 다른 사람보다 더 순결하다는 건지 나는 모르겠다. 설마 너는 모든 생각과 꿈에서 성욕을 떨쳐낼 수 있니?"

그가 난감한 표정으로 나를 바라보았다.

"아니, 정반대야! 젠장, 아무튼. 순결해야 한단 말이야. 나는 밤에 꿈을 꾸곤 하는데, 그 꿈은 제기랄 나 자신에게도 이야기할 수 없을 정로도 끔찍해."

나는 피스토리우스가 내게 한 말을 떠올렸다. 그러나 그 말이 지당하다고 느끼면서도 그것을 전달할 수 없었다. 나 자신의 경험으로 얻은 것이 아니고 나 자신도 따르기에 역부족이라고 느끼는 조언을 해줄 수는 없었다. 나는 침묵했고, 누군가가 나에게 조언을 구하는데 나는 조언해줄 것이 없는 상황이 굴욕적이라고 느꼈다.

"난 온갖 방법을 다 써봤어!" 크나우어가 내 곁에서 한탄했다.
"찬물, 눈, 체조, 달리기… 할 수 있는 건 다 해봤지. 하지만 아무
소용이 없어. 매일 밤, 나는 절대로 생각하면 안 되는 꿈을 꾸다
가 깨어나. 그리고 정말 기가 막히는 건, 그런 꿈 때문에 내가 정
신적으로 훈련한 모든 것이 차츰 다시 사라진다는 거야. 정신을
집중하거나 잠을 유도하는 것을 이제 거의 할 수 없게 되었어. 뜬
눈으로 밤을 새우는 일이 잦다고. 이런 상황을 오래 견딜 수는
절대로 없어. 결국 내가 싸움을 이어가지 못하게 되면, 내가 굴복
해서 다시 나를 더럽히면, 나는 아예 싸운 적도 없는 다른 모든
사람들보다 더 나쁜 놈이야. 내 말 이해하지?"

나는 고개를 끄덕였지만 말은 할 수 없었다. 그는 나를 지루
하게 만들기 시작했고, 나는 그의 곤경과 절망을 빤히 보면서도
별다른 감흥이 없는 나 자신에게 경악했다. 단지, 나는 너를 도울
수 없다는 것만 느껴졌다.

"나한테 해줄 말이 없는 거니?" 마침내 그가 지치고 슬픈 어
투로 말했다. "전혀 없어? 무언가 길이 있어야만 해! 그럼 넌 어
떻게 하니?"

"너한테 해줄 말이 없어, 크나우어. 이런 일은 서로 도울 수
없거든. 나 역시 누구의 도움도 받지 않았어. 네가 너 자신을 깊
이 숙고하고 나서 정말로 너의 본심에서 우러나는 것을 실행해
야 해. 다른 길은 없어. 네가 너 자신을 발견하지 못한다면, 너는
어떤 정령도 발견하지 못할 거야. 이게 내 생각이야."

그 작은 친구가 실망하고 갑자기 말문이 막혀 나를 바라보았다. 그때 그의 눈빛이 돌연한 분노로 타오르더니, 그가 나를 향해 얼굴을 찌푸리며 사납게 외쳤다. "옳아, 이제 보니 넌 아름다운 성자로군! 너도 방탕한 짓을 한다는 걸 나도 알아! 지혜로운 척하지만, 몰래 숨어서는 나를 비롯한 모든 사람과 똑같이 더러운 짓에 매달리지. 너는 돼지야, 돼지. 나랑 마찬가지라고. 우리는 다 돼지야!"

나는 그를 놔두고 떠났다. 그는 두세 걸음 따라오다가 걸음을 멈추고 반대 방향으로 달려 멀어졌다. 나는 동정과 혐오가 뒤섞인 감정으로 기분이 언짢았고, 집에 돌아와 나의 작은 방에서 내가 그린 그림 몇 점을 빙 둘러 세워놓고 절절한 진심으로 나 자신의 꿈에 빠져들어서야 비로소 그 감정에서 벗어났다. 내 꿈은 곧바로 재생되었다. 집의 현관문과 문장, 어머니와 낯선 여자가 나오는 꿈. 나는 그 여자의 얼굴을 더할 나위 없이 또렷하게 보아두었다가 바로 그날 저녁에 그리기 시작했다.

꿈처럼 거의 무의식적으로 진행된 15분간의 작업이 쌓여 며칠 후 그림이 완성되었을 때 나는 그것을 내 방의 벽에 걸고 탁상 등을 가져다놓은 다음 정령 앞에 서듯이 그 앞에 섰다. 나는 결심이 설 때까지 그 정령과 싸워야 했다. 그 얼굴은 예전에 그린 얼굴과 비슷했다. 내 친구 데미안과 비슷하고 몇몇 특징은 나 자신과도 비슷했다. 한쪽 눈이 다른 눈보다 확실히 더 높이 있었고, 멍하니 내 위를 지나 먼 곳으로 향하는 골똘한 눈빛은 운명으로 가득 차 있었다.

그 얼굴 앞에 선 나는 내면의 긴장으로 가슴속까지 차가워졌다. 나는 그 그림에게 질문하고 비난했다. 그 그림을 애무했고, 그 그림에게 간청했다. 그 그림을 어머니라고, 애인이라고, 음탕한 여자라고, 창녀라고, 아프락사스라고 불렀다. 그러는 사이에 피스토리우스의―어쩌면 데미안의?―말이 떠올랐다. 언제 들은 말인지 기억나지 않았지만, 그 말이 다시 들리는 듯했다. 야곱이 신이 보낸 천사와 싸우는 대목에서 나오는 그 말은 이것이었다. "나를 축복하기 전에는, 당신을 놓아주지 않겠소."

등불에 비친 얼굴 그림은 내가 호칭을 바꿔 부를 때마다 달라졌다. 밝고 환해지기도 하고 검고 캄캄해지기도 했으며, 생기 잃은 눈을 창백한 눈꺼풀로 가렸다가 다시 뜨고 타오르는 눈빛을 쏘아내기도 했다. 여자 어른이었다가, 남자 어른이었다가, 소녀, 어린 아이, 동물이었다가, 형체 없는 얼룩으로 뭉개졌다가 다시 크고 선명해지기도 했다. 결국 나는 내면에서 힘껏 외치는 소리에 따라 눈을 감고 내 안으로 시선을 돌려 그 그림을 더 강렬하고 힘찬 모습으로 보았다. 나는 그 그림 앞에 무릎 꿇고 싶었지만, 그것은 내 안에 아주 깊숙이 들어있어서, 나는 그것과 나를 떼어놓을 수 없었다. 마치 그것이 그대로 내가 되어버린 것 같았다.

그때 봄의 폭풍이 내는 소리처럼 어둡고 무거운 바람소리가 났고, 나는 이루 말할 수 없이 낯선 체험과 두려움으로 전율했다. 눈앞에서 별들이 번득였고, 가장 먼, 가장 완전하게 잊은 어린 시절, 심지어 태어나기 이전 생성의 초기 단계부터의 기억이 거세게 흐르며 나를 휘감았다. 그러나 가장 은밀한 것까지 내 삶 전체를 되풀이하는 듯한 그 기억은 어제와 오늘에서 끝나지 않고 계속 이어져 미래를 비추고 나를 오늘에서 거칠게 떼어내 처음 보는 생물들 속으로 내던졌다. 그것들의 모습은 어마어마하게 밝고 눈부셨는데, 나중에 나는 그중 하나도 제대로 기억해낼 수 없었다.

밤에 깊은 잠에서 깨어나 보니 나는 옷을 입은 채로 침대 위에 비스듬히 누워있었다. 등불을 켰고, 무언가 중요한 것을 숙고해야 한다고 느꼈지만, 앞서 있었던 일들을 전혀 기억할 수 없었다. 나는 등불을 켰고, 차츰 기억이 되살아났다. ―그림을 찾아 두리번거렸다. 벽에 걸려있지도 않고 책상 위에 놓여있지도 않았다. 문득 내가 그것을 태워버린 것이 기억나는 듯했다. 혹은 내가 내 손으로 그것을 태우고 재를 먹은 것은 꿈이었을까?

크고 섬뜩한 불안이 나를 몰아댔다. 나는 강제라도 당하는 것처럼 모자를 쓰고 집 밖으로 나와 골목을 통과했고, 마치 폭풍에 휩쓸려가는 듯이 거리와 광장을 달리고 또 달렸으며, 내 친구의 캄캄한 교회 앞에서 귀를 기울였고, 불명확한 충동에 이끌려 무엇을 찾는지도 모르는 채로 이리저리 찾아 헤맸다. 나는 교외의 창녀촌을 통과했다. 거기에는 아직 여기저기 불빛이 있었다. 더 멀리에는 신축건물들과 벽돌더미가 갈색 눈을 반쯤 뒤집어쓰고 있었다. 낯선 압력에 떠밀려 몽유하는 사람처럼 그 황량한 곳을 배회하자니, 내 고향의 그 신축건물이 떠올랐다. 나를 괴롭히던 크로머가 언젠가 나에게서 처음으로 돈을 받아간 그곳 말이다. 여기에도 밤의 잿빛 어둠 속에 그와 유사한 건물이 서서 나를 향해 검은 문구멍을 벌리고 있었다. 그 건물이 나를 안으로 끌어당겼고, 나는 피하려다가 모래와 잔돌 위로 넘어졌다. 건물은 나를 더 세게 끌어당겼고, 나는 들어갈 수밖에 없었다.

그 황폐한 공간에서 나는 판자 조각과 깨진 벽돌을 밟으며 휘청거렸다. 습한 냉기와 돌의 냄새가 탁하게 났다. 한쪽에 쌓인 모래더미가 밝은 회색 얼룩으로 보였고, 나머지는 온통 어둠이었다.

그때 당황한 목소리가 나를 불렀다. "이런 세상에, 싱클레어. 너 어디에서 온 거야?"

그리고 내 옆의 캄캄한 어둠 속에서 사람 하나가 일어섰다. 작고 마른 젊은이가 마치 유령처럼. 나는 곤두선 머리카락이 가라앉기도 전에 나의 학우 크나우어를 알아보았다.

"여길 어떻게 왔어?" 그가 흥분하여 얼떨떨한 말투로 물었다. "어떻게 날 찾아냈지?"

나는 그의 말을 이해할 수 없었다.

"난 너를 찾아온 게 아냐." 내가 어리둥절하며 말했다. 단어 하나하나가 무겁고 생기 없는, 얼어붙은 듯한 입술을 힘겹게 통과하여 밖으로 나왔다.

그가 나를 응시했다. "찾아온 게 아니라고?"

"그래. 난 여기로 끌려왔어. 네가 나를 불렀니? 네가 부른 게 틀림없어. 그런데 너 여기에서 뭐하니? 이 한밤중에."

그가 발작하듯이 마른 팔로 나를 끌어안았다.

"그래, 밤이지. 곧 아침이 되어야 하고. 오, 싱클레어, 네가 나를 잊지 않았으면 좋겠어. 나를 용서할 수 있겠니?"

"뭘 용서해?"

"아하, 정말이지 난 지독하게 혐오스러웠어!"

나는 그제야 우리의 대화가 기억났다. 네댓새 전이었던가? 내 느낌으론 그 대화 이후 한 생애가 지난 것 같았다. 그러나 이제 나는 불현듯 모든 것을 깨달았다. 우리 사이에 있었던 일뿐 아니라 내가 왜 여기에 왔는지, 이 외진 곳에서 크나우어가 무엇을 하려 했는지까지.

"크나우어, 너 자살하려고 한 거지?"

그가 추위와 두려움에 몸서리쳤다.

"그래, 맞아. 해낼 수 있었을지는 모르겠지만. 아침이 올 때까지 기다릴 생각이었어."

나는 그를 끌고 밖으로 나왔다. 수평으로 누운 첫 햇살이 회색 허공에서 말할 수 없을 정도로 차갑고 무정하게 반짝였다.

나는 그의 팔을 붙들고 한동안 걸었다. 내 안에서 이런 말이 나왔다. "이제 집으로 가. 그리고 아무 말도 하지 마, 누구에게도! 넌 길을 잘못 들었어. 틀린 길이야! 우린 네가 생각하는 것처럼 돼지가 아니야. 우린 사람이야. 우리는 여러 신을 만들고 그들과 맞붙어 씨름해. 신들은 우리를 축복하고."

우리는 말없이 더 걷다가 헤어졌다. 내가 집에 도착했을 때는 이미 날이 밝아있었다.

St에서 보낸 그 시절이 나에게 안겨준 가장 좋은 선물은 오르간 곁이나 벽난로 앞에서 피스토리우스와 함께 보낸 시간들이었다. 우리는 아프락사스에 관한 그리스어 문헌 하나를 함께 읽었고, 그는 나에게 베다의 번역문 한 구절을 읽어주고 신성한 "옴"을 발음하는 법을 가르쳐주었다. 하지만 나의 내면을 키워준 것은 그런 고급 지식이 아니었다. 오히려 정반대였다. 나에게 유익했던 것은, 나 자신이 내면적으로 성장한다는 자각, 나의 고유한 꿈들에 대한 신뢰의 증가, 사색과 예감, 내가 품고 있는 힘에 대한 앎의 증가였다.

피스토리우스와 나는 모든 면에서 잘 어울렸다. 내가 집중해서 그를 생각하기만 하면, 그 자신이나 그의 안부 인사가 나에게 온다는 것을 나는 확신했다. 나는 데미안에게 하는 것과 마찬가지로 그가 곁에 없어도 그에게 질문할 수 있었다. 그를 확고하게 상상하면서 나의 질문을 집중적인 생각의 형태로 그에게 던지기만 하면 되었다. 그러면 질문에 실어 보낸 영혼의 힘이 고스란히 대답으로 나에게 돌아왔다. 다만, 내가 상상한 것은 피스토리우스라는 개인이 아니었고 막스 데미안이라는 개인도 아니었다. 오히려 그것은 내가 꿈꾸고 그린 모습, 내가 불러야 하는 내 수호신의 모습, 여성적이며 남성적인 그 꿈속의 모습이었다. 이제 그 모습은 내 꿈속에만, 또는 종이 위의 그림으로만 존재하지 않았다. 오히려 내 안에, 이상적인 나 자신으로서, 격상한 나 자신으로서 존재했다.

미수에 그친 자살 기도자 크나우어는 독특하고 때로는 우스꽝스러운 방식으로 나에게 다가왔다. 내가 그에게 보내진 그밤 이후 그는 충성스러운 하인이나 개처럼 나에게 매달렸고 그의 삶을 내 삶에 연결하려 애썼으며 맹목적으로 나를 따라다녔다. 기괴하기 짝이 없는 질문과 바람을 가지고 나에게 왔고, 정령들을 보고자 했으며, 카발라(유대교 신비주의—옮긴이)를 배우려 했고, 이 모든 것에 대해서 아는 바가 전혀 없다고 힘주어 말하는 나를 믿지 않았다. 그는 내가 온갖 힘을 지녔다고 믿었다. 하지만 기이한 점도 있었는데, 마침 내 안의 어떤 매듭을 풀어야 할 때 그가 기괴하고 어리석은 질문을 가지고 나에게 오고, 그의 변덕스러운 발상과 요구가 나를 매듭 풀이의 단서와 계기로 이끄는 경우가 잦았다는 것이다. 나는 흔히 그를 귀찮게 여겨 위압적으로 쫓아버렸다. 하지만 나는 그 역시 나에게 보내졌다는 것을, 내가 그에게 주는 것이 곱절이 되어 나에게 돌아온다는 것을, 그도 나의 길잡이, 아니 길이라는 것을 어렴풋이 느꼈다. 그가 구원을 얻기 위해 읽고 나에게 알려준 놀라운 책들과 문헌들은 내가 한눈에 파악할 수 있는 것보다 더 많은 것을 가르쳐주었다.

이 크나우어라는 인물은 나중에 나의 길에서 슬그머니 사라졌다. 그와는 논쟁할 필요가 없었다. 그러나 피스토리우스와의 논쟁은 명백히 필요했다. St에서의 학생시절이 끝날 무렵에 나는 이 친구와 함께 또 한 번 독특한 체험을 했다.

무난한 사람들도 인생에 한번 또는 몇 번쯤은 경건과 감사라는 아름다운 미덕과의 갈등을 피하기 어렵다. 누구나 한번은 아버지와 선생들로부터 멀어지는 쪽으로 걸음을 내디뎌야 하고, 가혹한 외로움을 조금은 느껴봐야 한다. 비록 대다수의 사람들은 그것을 견디기가 너무나 버거워 곧 다시 어딘가로 숨어들지만.—나는 부모님과 그들의 세계, 내 아름다운 유년기의 "환한" 세계와 격하게 싸우고 헤어지지 않았다. 오히려 서서히 눈에 띄지 않게 멀어지고 남이 되어갔다. 나는 그것이 슬펐고 그래서 고향을 방문할 때면 자주 마음이 쓰렸다. 그러나 그 쓰라림은 가장 깊은 속까지 미치지 않았고 견딜 만했다.

반면에 우리가 습관 때문이 아니라 철저히 자발적으로 사랑과 존경을 바친 상대, 그 앞에서 우리가 가장 진실한 마음으로 제자였고 친구였던 상대는 다르다. 문득 우리 안의 흐름이 우리를 그렇게 사랑한 상대에게서 멀어지는 쪽으로 이끈다고 느껴지는 순간, 쓰라림과 두려움이 몰려든다. 그럴 때, 선생이자 친구인 그 상대를 밀쳐내는 모든 생각은 독을 품은 가시로 우리 자신의 심장을 겨누고, 방어를 위한 주먹은 우리 자신의 얼굴을 때린다. 그럴 때, 도덕적으로 정당하다고 자처해온 사람에게 "배신"과 "배은망덕"이라는 단어가 마치 치욕적인 호칭이나 낙인처럼 불쑥 다가오고, 깜짝 놀란 마음은 겁에 질려 다시 유년기의 미덕으로 충만한 포근한 골짜기로 달아난다. 이 상대와도 단절해야 한다는 것,

이 유대관계도 끊어내야 한다는 것을 믿지 못한다.

시간이 흐르면서 천천히 내 안에서 내 친구 피스토리우스를 무조건 길잡이로 인정하는 것에 반발하는 감정이 생겨났다. 내가 청소년 시절의 가장 중요한 몇 달 동안 체험한 것은 그와의 우정, 그의 조언, 그의 위로, 그와의 친밀한 관계였다. 신은 피스토리우스를 통해 나에게 말했다. 나의 꿈들은 그의 입을 통해 나에게 되돌아왔고, 선명해졌고, 해석되었다. 그는 나에게 나 자신을 향해 나아갈 용기를 선물했다. ―아, 그러나 나는 그에 대한 반감이 서서히 커지는 것을 느꼈다. 내가 듣기에 그의 말은 지나치게 교훈적이었고, 나는 그가 나의 일부만 완전히 이해한다고 느꼈다.

우리 사이에 싸움은 없었다. 말다툼도, 절교도, 심지어 결산도 없었다. 나는 그에게 딱 한마디, 사실상 해로울 것 없는 말만 했다. ―하지만 그 순간 우리 사이에서 환상이 오색 파편으로 산산이 부서졌다.

예감은 벌써부터 나를 압박하고 있었지만 어느 일요일 그의 낡은 공부방에서 비로소 또렷한 느낌으로 바뀌었다. 우리는 불 앞의 바닥에 엎드려 있었고, 그는 자기가 공부한 비밀 의식들과 종파들에 대해서 이야기했다. 그것들을 숙고하고 그것들의 미래에 관심을 기울인다고 했다. 그러나 내가 느끼기에 그 모든 것은 생사를 걸 만큼 중요하다기보다 호기심과 흥미의 대상에 가까웠다. 나는 그의 이야기에서 박학다식을 들었고 옛 세계의 잔해를 뒤지는 피곤한 손놀림을 들었다. 그리고 단박에, 이 모든 방식, 비밀 의식 숭배, 전승된 신앙 형태들을 짜맞추는 모자이크 놀이에 대한 반감이 일었다.

"피스토리우스." 내가 느닷없이, 터져 나오는 악의에 나 자신도 놀라 굳어지며 말했다. "당신이 나에게 다시 한 번 꿈을 이야기하는 게 좋겠어요. 당신이 밤에 꾸는 진짜 꿈을 말이에요. 당신이 지금 늘어놓는 이야기는 정말, 정말 지독한 골동품이라고요!"

그는 내가 그런 식으로 말하는 것을 들어본 적이 없었고, 나는 말함과 동시에, 내가 그를 향해 발사하여 그의 심장을 꿰뚫은 화살이 바로 그 자신의 무기고에서 나온 것임을 퍼뜩 알아챘다. 놀랍고 부끄러운 일이었다. 나는 그가 가끔 반어적인 어투로 하던 자기비난의 말을 들어두었다가 지금 악의적으로 날을 세워 그에게 던진 것이었다.

그는 이것을 대번에 감지했고 곧바로 말문을 닫았다. 나는 마음 한가운데 두려움을 품고 그를 바라보았다. 그가 무섭게 창백해지는 것이 보였다.

길고 무거운 침묵 뒤에 그가 새 장작을 불 위에 얹으며 조용히 말했다.

"당신 말이 전적으로 옳소, 싱클레어. 당신은 영리한 친구요. 앞으론 골동품으로 당신을 귀찮게 하지 않겠소."

그는 아주 차분하게 말했지만, 나는 그가 상처 입고 아파하는 것을 잘 느낄 수 있었다. 대체 내가 무슨 짓을 한 것인가!

나는 금방이라도 울음을 터뜨릴 지경이 되었다. 진심으로 그에게 마음을 쏟고 그의 용서를 빌고 나의 사랑과 따뜻한 감사를 그에게 확신시키고 싶었다. 감동적인 단어들이 떠올랐지만 말할 수 없었다. 나는 엎드린 채로 불을 들여다보며 침묵했다. 그 역시 침묵했다. 우리는 그렇게 엎드려있었고, 불길은 차츰 잦아들었고, 불꽃이 튈 때마다 나는 무언가 아름답고 친밀한 것이 완전히 타버리고 영영 날아가 버리는 것을 느꼈다.

"당신이 저를 오해했을까봐 걱정이 되는군요." 마침내 내가 몹시 위축되어 메마르고 갈라진 목소리로 말했다. 그 어리석고 무의미한 단어들이 마치 기계에서처럼 내 입에서 나왔다. 흡사 내가 신문 소설의 한 대목을 낭독하는 듯했다.

"나는 당신을 더할 나위 없이 잘 이해합니다." 피스토리우스가 작게 말했다. "정말이지 당신이 옳아요." 그는 잠시 뜸을 들인 뒤에 천천히 덧붙였다. "이렇게 타인과 맞선 사람이 옳을 수 있는 한에서 말이오."

아니, 아니에요, 난 옳지 않아요, 하는 외침이 내 안에서 올라왔지만 나는 아무 말도 할 수 없었다. 내가 단 한마디 대수롭지 않은 말로 그의 근본적인 약점을, 그의 곤경과 상처를 지적했음을 나는 알았다. 그는 한 지점에서 그 자신을 불신할 수밖에 없는데, 내가 바로 그 지점을 건드린 것이었다. 그의 이상은 "골동품"이었다. 그는 과거를 추구하는 사람이었다. 낭만주의자였다. 그리고 불현듯 나는 피스토리우스가 나에게 한 역할을 정작 그 자신에게는 할 수 없고 나에게 준 것을 정작 그 자신에게는 줄 수 없음을 깊이 느꼈다. 그는 나를 어떤 길로 이끌었는데, 그 길은 길잡이인 그마저도 뛰어넘어 떠나버린 것이 분명했다.

어떻게 그런 단어가 떠오르는지 누가 알겠는가! 나는 나쁜 의도가 조금도 없었고 파국을 전혀 예상하지 못했다. 나는 발언 당시에 나 자신이 전혀 몰랐던 말을 내뱉은 것이었다. 사소하고 약간 재치 있고 약간 악의적인 발상을 따른 것뿐이었다. 그런데 그 결과는 운명이었다. 나는 사소하고 부주의하고 미숙한 행동을 했는데, 그 행동이 그에게는 법정의 판결이 되었다.

아, 그때 나는 그가 화를 내기를, 자기를 방어하기를, 나에게 소리를 지르기를 얼마나 바랐던지! 그러나 그는 그렇게 하지 않았고, 나는 스스로 이 모든 행동을 남몰래 속으로 해야 했다. 만약에 미소를 지을 수 있었다면, 그는 그렇게 했을 것이다. 내가 그에게 얼마나 큰 상처를 주었는지를 그가 미소 짓지 못하는 것에서 가장 잘 알 수 있었다.

그리고 피스토리우스는 뻔뻔하고 배은망덕한 제자인 나의 공격을 그렇게 묵묵히 받아들임으로써, 말없이 나를 옳다고 함으로써, 내 말을 운명으로 인정함으로써, 나로 하여금 나 자신을 증오하게 만들고 나의 경솔함을 천 배로 확대했다. 그를 공격할 때 나는 강하고 방비를 잘 갖춘 상대를 타격한다고 생각했다.—그런데 알고 보니 그는 고요하고 참을성 있는 사람, 말없이 항복하는 무방비의 상대였다.

우리는 잦아드는 불 앞에 오랫동안 엎드려 있었다. 불속에서 반짝이는 형상들 하나하나, 재가 되어 휘어지는 장작 하나하나가 나로 하여금 행복하고 아름답고 풍요로웠던 시간들을 되새기게 하고 피스토리우스에 대한 나의 책임감이 점점 더 큰 빚으로 쌓이게 했다. 결국 나는 더는 견딜 수 없게 되었다. 나는 일어나서 떠났다. 혹시 그가 따라오지 않을까, 오랫동안 그의 방문 앞에 서서, 오랫동안 캄캄한 계단에 서서, 또 오랫동안 집 앞에 서서 기다렸다. 그러고는 다시 출발하여 저녁까지 몇 시간 동안이나 시내와 교외, 공원과 숲을 걸어다녔다. 그리고 그때 처음으로 나는 내 이마에 카인의 표시가 있음을 느꼈다.

나의 생각은 시간이 지나면서 비로소 조금씩 차분해졌다. 언제나 내 생각의 의도는 나를 탓하고 피스토리우스를 두둔하는 것이었는데 끝은 항상 정반대였다. 나는 나의 경솔한 말을 천 번이라도 후회하고 철회할 준비가 되어있었지만, 그래도 그 말은 진실이었다. 이제야 나는 피스토리우스를 이해하고 그의 꿈 전체를 내 앞에 세워놓을 수 있었다. 그의 꿈은 성직자가 되는 것, 새 종교를 선포하는 것, 새로운 형태의 상승과 사랑과 숭배를 제시하는 것, 새로운 상징을 세우는 것이었다. 그러나 그것은 그의 역량, 그의 직분이 아니었다. 그는 너무 진심으로 과거에 머물렀고, 지난 일들을 너무 세세하게 알았고, 이집트인, 인도인, 미트라, 아프락사스를 너무 많이 알았다. 그의 사랑은 땅이 이미 본 그림들에 묶여있었다. 그러나 아마 가장 깊은 내면에서는 그 자신도 알았겠지만, 새로운 것은 새롭고 달라야 했다. 신선한 밑바닥에서 샘

솟아야지, 수집한 자료와 도서관에서 길어낼 수는 없었다. 어쩌면 그의 직분은 사람들을 자기 자신으로 이끄는 데 기여하는 것일 터였다. 그는 바로 그런 역할을 나에게 한 바 있었다. 사람들에게 전대미문의 것을 주는 일, 새로운 신들을 주는 일은 그의 직분이 아니었다.

그리고 이 대목에서 갑자기 깨달음이 날카로운 불꽃처럼 나를 태웠다. 누구에게나 "직분"이 있지만, 본인이 선택하고 변경하고 마음대로 관리할 수 있는 직분은 없다는 깨달음이 타올랐다. 새 신들을 원한 것은 오류였다. 무언가를 세계에 주고자 한 것은 터무니없는 오류였다! 깨어난 사람의 의무는 이것 하나뿐이다. 다른 의무는 전혀, 그 어디에도 전혀 없다. 자기 자신을 추구하기, 내적으로 견고해지기, 끝이 어디이든 자기 자신의 길을 더듬어 나아가기, 이것이 유일한 의무다. ―이것이 내가 이 체험에서 결실로 얻은, 나를 깊은 곳까지 뒤흔든 깨달음이었다. 나는 놀이 삼아 미래의 광경을 자주 그려보곤 했었다. 나에게 부여되었음 직한 역할들을, 어쩌면 시인으로서, 또는 예언자나 화가로서, 또는 다른 무언가로서의 역할을 꿈꾸곤 했었다. 이제 깨닫고 보니 그 모든 것은 아무것도 아니었다. 나는 시를 짓기 위해, 설교하기 위해, 그림을 그리기 위해 존재하지 않는다. 나뿐 아니라 어느 누구도 그런 것들을 위해 존재하지 않는다. 그 모든 것은 단지 부수적으로 일어나는 일이다. 모든 사람 각자의 참된 직분은 자기 자신을 향해 나아가는 것이다. 끝은 시인일 수도 있고,

미치광이나 예언자, 범죄자일 수도 있지만, 이것은 그 사람의 몫이 아니다. 정말이지 이것은 궁극적으로 하찮다. 그 사람의 몫은 아무 운명이나가 아니라 자기 고유의 운명을 발견하고 그 운명을 내면에서 온전히, 꿋꿋이, 또한 끝까지 사는 것이다. 다른 모든 것은 반쪽이요 달아나려는 시도요 뒤돌아 대중의 이상으로 도피하기, 순응이요 자기 자신의 내면을 두려워하기다. 내 앞에 새 그림이 무섭고도 성스럽게 솟아올랐다. 수백 번 예감했고 어쩌면 벌써 자주 발설했지만 이제야 비로소 체험하는 그림이었다. 나는 자연이 내던진 존재, 불확실성을 향해 던져진 존재, 어쩌면 새로운 것에, 어쩌면 무에 이를 존재였다. 그리고 깊디깊은 심연에서 비롯된 이 던지기가 실현되게 하기, 이 던지기의 의지를 내 안에서 느끼고 온전히 나의 것으로 만들기, 오직 이것이 나의 직분이었다. 오로지 이것만이!

이미 많은 외로움을 맛본 나였지만, 그때 나는 더 깊은 외로움이 있음을, 또한 그 외로움은 불가피함을 예감했다.

나는 피스토리우스와 화해하려 시도하지 않았다. 우리는 여전히 친구로 남았지만, 우리의 관계는 달라졌다. 우리가 이 변화를 거론한 것은 단 한 번뿐이었다. 아니 정확히 말해서 오직 피스토리우스만 거론했다. 그는 말했다. "당신도 알듯이 나는 성직자가 되기를 바라오. 내가 가장 원한 것은 우리가 어렴풋이 아는 새로운 종교의 성직자가 되는 것이었소. 하지만 나는 그런 성직자가 영원히 되지 못할 것이오. ─나 스스로 완전히 인정하진

6장 야곱의 싸움 **173**

않았어도, 벌써 오래 전부터 안다오. 나는 다른 성직을 수행하게
될 것이오. 구체적인 방식은 오르간 연주일 수도 있고 다른 것
일 수도 있겠소. 아무튼 나는 항상 내가 느끼기에 아름답고 성
스러운 무언가에 둘러싸여 있어야 하오. 오르간 음악과 비밀 의
식, 상징과 신화 같은 것 말이오. 나는 그런 것이 필요하고 그런
것과 떨어질 생각이 없소. 이것이 나의 약점이라오. 싱클레어, 내
가 그런 것들을 바라지 말아야 한다는 걸, 그것들은 사치요 약
점이라는 걸 때때로 자각하고 있소. 내가 아주 간단하게 아무
요구 없이 나 자신을 운명에 맡긴다면 더 위대하고 올바를 테지
만, 나는 그럴 수 없소. 나는 유일하게 그것만큼은 할 수 없소.
어쩌면 당신은 그렇게 해볼 수도 있겠지만, 어려운 일이오. 정말
로 어려운 일은 그것 하나뿐이라오, 젊은이. 나는 그렇게 하는
것을 숱하게 꿈꿨지만, 그렇게 할 수 없소. 생각만 해도 소름이
끼치오. 나는 그렇게 발가벗고 홀로 서있을 수 없소. 나는 가련
하고 약한 개라오. 온기와 먹을거리가 어느 정도 필요하고 가끔
은 같은 무리가 곁에 있음을 느끼고 싶소. 정말로 자신의 운명
외에 그 무엇도 원하지 않는 자에게는 같은 무리가 더는 없소.
그런 자는 철저히 혼자이고, 오직 차가운 공간만이 그를 둘러싼
다오. 당신도 알다시피 예수가 겟세마네 동산에서 그러했소. 어
떤 순교자들은 기꺼이 십자가에 못 박혔지만, 그들도 자유에 이
른 영웅은 아니었소. 그들 역시 마음이 내키고 친숙하고 편안한
무언가를 원했던 것이오. 그들은 모범이 있었소. 이상이 있었단

말이오. 반면에 오로지 운명만을 원하는 자에게는 모범도 이상도 없소. 마음이 내키는 것도, 위로가 되는 것도 없단 말이오! 그리고 실은 이 길을 가야 할 것이오. 당신이나 나 같은 사람은 정말 무척 외롭지만, 그래도 우리에게는 아직 서로가 있소. 남들과 다르게 살고, 반기를 들고, 이례적인 의지를 품으면서 우리는 남몰래 만족하오. 하지만 온전히 저 길을 가려는 자는 이런 만족도 내던져야 하오. 혁명가가 되려는 의지도, 모범이나 순교자가 되려는 의지도 품지 말아야 하오. 정말이지 이것은 남김없이 헤아리기가 불가능한 길이오."

그렇다, 다 헤아릴 수는 없었다. 그러나 꿈꾸고 조심스럽게 더 들어보고 어렴풋이 예감할 수는 있었다. 나는 몇 번 아주 고요한 시간에 그 길을 조금이나마 느꼈다. 그럴 때 나는 내면으로 시선을 돌려 내 운명의 그림의 크고 멍한 눈을 들여다보았다. 그것은 지혜로 충만한 눈일 수도 있었고, 광기로 충만한 눈일 수도 있었으며, 사랑을 내뿜는 눈일 수도 있었고, 뿌리 깊은 악의를 내뿜는 눈일 수도 있었다. 어느 쪽이든 마찬가지였다. 한쪽을 선택하는 것, 한쪽을 의지하는 것은 허용되지 않았다. 오로지 자신만을, 자신의 운명만을 의지해야 했다. 피스토리우스는 내가 그 자리에 이를 때까지 한동안 길잡이 노릇을 한 것이었다.

이 시기에 나는 장님처럼 방황했다. 내 안에서 폭풍이 불었고, 모든 걸음이 위험했다. 눈앞에 보이는 것은 바닥없는 어둠뿐이었고, 그때까지 이어진 모든 길들이 그 어둠 속에서 길을 잃고 가라앉았다. 그리고 나는 나의 내면에서 길잡이의 모습을 보았다. 그는 데미안을 닮았고, 그의 눈에는 나의 운명이 있었다.

나는 어느 종이에 이렇게 적었다. "길잡이 하나가 떠나갔다. 나는 칠흑 같은 어둠 속에 서있다. 혼자서는 한걸음도 뗄 수 없다. 나를 도와다오!"

나는 그 종이를 데미안에게 부치려다가 그만두었다. 그런 마음을 먹을 때마다, 우스꽝스럽고 쓸모없는 짓이라는 느낌이 들기 때문이었다. 하지만 나는 그 짧은 기도문을 외워서 자주 속으로 읊었다. 그 기도문은 항상 나와 동행했다. 기도란 무엇인지를 나는 어렴풋이 느끼기 시작했다.

나의 학생시절이 끝났다. 나는 아버지가 구상해놓은 방학 여행을 떠나야 했다. 그 다음에는 대학에 가야 했다. 어느 과로 갈지는 몰랐다. 나에게 한 학기 동안의 철학 공부가 허락되었다. 무엇이든 다른 공부가 허락되었더라도 나는 마찬가지로 만족했을 것이다.

7장
에바 부인

방학 중에 나는 과거에 막스 데미안이 어머니와 함께 살던 집에
한번 가보았다. 마당에서 할머니 한 분이 산책하고 있었는데, 그
녀에게 말을 건 나는 그 집이 그녀 소유임을 알게 되었다. 나는
데미안 가족에 대해서 물었다. 그녀는 그들을 잘 기억하고 있었
다. 하지만 그들이 지금 어디에 사는지는 몰랐다. 나의 관심을 눈
치 챈 그녀는 나를 데리고 집 안으로 들어가 가죽 앨범을 꺼내서
데미안의 어머니 사진 한 장을 보여주었다. 나는 그녀의 모습을
잊다시피 한 상태였다. 그럼에도 그 작은 사진을 보는 순간, 나는
심장이 멎어버렸다. ―그것은 내 꿈속의 모습이었다! 바로 그 여
자였다. 키 크고 거의 남성적이며 아들과 닮았고, 어머니다운 얼
굴, 엄격함이 배어나는 얼굴, 깊은 고뇌를 드러내는 얼굴을 지녔
으며, 아름답고 유혹적이며, 아름답고 범접할 수 없는 여성, 수호
신이자 어머니, 운명이자 애인. 바로 그녀였다!

　　내 꿈속의 모습이 지상에 살고 있음을 그렇게 알았을 때, 터
무니없는 기적과도 같은 그 사실이 나를 관통했다. 그런 모습의

여인, 나의 운명을 닮은 여인이 있다! 어디에 있을까? 어디에?—게 다가 그녀는 데미안의 어머니였다.

얼마 지나지 않아 나는 여행을 떠났다. 특이한 여행이었다. 나는 그녀를 찾겠다는 마음을 항상 품고 매번 떠오르는 생각대로 정처 없이 떠돌았다. 어떤 날에는 온통 그녀를 연상시키는 모습들만 만났다. 그녀의 목소리와 외모를 닮은 그들은 얽히고설킨 꿈에서처럼 나를 낯선 도시의 골목과 기차역과 기차로 유인했다. 또 어떤 날에는 내가 그렇게 찾아다니는 것이 부질없는 짓임을 자각했다. 그런 날엔 공원 한구석에, 호텔 정원이나 대합실 한구석에 가만히 앉아서 나의 내면을 들여다보며 내 안에 있는 그 모습을 살려내려 해보았다. 그러나 이제 그 모습은 자꾸 숨고 달아났다. 나는 한시도 잠들 수 없었다. 낯선 풍경 속으로 달리는 기차 안에서 15분 정도씩 조는 것이 전부였다. 한번은 취리히에서 한 여인이 내 뒤를 따라왔다. 예쁘고 약간 뻔뻔한 여자였다. 나는 그녀를 본체만체 계속 걸었다. 마치 공기를 대하듯이 그녀를 대했다. 내가 다른 여자에게 단 한 시간이라도 관심을 기울이느니 차라리 당장 죽는 편이 더 좋았다.

나는 나의 운명이 나를 끌어당기는 것을 느꼈다. 결실이 임박했음을 느꼈고, 내가 아무것도 할 수 없다는 조바심에 미칠 것 같았다. 한번은 내가 인스브루크로 기억하지만 정확히는 모르는 어느 역에서 막 출발하는 기차의 차창 안에 그녀를 연상시키는 모습이 있는 것을 보고는 며칠 동안 우울했다. 그리고 밤에 꿈속에서 갑자기 그 모습이 다시 나타났다. 나는 그녀를 찾아다니는 나의 부질없는 여행이 부끄럽고 지루하다고 느끼며 깨어났다. 그리고 곧장 집으로 돌아왔다.

보름쯤 지나서 나는 H 대학에 입학했다. 모든 것이 나를 실망시켰다. 내가 들은 철학사 강의는 젊은 대학생들이 하는 짓과 다름없이 공허하고 공장처럼 돌아갔다. 모든 것이 틀에 맞춰져 있었고, 다들 똑같이 행동했으며, 어린애 같은 얼굴들에 달아오른 기쁨은 정말이지 탄식을 자아낼 정도로 공허해 보이고 기성품 냄새를 풍겼다. 하지만 적어도 나는 자유로웠다. 교외의 오래된 벽돌 건물에서 조용하고 아름답게 살면서 나의 하루를 온전히 나를 위해 보낼 수 있었다. 내 책상 위에는 니체의 책 몇 권이 놓여있었다. 나는 니체와 함께 살았다. 그의 영혼의 외로움을 느꼈고, 끊임없이 그를 몰아간 운명의 냄새를 맡았으며, 그와 함께 아파했고, 그토록 단호하게 자신의 길을 간 사람이 있어서 행복했다.

어느 날 저녁 늦게 가을바람을 맞으며 거리를 쏘다니다가 여러 술집에서 대학생 동아리들이 부르는 노래를 들었다. 열린 창으로 담배 연기가 구름처럼 뿜어져 나왔고, 봇물처럼 쏟아지는 노래는 크고 결연했지만 둔중하고 생기 없고 천편일률이었다.

나는 어느 길모퉁이에 서서 귀를 기울였다. 술집 두 곳에서 박자 맞춰 내지르는 젊음의 활기가 밤의 어둠 속으로 퍼져나갔다. 도처에 공동체가, 도처에 모임이 있었다. 도처에 깔린, 운명을 내려놓고 따스하고 친밀한 무리 속으로 도피하는 자들!

내 뒤로 두 남자가 천천히 지나갔다. 나는 그들의 대화를 조금 들었다.

"흑인 마을 청년의 집하고 똑같지 않습니까?" 한 남자가 말했다. "모든 것이 일치합니다. 심지어 문신까지 유행이니까요. 보세요, 바로 이게 젊은 유럽입니다."

그 목소리가 묘하게 교훈적이고 익숙했다. 나는 어두운 골목에서 그들 두 남자를 따라갔다. 한 명은 작고 고상한 일본인이었다. 나는 그의 미소 띤 황색 얼굴이 가로등 아래 반짝이는 것을 보았다.

다른 남자가 또 말했다.

"하긴, 앞으로 당신네 일본의 사정도 더 낫지는 않을 거예요. 무리를 따라 달리지 않는 사람은 어디에나 드문 법이니까요. 이곳에도 그런 사람이 일부 있긴 합니다."

한마디 한마디가 내 안으로 파고들며 기쁨과 놀람을 일으켰다. 말하는 사람이 누구인지 나는 알았다. 그것은 데미안이었다.

바람 부는 밤에 나는 그와 일본인의 뒤를 따라 어두운 골목들을 지나며 그들의 대화를 귀담아 듣고 데미안의 목소리를 만끽했다. 예전과 다름없는 소리, 예전처럼 아름답고 안정되고 차분한 소리, 나를 움직이는 힘을 지닌 소리였다. 이제 모든 것이 좋았다. 나는 그를 발견한 것이었다.

교외 어느 거리의 끝에서 일본인이 작별인사를 하고 어느 집의 현관문을 열었다. 데미안이 되돌아왔고, 나는 길 한가운데 멈춰 서서 그를 기다렸다. 그가 갈색 방수 외투 차림으로 가는 지팡이를 팔에 걸고 곧게 서서 탄력 있게 걸어오는 모습을 두근거리는 가슴으로 보았다. 그는 일정한 걸음걸이를 그대로 유지하면서 내 앞으로 바투 다가와 모자를 벗어들고 예의 환한 얼굴을, 결연한 입과 유난히 밝고 넓은 이마를 보여주었다.

"데미안!" 내가 외쳤다.

그가 나에게 손을 내밀었다.

"그래, 너로구나, 싱클레어! 널 기다리고 있었어."

"내가 여기에 있는 줄 알았단 말이야?"

"정확히 안 건 아니지만 네가 여기에 있기를 바란 건 틀림없어. 너를 본 건 오늘 저녁이 처음이야. 네가 우리를 내내 따라왔잖아."

"그럼 날 곧바로 알아본 거야?"

"당연하지. 네가 달라지긴 했지만, 너는 표시가 있잖아."

"표시? 무슨 표시?"

"네가 기억할지 모르겠는데, 옛날에 우리가 카인의 표시라고 불렀어. 그게 우리의 표시야. 넌 항상 그 표시를 가지고 있었어. 그래서 내가 네 친구가 된 거고. 하지만 지금은 그 표시가 더 뚜렷해졌는걸."

"난 몰랐어. 아니, 사실은 알았던 것도 같아. 데미안, 언젠가 내가 너를 그렸거든. 그런데 그려놓고 보니 나하고도 비슷해서 깜짝 놀랐어. 그 표시 때문이었을까?"

"그래, 맞아. 이렇게 널 보니까 좋다. 우리 어머니도 기뻐할 거야."

나는 몹시 놀랐다.

"너희 어머니? 여기 계셔? 너희 어머니는 나를 전혀 모르시잖아."

"아냐, 알아. 내가 말해주지 않아도 어머니는 네가 누군지 알아볼 거야. —네가 연락을 끊은 지가 한참 되었지."

"아, 그게… 여러 번 편지를 쓰려 했는데 잘 안 됐어. 얼마 전부터는 머지않아 너를 꼭 만나리라는 느낌이 들었고. 너랑 만나기를 하루도 빠짐없이 기대했어."

그가 나의 팔짱을 끼고 계속해서 함께 걸었다. 평온이 그에게서 나와 내 안으로 들어왔다. 우리는 곧 예전처럼 조잘거렸다. 학생시절과 견신례 수업을 회상하고 그때 방학 중에 찜찜하게 만났던 일도 회상했다. 그러나 우리를 가장 먼저 가장 긴밀하게 연결한 끈에 대해서는, 그러니까 프란츠 크로머와의 일에 대해서는 이번에도 언급하지 않았다.

모르는 사이에 우리는 이례적이고 의미심장한 대화에 몰입해 있었다. 데미안과 그 일본인의 대화를 이어가기라도 하듯이 우리는 대학 생활에 대해서 이야기했고 이어서 멀리 떨어진 듯한 다른 화제로 옮겨갔다. 하지만 데미안의 말 속에서 두 화제는 긴밀하게 연결되었다.

그는 유럽의 정신과 이 시대의 징후에 대해서 말했다. 연합과 무리 짓기가 도처에 만연해 있지만 자유와 사랑은 어디에도 없다고 했다. 대학생 동아리와 합창단에서부터 국가까지 이 모든 공동체는 강제로 형성된 조직이요 불안과 두려움과 곤경에서 비롯된 집단이라고, 이 모든 공동체는 속이 썩고 헐었으며 머잖아 붕괴할 것이라고 했다.

"공동체는…" 데미안이 말했다. "아름다운 거야. 하지만 우리 눈앞 곳곳에서 번창하는 것은 전혀 공동체가 아니야. 진짜 공동체는 미래에 개인들의 상호이해를 바탕으로 새롭게 생겨나서 한동안 세계를 변화시킬 거야. 지금은 공동체 비슷한 것이라고는 떼거리밖에 없어. 사람들은 서로를 두려워하기 때문에 서로에게로 달아나지. 소유주는 소유주들끼리, 노동자는 노동자들끼리, 지식인은 지식인들끼리! 그런데 왜 두려워할까? 사람은 자기 자신과 하나가 아닐 때만 두려움을 갖는 법이지. 그들은 자기 자신을 인정한 적이 한 번도 없기 때문에 두려워하는 거란다. 미지의 것을 두려워하는 사람들끼리 모여서 공동체를 이룬다니! 그들 모두가 느끼는 바지만, 그들이 채택한 삶의 규범들은 이제 더는 타당하지 않아. 그들은 낡은 규칙에 따라서 살지. 그들의 종교도, 그들의 관습도, 모든 것 중에 어느 하나도 우리에게 필요한 것에 적합하지 않아. 유럽은 백년 넘게 그저 연구하고 공장들을 지었을 뿐이야. 사람 하나를 죽이려면 독약 가루가 몇 그램 필요한지 그들은 정확하게 알지. 하지만 신에게 기도하는 방법은 몰라. 심지어 어떻게 하면 한 시간 동안 즐거움을 누릴 수 있는지조차 몰라. 저런 대학생 술집을 한번 보라고! 또는 아예 부자들이 가는 향락업소를 봐봐! 희망이 없어!—소중한 싱클레어, 이 모든 것에서는 밝고 유쾌한 것이 나올 수 없어. 저렇게 겁먹고 뭉치는 사람들은 두려움과 악의로 가득 차있어. 아무도 타인을 신뢰하지 않지. 그들은 이제 더는 이상이 아닌 것을 이상으로 삼아 매달리면서 새 이상을 세우는 사람은 누구든 어김없이 돌로 쳐 죽여. 여러 갈등이 있다는 걸 나는 느껴. 분쟁이 일어날 거야. 내가 장담하는데, 여러 분쟁이 곧 일어날 거야. 당연한 말이지만, 그 분쟁들이 세계를 '개선'하지는 못할 거야. 노동자들이 공장주를 때려죽이든, 러시아와 독일이 서로에게 총질을 하든, 단지 소유자만 바뀌겠지. 하지만 그 분쟁들이 헛되지는 않을 거야. 현재의 이상들이 쓸모없다는 것이 드러나고 석기시대의 신들이 퇴출될 테니까. 지금 이 대로의 세계는 죽기를 원해. 파멸하기를 원한다고. 그리고 파멸하게 될 거야."

"그럼 우린 어떻게 되는데?" 내가 물었다.

"우리? 그래, 어쩌면 우리도 같이 파멸하겠지. 사람들은 우리 같은 사람도 때려죽일 수 있으니까. 하지만 그런다고 우리가 깨끗이 처리되는 건 아냐. 우리가 남겨놓은 것이나 우리 중에 살아남은 자들을 중심으로 미래의 의지가 모여들 거야. 한동안 우리 유럽이 떠들썩한 기술과 과학의 박람회로 가려온 인류의 의지가 모습을 나타낼 거야. 그리고 그때, 시대와 장소를 막론하고 인류의 의지는 현재의 공동체, 예컨대 국가, 민족, 단체, 교회가 품은 의지와 결코 같지 않다는 것이 드러나겠지. 자연이 인간을 매개로 의지하는 바는 오히려 개인 안에, 너와 나 안에 씌어있단다. 예수 안에, 니체 안에 말이야. 오직 이런 낱낱의 흐름이 중요해. 이 흐름들은 당연히 날마다 다르게 보일 수 있고. 현재의 공동체들이 붕괴하면, 이 흐름들에게 공간이 주어질 거야."

우리는 밤늦게 강가의 어느 정원 앞에서 멈췄다. "여기가 우리 집이야." 데미안이 말했다. "조만간 놀러 와. 우린 너를 간절히 기다리고 있을게."

나는 기쁜 마음으로 차가워진 밤공기를 헤치며 집으로 가는 먼 길을 걸었다. 귀가하는 대학생들이 시내 곳곳에서 요란하게 떠들고 휘청거렸다. 나는 그들의 우스꽝스러운 유쾌함과 나의 외로운 삶이 이루는 대립을 자주 실감하면서 상실감을 느낄 때도 많았고 그들을 비웃을 때도 많았다. 그러나 이 대립이 나에게 얼마나 하찮은지를, 이 세계가 나에게 얼마나 멀고 가뭇없는지를 그날처럼 평온하고도 내심 단호하게 느낀 적은 없었다. 나는 고향의 공무원들을 떠올렸다. 늙고 기품 있는 그 신사들은 마치 한없이 행복한 낙원의 추억에 매달리듯이 술집에서 보낸 대학 생활의 기억에 집착했고 이를테면 시인이나 여타의 낭만주의자가 어린 시절을 숭배하듯이 사라져버린 대학생 시절의 "자유"를 숭배했다. 고향뿐 아니라 어디에서나 똑같았다! 어디에서나 사람들은 지나가버린 어느 시절에서 "자유"와 "행복"을 찾으려 했다. 그것은 순전히 그들 자신의 책임을 돌이키고 그들 자신의 길을 상기하게 되는 만일의 상황을 두려워하기 때문에 나오는 행동이었다. 진탕 퍼마시고 환호하며 두세 해를 보낸 다음에 사람들은 어딘가로 숨어들고 국가를 위해 일하는 진지한 신사가 되었다. 정말이지 썩은 냄새가, 우리 사이에서 썩은 냄새가 났다. 그리고 이런 대학생 특유의 어리석음보다 더 어리석고 더 나쁜 어리석음이 숱하게 많았다.

하지만 내가 나의 외딴 거처에 도착하여 잠자리에 들 때는 이런 생각들이 모두 날아가 버리고 없었다. 그리고 나의 온 마음은 오늘 내가 받은 커다란 약속에 매달려 기대감으로 부풀었다. 데미안은 내가 원하면 즉시, 당장 내일이라도, 그의 어머니를 만나보라고 했다. 대학생들이 술집을 멀리하고 얼굴에 문신을 하거나 말거나, 세계가 썩었고 파멸을 목전에 두었거나 말거나, 나랑 무슨 상관인가! 나는 오로지 나의 운명이 새로운 모습으로 내 앞에 나타나기만을 기다렸다.

나는 오전 늦게까지 푹 잤다. 새날은 내가 어린 시절의 성탄절들 이후 더는 경험해보지 못한 장엄한 축제일로 내 앞에 밝아왔다. 나의 가장 깊은 내면은 온통 동요했지만 두려움은 조금도 없었다. 나는 나에게 중요한 날이 밝았다고 느꼈고 나를 둘러싼 세계가 암시로 가득 차고 장엄하며 무언가를 기다리는 세계로 변한 것을 보고 감지했다. 낮은 소리로 흐르는 가을비조차도 아름답고 고요했으며 축제일답게 진정으로 기쁜 음악으로 충만했다. 난생 처음으로 바깥세상과 나의 내면이 완벽한 화음을 이뤘다. —이런 날은 영혼의 축제일, 살 만한 날이다. 어떤 건물도, 어떤 진열창도, 거리의 어떤 얼굴도 나를 방해하지 않았다. 모든 것이 마땅히 있어야 하는 대로 있었지만 일상적이고 익숙한 것들의 공허한 얼굴을 띠고 있지 않았다. 오히려 모든 것이 기대에 부푼 자연이었고 충만한 외경심으로 운명을 맞을 준비를 하고 있었다. 꼬마였을 때 나는 큰 축제일 아침에, 성탄절과 부활절 아침에 세상을 이렇게 보았었다. 이 세상이 여전히 이렇게 아름다울 수 있음을 나는 몰랐었다. 나는 내 안을 향해서 사는 데 익숙해져 있었다. 나에게는 저 바깥을 향한 감각이 사라지고 없음을, 아이다움을 잃는 것과 찬란한 색깔들을 잃는 것이 불가피하게 맞물려 있음을, 말하자면 영혼의 자유와 남자다움을 얻는 대가로 그 온화하고 우아한 광채들을 포기해야 함을 체념하고 받아들이는 데 익숙해져 있었다. 그런데 바로 이날 나는, 이 모든 것이 단지 먼지에 덮이고 어두워졌을 뿐임을, 아이의 행복을 포기하고 자유로워진 사람도 찬란한 세상을 볼 수 있고 그러면서 아이처럼 내면의 전율을 맛볼 수 있음을 황홀경 속에서 알았다.

이윽고 나는 전날 밤 막스 데미안과 헤어졌던 교외의 그 정원을 다시 보았다. 비에 젖은 잿빛의 키 큰 나무들 너머 작은 집 한 채가 숨어있었다. 밝고 아늑한 집이었고, 커다란 유리벽 너머로 웃자란 꽃나무 덤불이, 가리지 않은 창들 너머로 어두운 색깔의 벽에 걸린 그림들과 가지런히 꽂힌 책들이 보였다. 현관문에 들어서자마자 훈훈하게 난방한 작은 응접실이 나왔고, 흰 앞치마 차림의 늙은 흑인 하녀가 말없이 나를 안내하며 내 외투를 받아들었다.

그녀는 나를 응접실에 홀로 남겨두었다. 나는 주위를 둘러보았고 곧바로 내 꿈의 한복판으로 옮겨졌다. 한쪽 문 위 어두운 색깔의 목판 벽에 걸린 검은색 테두리 유리액자 안에 내가 잘 아는 그림이 있었다. 황금색 새매의 머리를 가진, 세계 껍데기에서 날렵하게 빠져나오는 나의 새였다. 나는 감격하여 꼼짝 않고 서 있었다. 이 순간 이제껏 내가 행하고 체험한 모든 것이 대답이자 결실로서 나에게 되돌아오기라도 하는 것처럼, 너무나 기쁘고 너무나 슬펐다. 나는 수많은 모습들이 번개처럼 내 영혼을 스쳐 지나가는 것을 보았다. 아치형 현관문 위에 낡은 석재 문장이 있는 고향집, 그 문장을 그리는 어린 데미안, 나의 적 크로머의 악한 술수에 말려들어 벌벌 떠는 어린 나 자신, 학생기숙사의 내 작은 방 조용한 책상에서 간절히 그리워하는 새를 그리는 청소년 시절의 나 자신, 스스로 짠 그물에 걸린 영혼을 보았다. ─그리고 모든 것이, 이 순간까지의 모든 것이 내 안에서 다시 울리고 긍정되고 대답되고 좋다고 인정받았다.

나는 글썽해진 눈으로 내 그림을 응시하며 나의 내면을 읽었다. 그러다가 시선을 아래로 내려 보니, 그 새 그림 아래 열린 문에 키 큰 여인이 어두운 색 옷차림으로 서 있었다. 바로 그녀였다.

나는 한마디도 할 수 없었다. 그 아름답고 존경스러운 여인은 나를 바라보면서, 본인 아들의 얼굴과 마찬가지로 시간과 나이가 없으며 영혼 깃든 의지로 충만한 얼굴에 친절한 미소를 지었다. 그녀의 눈빛은 결실이었고 그녀의 인사는 귀가를 의미했다. 나는 말없이 그녀에게 양손을 내밀었다. 그녀는 따뜻한 손으로 내 손을 둘 다 꼭 쥐었다.

"당신이 싱클레어로군요. 곧바로 알아 봤어요. 어서 와요."

그녀의 목소리는 낮고 따뜻했다. 나는 그 목소리를 달콤한 포도주처럼 마셨다. 그리고 이제 눈을 들어 그녀의 평온한 얼굴을, 깊이를 알 수 없는 검은 눈과 신선하고 성숙한 입, 자유롭고 군주처럼 당당하며 그 표시가 있는 이마를 바라보았다.

"이루 말할 수 없이 기쁩니다!" 내가 그녀의 손에 입 맞추며 말했다. "나는 이제껏 사는 동안 늘 떠돌다가 이제야 집에 온 것 같습니다."

그녀가 어머니처럼 미소를 지었다.

"사람이 집에 다다르는 일은 영원히 없어요." 그녀가 친절하게 말했다. "하지만 친구가 된 길들이 합쳐지는 곳에서는 한 시간 동안 온 세상이 고향집으로 보이죠."

그녀는 내가 그녀에게 오는 길에 느낀 바를 발설한 셈이었다. 그녀의 목소리는 아들의 목소리와 아주 비슷하면서도 전혀 달랐다. 그녀의 어휘도 마찬가지였다. 모든 것이 더 성숙하고 더 따스하고 더 자명했다. 그러나 과거에 막스가 누구에게도 아이의 인상을 풍기지 않았던 것과 마찬가지로, 막스의 어머니는 다 자란

아들을 둔 어머니로는 전혀 보이지 않았다. 아주 젊고 달콤한 기운이 그녀의 얼굴과 머리카락에 드리웠고, 사랑스러운 피부는 주름 없이 아주 팽팽했으며, 입술은 꽃처럼 화사했다. 내 앞에 선 그녀는 내 꿈속에서보다 더 왕다웠고, 그녀 곁에 머무름은 사랑의 행복, 그녀의 눈빛은 결실이었다.

요컨대 그것은 내 앞에 나타난 내 운명의 새로운 모습이었다. 예전처럼 가혹하지 않은, 외로움을 일으키지 않는, 아니 오히려 성숙하고 즐거운 모습! 나는 어떤 결심도, 어떤 서약도 하지 않았다.―나는 하나의 목표 지점에, 길 중간의 높은 지점에 도달한 것이었다. 앞으로의 길이 멀리까지 장엄하게 보이는 지점, 약속의 땅들로 뻗어가는 길, 가까운 행복이 나무그늘처럼 드리운 길, 온갖 쾌락이 가까운 정원처럼 시원하게 식혀주는 길이 황홀하게 내다보이는 곳에. 내가 어떻게 되든 간에, 나는 이 세상에서 이 여인을 알고 그녀의 목소리를 마시고 그녀 곁에서 숨 쉬어서 더없이 행복했다. 그녀가 존재하기만 한다면, 그녀가 나에게 어머니, 애인, 여신이 되든 말든 상관없었다. 나의 길이 그녀의 길 곁에 있기만 하다면!

그녀가 나의 새매 그림을 가리켰다.

"당신이 저 그림을 보내줘서 우리 막스가 얼마나 기뻐했는지 몰라요." 그녀가 진지하게 말했다. "나도 마찬가지고요. 우린 당신을 기다리다가 저 그림을 받고는 당신이 우리에게 오는 중이라는 걸 알았죠. 싱클레어, 당신이 꼬마였을 때, 하루는 내 아들이 학교에서 돌아와 말하기를, 이마에 표시가 있는 아이가 있다고, 그 아이는 내 친구가 되어야 한다고 했거든요. 그 아이가 당신이었어요. 당신의 길은 순탄하지 않았지만, 우린 당신을 믿었어요. 언젠가 방학 중에 당신이 집에 들렀을 때 막스와 다시 만났었죠. 당신이 열여섯살 쯤이었을 때 말이에요. 막스가 나에게 얘기해주었는데…"

내가 끼어들었다. "아이고, 그런 얘기를 당신에게 하다니! 그 시절은 내가 가장 비참할 때였어요!"

"그래요, 막스가 내게 말하기를, 이제 싱클레어가 가장 힘든 고비를 맞았다고 하더군요. 그가 다시 한 번 공동체 안으로 도피하려 하고 심지어 술꾼이 되었다고요. 하지만 성공하지 못할 거라고 했어요. 그의 표시는 가려져 있지만 은밀히 그를 불사르는 중이라고요. ─정말 그렇지 않았나요?"

"아, 맞아요, 그랬어요, 정확히 그랬어요. 그 후에 난 베아트리체를 발견했고, 그 다음에 드디어 다시 길잡이가 나에게 다가왔죠. 그의 이름은 피스토리우스였어요. 그제야 나는 분명하게 깨달았어요. 왜 나의 어린 시절이 막스와 그토록 강하게 결부되어 있었는지, 왜 내가 그를 벗어날 수 없었는지를요. 친애하는 부인… 소중한 어머니, 당시에 나는 자살해야 한다는 생각을 자주 했어요. 누구나 그렇게 힘든 길을 가는 걸까요?"

그녀가 내 머리를 공기처럼 가볍게 쓰다듬었다.

"태어나는 것은 언제나 어려운 일이에요. 당신도 알다시피 새는 애쓴 끝에 알에서 나오지요. 돌이켜 생각하면서 스스로에게 물어보세요. 그 길이 그렇게 힘들었나요? 그저 힘들기만 했나요? 아름답기도 하지 않았나요? 더 아름답고 더 쉬운 길을 당신은 알았나요?"

나는 고개를 가로저었다.

"힘들었어요." 내가 잠든 사람처럼 말했다. "그 꿈을 만날 때까지는."

그녀가 고개를 끄덕이더니 나를 뚫어져라 바라보았다.

"그래요, 사람은 자신의 꿈을 발견해야 해요. 그 다음에는 길이 쉬워지죠. 하지만 영원한 꿈은 없어요. 어떤 꿈이든지 새 꿈으로 교체되기 마련이에요. 한 꿈을 고수하려 하면 안 돼요."

나는 몹시 놀랐다. 벌써 경고하는 것일까? 벌써 거절하는 것일까? 하지만 상관없었다. 나는 목적지를 묻지 않고 그녀가 이끄는 대로 따라갈 준비가 되어있었다.

"내 꿈이…" 내가 말했다. "얼마나 오래 유지될지는 모르지만, 난 영원히 유지되었으면 해요. 그 새 그림 아래에서 나의 운명이 어머니처럼, 애인처럼 나를 맞이했어요. 나는 내 운명의 소유지, 다른 누구의 소유도 아니에요."

"그 꿈이 당신의 운명인 한에서는, 그런 한에서는 그 꿈에 충실히 머무르는 게 옳아요." 그녀가 진지하게 동의를 표했다.

슬픔이 나를 덮쳤다. 이 황홀한 시간에 죽고 싶다는 간절한 바람이 나를 덮쳤다. 나는 내 안에서 눈물이―내가 마지막으로

울어본 적이 언제였는지 아득하기만 했다!―끊임없이 샘솟아 나를 압도하는 것을 느꼈다. 나는 다급히 그녀에게 등을 돌리고 안 보이는 눈으로 화분의 꽃들 너머를 응시했다. 뒤에서 그녀의 목소리가 들렸다. 담담하면서도 가득 찬 포도주 잔처럼 다정하기 그지없는 목소리였다.

"싱클레어, 당신은 아이로군요! 당신의 운명은 당신을 정말로 사랑해요. 당신이 충실히 머무른다면, 언젠가 당신의 운명은 당신이 꿈꾸는 대로 온전히 당신의 소유가 될 거예요."

나는 나 자신의 반발을 억누르고 다시 그녀에게 얼굴을 돌렸다. 그녀가 나에게 손을 내밀었다.

"나는 친구가 몇 명 있어요." 그녀가 미소 지으며 말했다. "아주 조금이지만 아주 친한 친구들인데, 그들은 나를 에바 부인이라고 부르죠. 원한다면 당신도 나를 그렇게 부르세요."

그녀는 나를 문으로 데려가서 문을 열고 정원을 가리켰다. "저 바깥에서 막스를 찾아보세요."

나는 몹시 흔들려 얼떨떨한 심정으로 키 큰 나무들 아래 서 있었다. 평소보다 더 맑은 정신인지 아니면 더 몽롱한 것인지 알 수 없었다. 나뭇가지에서 빗방울이 가만가만 떨어졌다. 나는 강가를 따라 길게 이어진 정원으로 천천히 걸어 들어갔다. 그리고 마침내 데미안을 발견했다. 그는 문이 열린 오두막 안에서 웃통을 벗은 채로 매달아놓은 모래주머니를 상대로 권투 연습을 하고 있었다.

나는 깜짝 놀라 멈춰 섰다. 데미안의 모습은 눈부셨다. 넓은 가슴, 굳건하고 남자다운 머리, 들어 올린 팔의 팽팽한 근육은 강하고 능숙했다. 허리, 어깨, 팔꿈치에서 동작이 저절로 솟는 샘물처럼 나왔다.

"데미안!" 내가 외쳤다. "너 지금 여기서 뭐 하니?" 그가 밝게 웃었다.

"훈련하는 거야. 그 작은 일본사람하고 권투시합을 하기로 했거든. 그 친구는 고양이처럼 날래. 또 당연히 고양이처럼 교활하고. 하지만 나를 이기진 못할 거야. 난 그 친구에게 아주 작은 굴욕을 안겨줄 의무가 있어."

그가 셔츠와 재킷을 입었다.

"우리 어머니는 벌써 만났지?" 그가 물었다.

"응. 데미안, 너희 어머니 정말 멋지시더라! 에바 부인! 그녀에게 딱 맞는 이름이야. 그녀는 모든 존재의 어머니 같아."

그가 문득 신중한 표정으로 내 얼굴을 바라보았다.

"그 이름을 벌써 안 거니? 친구야, 이건 자랑스러운 일이야! 우리 어머니가 만나자마자 그 이름을 알려준 사람은 네가 처음이야."

이날 이후 나는 그 집에 수시로 드나들었다. 아들이자 형제처럼, 하지만 또한 애인처럼. 집 안에 들어서서 현관문을 잠글 때면, 아니 그 정원의 키 큰 나무들이 멀리 보일 때부터 벌써 나는 풍족하고 행복했다. 바깥엔 "현실"이, 바깥엔 거리와 집들, 사람들과 기관들, 도서관과 강의실이 있었지만, 여기 안에는 사랑과 영혼이 있었고, 여기에서는 동화가 살고 꿈이 살았다. 하지만 우리가 세상으로부터 동떨어져 산 것은 결코 아니었다. 우리는 생각하고 대화하면서 흔히 세상 한복판에서 살았다. 다만 다른 마당에서 살았을 뿐이다. 우리와 다수의 사람들을 갈라놓은 것은 어떤 경계선이 아니라 보는 방식의 차이였다. 우리의 과제는 세상안에서 하나의 섬이 되는 것이었다. 어쩌면 모범이 되는 것이었을수도 있겠지만, 아무튼 다른 삶의 가능성을 알리는 것이었다. 오랫동안 외톨이였던 나는 공동체를 배웠다. 그것은 철저한 외로움을 맛본 사람들 사이에서 가능한 공동체였다. 이제 행복한 자들의 식탁으로, 유쾌한 자들의 축제로 돌아가고픈 욕망이 더는 일지 않았다. 다른 사람들의 결속을 볼 때에도, 질투나 향수가 엄습하지 않았다. 그리고 서서히 나는 "표시"를 지닌 자들의 비밀을 전수받았다.

우리, 표시를 지닌 사람들은 세상의 법으로 따지면 기이한 놈, 심지어 위험한 미친놈일 수도 있었다. 우리는 깨어난 자들, 혹은 깨어나는 자들이었다. 우리의 노력은 점점 더 완전한 각성을 향해 있었다. 반면에 다른 사람들의 노력과 행복 추구는 자신의 견해, 자신의 이상과 책임, 자신의 삶과 행복을 떼거리의 견해와 이상 등에 점점 더 탄탄하게 얽어매는 쪽으로 향해 있었다. 그들도 노력했고, 그들에게도 힘과 위대함이 있었다. 그러나 우리가 파악하기에는, 표시를 지닌 우리는 새로운 것, 따로 떨어진 것, 미래의 것을 향한 자연의 의지를 실행하는 반면, 다른 사람들은 계속 버티려는 의지로 살았다. 그들이 보기에 인류는—그들은 우리 못지 않게 인류를 사랑했다—보호하고 유지해야 할 완성품이었다. 반면에 우리에게 인류는 우리 모두가 다가가는 중인 먼 미래였다. 그 미래의 모습을 아는 사람은 아무도 없었고, 그 미래의 법은 어디에도 씌어있지 않았다.

에바 부인과 막스와 나 말고도 아주 다양한 것들을 추구하는 몇 사람이 우리 집단에 가깝거나 멀게 속해있었다. 그들 중 몇은 별난 길을 갔다. 동떨어진 목표를 세우고 별난 견해와 책무에 매달렸다. 그 가운데는 점성술사들과 카발라 신비주의자들, 톨스토이 백작 추종자도 있었고, 신흥 종교 추종자, 인도식 수행에 열심인 사람, 채식주의자 등, 연약하고 수줍고 상처받기 쉬운 온갖 사람들이 있었다. 이들 모두와 우리가 공유한 정신적인 태도는 사실상 단 하나, 모든 각자가 타인의 은밀한 삶의 꿈을 존중하는 것뿐이었다. 우리와 더 가까운 사람들도 있었는데, 그들은 과거에 인류가 신들과 새로운 소망들을 추구해온 과정을 추적했다. 그들의 연구는 나로 하여금 내 친구 피스토리우스를 자주 떠올리게 했다. 그들은 여러 책을 가져왔고, 옛날 언어들로 쓰인 문헌을 번역했고, 옛 상징과 의식(儀式)을 모사한 그림을 우리에게 보여주었고, 인류가 이제껏 품어온 모든 이상이 무의식적인 영혼의 꿈을 바탕으로 삼음을, 그 꿈속에서 인류는 자신의 미래가능성을 예감하고 더듬더듬 따라감을 우리에게 일깨워주었다. 그렇게 우리는 기독교로의 개종이 시작되기 이전 옛 세계의 온갖 경이로운 신들을 섭렵했다.

우리는 경건한 외톨이들의 신앙고백을 배우고 종교들이 한 민족에서 다른 민족으로 옮겨가면서 겪은 변화를 배웠다. 그리고 우리가 수집한 모든 것에서 나온 결과물은 우리 시대에 대한 비판, 어마어마한 노력으로 인류를 위해 막강한 신무기들을 만들어냈지만 결국 심각하고 종국엔 엽기적인 정신의 황폐화에 빠져버린 현재의 유럽에 대한 비판이었다. 현재의 유럽은 온 세상을 얻은 대가로 자신의 영혼을 잃었다.

여기에도 특정 희망과 구원의 가르침을 신봉하고 따르는 사람들이 있었다. 유럽을 개종시키고자 하는 불교도들이 있었고, 톨스토이의 제자들, 그 밖에 다른 추종자들도 있었다. 우리, 가깝게 모인 사람들은 이 모든 가르침을 경청하고 단지 상징으로만 받아들였다. 미래를 어떻게 빚어갈지에 대해 고민하는 것은 표시를 지닌 우리의 몫이 아니었다. 모든 신앙, 모든 구원의 가르침은 우리에겐 애초부터 죽은 것, 쓸모없는 것이었다. 우리가 의무이자 운명이라 느낀 것은 단 하나, 우리 각자가 온전히 자기 자신이 되는 것, 자기 안에서 돋아나는 자연의 싹이 요구하는 바에 완전히 적합하게 되는 것, 불확실한 미래가 무엇을 가져오든지 우리가 그 모든 것에 준비되어있다는 평가를 받게 되기를 의지하면서 사는 것뿐이었다. 요컨대 현재의 붕괴와 새 탄생이 임박했고 이미 감지된다는 것을, 말하든 말하지 않든, 우리 모두가 분명하게 느끼고 있었던 것이다. 때때로 데미안이 나에게 말했다. "앞으로 일어날 일을 다 헤아릴 수는 없어. 유럽의 영혼은 한없이 오래 묶여있던 동물이야. 그 동물이 풀려나면, 처음에 일어나는 동요는 그리 유쾌하지 않을 거야. 하지만 그 영혼이 처한 곤경이 진실하게 드러나기만 한다면, 오래 전부터 사람들이 거짓말하며 외면하고 마취제로 달래온 그 곤경이 드러나기만 한다면, 그 동요가 어떻게 진행되고 어떻게 꼬일지는 중요하지 않아. 그 다음에 우리의 때가 올 거야. 사람들이 우리를 필요로 하게 될 거야. 길잡이나 새로운 입법자로서가 아니라—우리가 체험할 새 법은 이제 더는 없어—오히려 준비된 자들로서, 운명이 가자는 곳으로 함께 가서 그곳에 설 준비가 되어있는 사람으로서 말이야. 세상을 둘러봐, 사람은 누구나 자신의 이상이 위협당할 때는 어마어마한 행동을 할 준비가 되어있어. 하지만 새로운 이상이, 새롭고 어쩌면 위험하고 으스스할 수도 있는 성장의 조짐이 문을 두드릴 때는, 모두 숨어버리지. 우리는 그럴 때 숨지 않고 같이 가는 소수가 될 거야. 우리는 그렇게 하도록 표시된 자들이야. 카인이 두려움과 증오를 일으키면서 당대의 인류를 협소한 전원생활에서 위험한 광야로 몰아내도록 표시된 자인 거처럼 말이야. 인류의 길에 영향을 끼친 모든 사람은 다들 한결같이 오직 운명을 맞을 준비가 되어있었기 때문에 능력이 있었고 영향력을 발휘한 거야. 모세와 부처가 그렇고 나폴레옹과 비스마르크도 그래. 사람이 어느 물결에 종사하고 어느 쪽 극단에 의해 지배되는지는 그 사람 자신이 선택하는 것이 아냐. 비스마르크가 사회민주주의자들을 이해하고 그들의 편을 들었다면, 그는 영리한 지배자였을지는 몰라도 운명의 인물은 아니었을 거야. 나폴레옹, 카이사르, 로욜라, 다 마찬가지야! 항상 생물학적으로 또한 진화론적으로 생각해야 해! 지구 표면의 격변으로 수생동물이 뭍으로, 육생동물이 물속으로 던져졌을 때, 새롭고 전례 없는 것을 성취하고 새로운 적응으로 자신의 종을 구할 수 있었던 개체들은 운명을 맞을 준비가 되어있었던 녀석들이야. 그 개체들이 종 안에서 유난히 보수적이고 수구적이었는지, 혹은 괴짜요 혁명가에 가까웠는지 우리는 몰라. 아무튼 그들은 준비되어있었고 그래서 자신의 종을 구해 새롭게 발전시킬 수 있었지. 이것이 우리가 아는 바야. 그래서 우리는 준비되어있고자 하는 것이고."

이런 대화가 진행될 때는 흔히 에바 부인이 곁에 있었다. 하지만 그녀 자신은 이런 식으로 말을 보태지 않았다. 자신의 생각을 꺼내놓는 우리 모두에게 그녀는 신뢰와 이해심으로 충만한 경청자요 메아리였다. 마치 모든 생각이 그녀에게서 나와 그녀에게로 돌아가는 것 같았다. 그녀 곁에 앉는 것, 가끔 그녀의 목소리를 듣고 그녀를 감싼 성숙한 영혼의 기운을 공유하는 것은 나에게 행복이었다.

내 안에서 어떤 변화가 일어나면, 나의 내면이 혼탁해지거나 새로워지면, 그녀는 곧바로 알아챘다. 내가 잠들어 꾸는 꿈마저도 내 느낌엔 그녀가 주입해준 것인 듯했다. 나는 내 꿈을 그녀에게 자주 이야기했는데, 그녀가 보기에 내 꿈들은 이해할 만하고 자연스러웠다. 그녀가 생생하게 공감할 수 없는 이상한 대목은 없었다. 한동안 나는 우리가 낮에 나눈 대화를 본떴다고 할 만한 꿈을 꾸었다. 온 세상이 혼란으로 들끓는 가운데 내가 혼자서 혹은 데미안과 함께 마음 졸이며 커다란 운명을 기다리는 꿈이었다. 운명의 얼굴은 가려져 있었지만 어쩐지 에바 부인의 특징들을 가지고 있었다. 그녀에 의해 선택되거나 버려지는 것, 그것이 운명이었다.

때때로 그녀는 미소 지으며 말했다. "당신의 꿈은 온전하지 않아요, 싱클레어. 당신은 가장 좋은 것을 잊어버렸어요." 그러면 나는 신기하게도 그것을 다시 떠올리고서 내가 그것을 어떻게 잊을 수 있었는지 의아하게 여겼다.

가끔 나는 만족하지 못하고 욕망에 시달렸다. 내 곁에 있는 그녀를 끌어안지 않고 보기만 하는 생활을 더는 참아낼 수 없다는 생각이 들었다. 그녀는 이런 심정도 곧바로 알아챘다. 한번은 내가 여러 날째 보이지 않다가 넋 나간 사람처럼 다시 나타났을 때, 그녀는 나를 곁으로 불러 이렇게 말했다. "당신이 확신하지 않는 소망에 빠져드는 것은 하지 말아야 할 일이에요. 당신이 무얼 바라는지는 당신 스스로 알지요. 당신은 그 소망을 포기할 수 있어야 해요, 아니면 그 소망을 정말로 철저하게 바라야 해요. 당신이 정말 간절하게 바라서 그 소망의 실현을 당신이 속으로 완전히 확신할 정도라면, 그러면 소망은 이루어지기 마련이에요. 그러나 당신은 소망하고 다시 후회하고 그러면서 겁을 내고 있어요. 그 모든 것을 극복해야 해요. 당신에게 동화 한 편을 들려주고 싶어요."

그리고 그녀는 별 하나를 사랑하는 소년의 이야기를 해주었다. 소년은 바닷가에 서서 양손을 높이 들고 그 별을 숭배했으며 그 별이 나오는 꿈을 꾸었다. 소년의 생각도 그 별 주위를 맴돌았다. 그러나 사람이 별을 끌어안을 수는 없음을 소년은 알고 있었다. 혹은 안다고 생각했다. 소년은 별을 상대로 실현될 가망이 없는 사랑을 하는 것이 자신의 운명이라 여겼고, 이 생각을 바탕으로 삼아서 단념과 고요하고 진실한 고뇌를 다룬 필생의 시를 지었다. 고뇌가 소년을 정화하고 치유할 것이라고 그 시는 노래했다. 그러나 소년의 모든 꿈은 그 별을 향했다. 어느 날 소년은 밤에 다시 바닷가 높은 절벽 위에 서서 그 별을 쳐다보면서 사랑으로 타올랐다. 그리고 열망이 극에 달한 순간, 소년은 별을 향해 뛰어올라 허공으로 돌진했다. 그러나 뛰어오르는 순간, 소년은 순식간에, 아무래도 이건 불가능해! 하고 생각했다. 그리고 그는 산산 조각난 채로 해변에 누웠다. 소년은 사랑하는 법을 몰랐던 것이다. 만약에 그가 뛰어오르는 순간 그의 영혼이 사랑의 실현을 단호하고 확고하게 믿을 힘을 가졌더라면, 그는 날아올라 별과 하나가 되었을 것이다.

"사랑은 애원하면 안 돼요." 그녀가 말했다. "요구해서도 안 되고요. 사랑은 스스로의 내면에서 확신에 이를 힘을 가져야 해요. 그러면 사랑은 끌려가지 않고 끌어당기지요. 싱클레어, 당신의 사랑은 나에게 끌려와요. 당신의 사랑이 나를 끌어당기기만 하면, 나는 갈 거예요. 나는 선물을 주고 싶지 않아요. 나는 획득되고 싶어요."

하지만 또 언젠가 그녀는 다른 동화도 들려주었다. 이룰 수 없는 사랑을 하는 남자가 있었다. 그는 자신의 영혼 안으로 완전히 움츠러들었고 자신이 사랑으로 완전히 불타 없어질 것이라고 생각했다. 그 남자에게는 세상이 사라졌다. 그는 파란 하늘과 푸른 숲을 더는 보지 못했다. 그 앞에서 시내는 물소리를 내지 않고 하프는 울지 않았다. 모든 것이 가라앉았고, 그는 가련하고 비참하게 되었다. 그러나 그의 사랑은 갈수록 더 커졌고, 그는 자신이 사랑하는 그 아름다운 여인을 갖기를 포기하느니 차라리 죽어서 썩어버리기를 훨씬 더 바랐다. 그러다가 그는 자신의 사랑이 자신 안에 있는 다른 모든 것을 태워 없앴음을 감지했다. 곧이어 사랑은 강력해져서 끌어당기고 또 끌어당겼고, 그 아름다운 여인은 따르지 않을 수 없었다. 그녀가 왔고, 그는 그녀를 끌어안으려고 양팔을 벌리고 서 있었다. 그러나 그의 앞에서 그녀는 완전히 변신했고, 그는 자신이 잃어버린 세계 전체를 끌어당겼음을 보고 느끼며 전율했다. 그녀는 그의 앞에 서서 자신을 그에게 내주었다. 하늘과 숲과 시내, 모든 것이 새로운 색으로 신선하고 황홀하게 그에게 다가왔다. 모든 것이 그의 소유였고, 모든 것이 그의 말을 했다. 단지 한 여자를 얻는 대신에 그는 온 세상을 가슴에 품었고, 하늘의 모든 별 하나하나가 그의 안에서 타오르며 쾌락의 불꽃으로 그의 영혼을 관통했다. ─그는 사랑하면서 자기 자신을 발견한 것이다. 그러나 대다수는 사랑하면서 자기 자신을 잃는다.

에바 부인을 향한 나의 사랑은 내가 느끼기에 내 삶의 유일한 내용이었다. 그러나 그 사랑의 모습은 날마다 달랐다. 때때로 나는, 나의 진짜 중심이 열망하며 끌려가는 목적지는 그녀 개인이 아님을, 오히려 그녀는 단지 나의 내면을 상징할 뿐이고 단지 나를 나 자신 안으로 더 깊이 이끌고자 할 뿐임을 확실히 느끼는 듯했다. 내가 듣기에 그녀의 말은 나를 흔드는 절박한 물음에 대한 나의 잠재의식의 답변과도 같을 때가 많았다. 하지만 또 어떤 때 나는 그녀 곁에서 감각적인 욕망으로 타오르고 그녀가 만진 물건들에 입을 맞췄다. 그리고 차츰, 감각적인 사랑과 그렇지 않은 사랑, 현실과 상징이 포개졌다. 그러자 나는 우리 집의 내 방 안에서 고요하고 진실하게 그녀를 생각하면서도 그녀의 손을 잡고 그녀의 입술에 입 맞추는 느낌을 가지게 되었다. 또는 그녀 곁에서 그녀의 얼굴을 보고 그녀와 대화하고 그녀의 목소리를 들으면서도, 그런 그녀가 꿈인지 현실인지 정말 알 수 없었다. 나는 어떻게 하면 사랑을 영원히 오래 소유할 수 있는지를 어렴풋이 감지하기 시작했다. 나는 어느 책을 읽다가 새로운 깨달음을 얻었는데, 그 느낌은 에바 부인의 입맞춤과도 같았다. 그녀는 내 머리를 쓰다듬으며 나에게 성숙하고 향기롭고 따스한 미소를 보냈고, 나는 내면적으로 한걸음 전진했을 때와 똑같은 느낌을 가졌다. 나에게 중요하고 나에게 운명인 모든 것이 그녀의 모습을 띨 수 있었다. 그녀는 나의 모든 생각 하나하나로 변신할 수 있었고 거꾸로도 마찬가지였다.

나는 부모님과 함께 보낼 성탄절 휴가가 다가오는 것이 두려웠다. 왜냐하면 2주 동안 에바 부인을 멀리 떠나 사는 것은 심한 고통일 것이 틀림없다고 생각했기 때문이었다. 그러나 집에서 지내면서 그녀를 생각하는 것은 고통이기는커녕 황홀한 기쁨이었다. 이 안정과 그녀의 감각적 현전으로부터의 독립을 만끽하기 위해 나는 H로 돌아온 뒤에도 이틀 더 그녀의 집에서 멀리 떨어져 지냈다. 또한 나는 그녀와 나의 합일이 새로운 비유적인 방식으로 이루어지는 꿈을 꾸었다. 그녀는 내가 강물 되어 흘러가 닿는 바다였다. 그녀는 별이었고, 나 자신도 그녀에게 다가가는 별이었다. 우리는 서로 마주쳤고 서로에게 끌리는 것을 느꼈으며, 영원히 함께 머물면서 아름다운 음을 내는 작은 원들을 그리며 서로의 주위를 행복하게 돌았다.

나는 그녀를 처음으로 다시 방문했을 때 그녀에게 이 꿈을 이야기했다.

"아름다운 꿈이군요." 그녀가 차분하게 말했다. "그 꿈을 실현하세요!"

초봄의 어느 날을 나는 지금도 생생하게 기억한다. 그날 나는 그 응접실에 들어섰다. 창 하나가 열려있었고, 온화한 바람이 짙은 히아신스 냄새를 실내 곳곳에 퍼뜨렸다. 아무도 보이지 않았으므로 나는 계단을 올라 막스 데미안의 공부방으로 갔다. 가볍게 문을 두드리고서 평소대로 들어오라는 외침을 기다리지 않고 안으로 들어갔다.

방안은 어두웠다. 모든 커튼이 쳐있었다. 옆에 딸린 작은 방으로 통하는 문은 열려있었다. 그 방은 막스가 꾸며놓은 화학 실험실이었다. 비구름 사이로 비치는 밝고 흰 봄 햇살이 그 방에서 스며나오고 있었다. 나는 아무도 없는 줄 알고 커튼 하나를 젖혔다.

그때 나는 가려진 창가의 걸상에 막스 데미안이 앉아있는 것을 보았다. 이상하게 변해서 웅크리고 있는 그를 보는 순간, 벼락처럼 엄습하는 느낌이 이렇게 말했다. 이 모습을 벌써 한번 본 적이 있다! 그는 양팔을 가만히 늘어뜨렸고, 양손은 다리 사이에 모았고, 눈을 뜬 채로 살짝 앞으로 기울인 얼굴은 광채 없이 죽었으며, 눈동자에서는 작고 날카로운 반사광이 유리조각에서처럼 생기 없이 반짝였다. 창백한 얼굴은 자기 안으로 가라앉아 있었으며, 엄청나게 굳어있는 것 외에 다른 어떤 표정도 없었다. 그 모습은 어느 신전 입구의 아주 오래된 동물 두상처럼 보였다. 데미안은 숨도 쉬지 않는 듯했다.

소름이 끼치듯 기억이 되살아났다.—여러 해 전, 내가 아직 애송이였을 때 그를 이 모습으로, 정확히 이 모습으로 한번 본 적이 있다. 그때도 이렇게 두 눈은 내면을 응시했고, 두 손은 죽은 듯이 나란히 놓여있었고, 파리 한 마리가 그의 얼굴 위로 돌아다녔다. 그리고 그때, 어쩌면 6년 전이었던 그때 그의 모습은 지금과 똑같았다. 지금과 똑같은 나이로 보였고 지금처럼 시간을 초월한 것 같았다. 얼굴에 주름 하나까지 지금과 똑같았다.

두려움에 휩싸인 나는 조용히 방에서 나와 계단을 내려왔다. 응접실에서 에바 부인과 마주쳤다. 그녀는 창백했고 지쳐 보였다. 내가 처음 보는 모습이었다. 창에 그늘이 드리우고, 눈부시게 흰 햇빛이 갑자기 사라졌다.

"방금 막스를 봤어요." 내가 재빨리 속삭였다. "혹시 무슨 일이라도 있어요? 막스는 자요. 아니, 가라앉은 건지도 모르겠어요. 전에도 한번 막스의 이런 모습을 본 적이 있어요."

"설마 그를 깨운 건 아니겠죠?" 그녀가 서둘러 물었다.

"그럼요. 그는 내가 들어오는 소리를 못 들었어요. 나는 곧바로 다시 나왔고요. 에바 부인, 얘기해줘요. 그에게 무슨 일이 일어난 거죠?"

그녀가 손등으로 이마를 훔쳤다. "안심해요, 싱클레어. 그에겐 아무 일도 없어요. 그는 세상에서 물러나있는 중이에요. 오래 걸리진 않을 거예요."

그녀는 자리에서 일어나, 내리기 시작한 비를 무릅쓰고 정원으로 나갔다. 나는 따라 나가면 안 된다고 느꼈다. 그래서 응접실에서 서성거리며 아찔한 히아신스 향기를 맡고 문 위에 걸린 나의 새 그림을 응시하고, 그 오전에 그 집에 가득 찼던 이상한 어스름을 불안하게 호흡했다. 무슨 일일까? 무슨 일이 일어난 걸까?

얼마 지나지 않아 에바 부인이 돌아왔다. 그녀의 검은 머리에 빗방울들이 매달려 있었다. 그녀가 안락의자에 앉았다. 그녀 위에 피로가 드리워 있었다. 나는 그녀 곁으로 가서 허리를 숙이고 그녀 머리의 물방울에 입을 맞췄다. 그녀의 눈은 밝고 고요했지만, 나는 그 물방울에서 눈물의 맛을 느꼈다.

"내가 가서 막스가 괜찮은지 볼까요?" 내가 속삭이는 소리로 물었다.

그녀가 희미하게 미소를 지었다.

"어린애처럼 굴지 말아요, 싱클레어!" 그녀가 큰 소리로 타일렀다. 실은 그녀 자신의 내면을 옭아매는 어떤 주문을 깨뜨리기 위해서인 듯했다. "지금은 떠났다가 나중에 다시 오세요. 지금 난 당신과 대화할 수 없어요."

나는 걷고 달려서 집과 도시를 벗어나 산으로 향했다. 이슬비가 나에게 비스듬히 내리고, 낮은 구름이 무겁게 짓눌린 채로 겁먹은 듯이 흘러갔다. 낮은 곳에는 바람 한 점 없다시피 했지만, 높은 곳에는 폭풍이 부는 듯했다. 강철로 된 듯한 회색 구름 사이로 햇살이 창백하고 눈부시게 번득이고 또 번득였다.

그때 먼 하늘에서 옅고 색깔이 노란 구름이 흘러와 회색 구름 벽에 가로막혔고, 몇 초 만에 바람이 노란색과 파란색으로 그림을 그려냈다. 거대한 새의 그림이었다. 그 새는 파란색 덩어리에서 떨어져 나와 계속 날개를 퍼덕이며 하늘 속으로 사라졌다. 곧이어 폭풍소리가 들리고, 우박 섞인 비가 후드득후드득 내렸다. 거짓말 같고 무서울 정도로 요란한 천둥이 비의 채찍을 맞은 풍경을 짧게 할퀴었고, 곧이어 다시 해가 났다. 갈색 숲 너머 가까운 산봉우리 여러 곳에서 창백한 눈이 희미하고도 비현실적으로 반짝였다.

내가 몇 시간 뒤에 비에 젖어 창백한 꼴로 돌아왔을 때, 나를 위해 데미안이 손수 현관문을 열어주었다.

그는 나를 데리고 자기 방으로 올라갔다. 실험실에는 가스 불꽃 하나가 타오르고 종이가 여기저기 놓여있었다. 무슨 연구를 하던 참인 듯했다.

"앉아." 그가 자리를 권했다. "너 피곤하겠다. 정말 지독한 날씨였어. 네가 밖에서 열심히 돌아다녔다는 걸 척 보니 알겠구나. 곧 차를 대령할 게."

"오늘 무슨 일인가 일어나고 있어." 내가 머뭇거리며 운을 뗐다. "그 정도 폭풍우가 전부일 리 없어."

그가 나를 찬찬히 살펴보았다. "네가 뭘 본 거니?"

"응. 구름 속에서 한순간 또렷하게 어떤 모습을 보았어."

"무슨 모습을?"

"새였어."

"새매? 새매였어? 네 꿈속의 새?"

"맞아, 나의 새매였어. 노랗고 거대했는데, 검푸른 하늘 속으로 날아 들어갔어."

데미안이 깊은 한숨을 내쉬었다.

문을 두드리는 소리가 나고, 늙은 하녀가 차를 가져왔다.

"한잔 하렴, 싱클레어. 내 생각에 네가 그 새를 우연히 본 것 같지는 않은데?"

"우연히? 그런 걸 우연히 본다고?"

"그래, 그럴 리 없지. 그 새는 무언가를 의미해. 넌 그게 뭔지 아니?"

"아니. 단지 어떤 격동을 의미한다는 것만 어렴풋이 느껴. 운명 안에서의 한 걸음을 의미한다는 것만. 아무튼 나는 그 무언가가 우리 모두와 상관이 있다고 믿어."

그가 급한 걸음으로 서성거렸다.

"운명 안에서의 한 걸음이라!" 그가 큰 소리로 외쳤다. "지난 밤에 내가 똑같은 꿈을 꿨어. 우리 어머니는 어제 똑같은 것을 예감했고.―꿈에 나는 사다리를 타고 올라갔어. 사다리는 나무 줄기나 탑에 기대어 있었고. 나는 사다리 위에서 인근 지역을 다 봤지. 넓은 평야였어. 여러 도시와 마을이 불타고 있었고. 아직은 내가 모든 걸 이야기할 수가 없어. 나에게도 불분명한 구석이 남아있거든."

"너는 그 꿈을 너랑 관련지어서 해석하니?" 내가 물었다.

"나랑 관련짓느냐고? 물론이지. 자기와 관련 없는 꿈을 꾸는 사람은 없어. 하지만 네 생각도 일리가 있는 것이, 그건 나하고만 관련이 있는 꿈이 아니야. 나는 나 자신의 영혼에서 일어나는 움직임을 알려주는 꿈과 인류 전체의 운명을 시사하는 아주 드문 꿈을 꽤 정확하게 구분하거든. 내가 두 번째 유형의 꿈을 꾼 적은 드물어. 더구나 그 꿈이 예언이었고 그 예언이 실현되었다라고 말할 만한 꿈은 한 번도 꾼 적 없고. 꿈 해석은 너무 불확실해. 하지만 내가 확실히 아는 건, 내가 어떤 꿈을 꾸었는데, 그것이 나하고만 관련이 있는 꿈이 아니라는 거야. 무슨 말이냐면, 그 꿈은 내가 과거에 꾸었던 꿈들과 같은 유형이야. 그 꿈들의 후속편인 셈이지. 그 꿈들은 말이야, 싱클레어, 내가 너한테 이미 말한 적 있는 그 예감을 나에게 안겨준 꿈들이고. 우리 세계가 제대로 썩었다는 걸 우린 알아. 하지만 그렇다고 세계의 몰락이나 그 비슷한 것을 예언할 근거는 없을 거야. 하지만 나는 여러 해 전부터 꾸어온 꿈들에 기초해서 추론할 수 있어. 아니, 추론이라는 말이 거슬린다면, 느낀다거나 뭐 다른 표현으로 바꿔도 좋겠다. 아무튼 나는 낡은 세계의 붕괴가 임박했다는 걸 느껴. 이 느낌이 처음엔 아주 약하고 어렴풋한 예감이었지만 갈수록 더 강해지고 또렷해졌지. 지금도 내가 아는 것은 단 하나, 크고 무시무시하고 나하고도 관련이 있는 무언가가 다가오고 있다는 것뿐이야. 싱클레어, 우리는 우리가 몇 번 언급했던 일을 몸소 체험하게 될 거야! 세계는 새로워지려고 해. 죽음의 냄새가 나. 새로운 것이 오려면 죽음이 있어야 하는 법이지. ─내가 생각했던 것보다 더 끔찍해."
나는 겁에 질려서 그를 바라보고만 있었다.

"네 꿈의 나머지 부분을 얘기해줄 수 없겠니?" 내가 수줍게 부탁했다.

그가 고개를 가로저었다.

"안 돼."

문이 열리고 에바 부인이 들어왔다.

"여기 같이 있었구나! 설마 너희들 슬픔에 빠져있는 건 아니겠지?"

그녀는 생기가 넘쳐 보였다. 이젠 전혀 피곤해 보이지 않았다. 데미안이 그녀에게 미소 지었고, 어머니가 겁먹은 아이들에게 다가오듯이 그녀가 우리에게 다가왔다.

"우리 슬프지 않아요, 어머니. 우린 다만 새로운 조짐들에 대해서 이런저런 생각을 조금 해봤을 뿐이에요. 하지만 사실 부질없는 짓이죠. 오려고 하는 것은 갑자기 우리 앞에 와있을 테고, 우리는 알 필요가 있는 것을 벌써 경험하게 될 테니까요."

하지만 나는 기분이 좋지 않았다. 작별인사를 하고 홀로 응접실을 가로지를 때 히아신스 향기가 시들어빠지고 퀴퀴하고 시체 같다고 느꼈다. 우리 위에 그늘이 드리워 있었다.

8장
끝의 시작

나는 내 뜻을 밀어붙인 결과로 여름학기도 H에서 보낼 수 있게 되었다. 우리는 집 대신에 강가의 정원에서 거의 모든 시간을 보냈다. 일본사람은 떠났다. 여담인데 그 사람은 권투 시합에서 완패했다. 톨스토이 추종자도 자취를 감췄다. 데미안은 말 한 마리를 구해서 날마다 꾸준히 탔다. 나는 그의 어머니와 둘이서만 있을 때가 많았다.

　때때로 나는 내 삶이 평화로운 것이 의아했다. 나는 혼자인 것, 단념하는 것, 나의 고통을 붙들고 힘들게 씨름하는 것에 오랫동안 익숙해져 있었기에, H에서 보낸 그 몇 달이 나에게는 꿈속의 섬처럼 느껴졌다. 그 섬에서 나는 아름답고 쾌적한 사물들과 느낌들에만 둘러싸여 안락하고 황홀하게 살아도 되었다. 나는 이것이 우리가 생각한 저 새롭고 격상된 공동체의 예고편임을 어렴풋이 느꼈다. 그럼에도 이 행복을 압도하는 깊은 슬픔이 나를 덮치고 또 덮쳤다. 왜냐하면 나는 이 행복이 아마 오래가지 못할 것임을 알았기 때문이다. 풍요와 안락 안에서 숨 쉬는 것은 나의 몫이 아니었다. 나에게는 고통과 분주함이 필요했다. 나는 어렴풋이 느꼈다. 언젠가 나는 이 아름다운 사랑의 광경에서 깨어나 다시 혼자서, 철저히 혼자서 냉혹한 타인들의 세상에 서게 될 것이다. 그곳에서 나에게 있는 것은 외로움이나 싸움뿐, 평화와 공생은 없을 것이다.

그럴 때면 나는 두 배의 다정함으로 에바 부인 곁에 달라붙었고, 나의 운명이 아직은 이 아름답고 평온한 얼굴을 하고 있는 것을 기뻐했다.

여름은 쉽고 빠르게 지나가고 어느새 학기말이 다가왔다. 이별이 코앞에 닥쳤지만, 나는 그 생각을 하지 말아야 했고 실제로 하지 않았다. 오히려 나비가 꿀을 머금은 꽃에 매달리듯이 그 아름다운 날들에 매달렸다. 바야흐로 나의 행복의 시간, 처음으로 내 삶이 충만해지고 내가 동아리에 받아들여진 때였다. 이다음엔 어떻게 될까? 나는 다시 싸우면서 나아가고, 그리움을 앓고, 꿈을 품고, 홀로 있게 되리라.

어느 날인가는 이런 예감이 정말 강하게 엄습하여 에바 부인을 향한 나의 사랑이 갑자기 아프게 타올랐다. 아뿔싸, 조만간 나는 그녀를 더는 볼 수 없게 된다. 집 안에 울리는 그녀의 확고하고 듣기 좋은 발소리를 더는 못 듣고, 그녀가 내 책상 위에 놓은 꽃을 더는 못 보게 된다! 과연 내가 얻은 것이 무엇이란 말인가? 나는 꿈을 꾸고 안락하게 흔들리는 요람에 누워있었을 뿐, 그녀를 얻지 못했다. 그녀를 얻기 위해 싸우지 않았고 그녀를 낚아채

영원히 내 곁에 두지 않았다! 그때까지 그녀가 참된 사랑에 대해서 나에게 해준 모든 말이 떠올랐다. 섬세하고 교훈적인 백 마디 말들, 백 마디 나직한 유혹, 어쩌면 약속들—그 모든 말을 듣고 나는 무얼 했는가? 아무것도 하지 않았다! 아무것도!

나는 내 방 한가운데 서서 온 의식을 집중하여 에바를 생각했다. 내 영혼의 힘을 모두 짜내어 그녀로 하여금 내 사랑을 느끼게 하고 그녀를 나에게 끌어당기기로 마음먹었다. 그녀가 와서 나의 포옹을 갈망해야 했다. 나의 입맞춤이 그녀의 성숙한 사랑의 입술을 게걸스럽게 헤집어야 했다.

나는 선 채로 힘을 모았고 결국 손가락과 발가락부터 차가워졌다. 나에게서 힘이 빠져나가는 것이 느껴졌다. 잠깐 동안에 내 안에서 무언가가 작고 단단하게 움츠러들었다. 밝고 시원한 무엇이었다. 순간적으로 내가 심장에 수정을 품고 있다는 느낌이 들었고, 나는 그것이 나의 자아임을 알았다. 차가운 기운이 내 가슴까지 차올랐다.

그 무서운 긴장 상태에서 벗어나 정신을 차렸을 때, 무언가 오는 중이라는 느낌이 들었다. 나는 죽도록 지쳐 있었지만, 에바가 방에 들어서는 것을 볼 준비가 되어있었다. 황홀경에서 열망으로 불타고 있었다.

긴 도로를 두드리는 말발굽 소리가 점점 다가와 가까운 곳에서 세게 울리더니 갑자기 멈췄다. 나는 뛰듯이 창가로 갔다. 저 아래에서 데미안이 말에서 내렸다. 나는 달려 내려갔다.

"무슨 일이니, 데미안? 설마 너희 어머니한테는 아무 일도 없겠지?"

그는 내 말을 듣고 있지 않았다. 그는 안색이 몹시 창백했고 양쪽 관자놀이에서 뺨으로 땀이 흘러내렸다. 그는 몸이 데워진 말의 고삐를 정원 울타리에 매더니 내 팔을 잡아끌며 도로로 걸어갔다.

"벌써 알고 있니?"

나는 아무것도 몰랐다.

데미안이 내 팔을 잡은 손에 힘을 주면서 어둡고 야릇하고 연민이 배어나는 눈빛으로 나를 바라보았다.

"친구야, 이제 시작이야. 러시아하고 큰 갈등이 있는 건 너도 알 거야."

"뭐라고? 전쟁이 난 거야? 난 이럴 줄 전혀 몰랐어."

근처에 아무도 없었지만 그는 나직하게 말했다.

"아직 전쟁이 선포되지는 않았어. 하지만 전쟁이 일어날 거야. 내 말을 믿어. 그때 이후 난 이 문제로 너를 귀찮게 하지 않았지만, 그 후에도 새로운 조짐을 세 번이나 봤어. 전에도 말했지만, 세계가 멸망하지는 않아. 지진이나 혁명이 일어나지도 않아. 전쟁이 일어날 거야. 어떻게 진행될지는 네가 직접 보게 될 거야! 사람들은 크게 기뻐하겠지. 벌써 다들 전쟁이 터지기를 고대하고 있어. 그들에게는 삶이 너무나 지루해져버린 거지. ─하지만 싱클레어, 곧 드러나겠지만, 이건 시작일 뿐이야. 이 전쟁은 어쩌면 크게 번질 거야. 아주 크게. 하지만 그것도 시작에 불과해. 새로운 것이 시작될 거야. 그리고 옛것에 매달리는 자들에게 새로운 것은 섬뜩할 거야. 너는 무얼 할 거니?"

나는 어리둥절했다. 아직도 모든 말이 낯설고 황당하게 느껴졌다.

"난 모르겠어. 넌 어떻게 할 거야?"

그가 어깨를 으쓱했다.

"징집 명령이 나오는 대로 입대할 거야. 난 중위거든."

"네가? 난 처음 듣는 얘기야."

"그래, 중위가 된 건 나의 적응행동 중 하나였어. 너도 알다시피 난 겉으로 드러내는 걸 결코 좋아하지 않아. 또 항상 올바르기 위해서 약간 지나칠 정도로 많은 일을 하고. 내가 예상하기에 여드레 뒤면 난 벌써 전쟁터에 가있을 거야."

"오, 맙소사."

"이봐, 친구. 감상적으로 굴지 마. 살아있는 사람들에게 총을 쏘라고 명령하는 건 나에게도 원칙적으로 즐거운 일이 아닐 거야. 하지만 이런 고민은 부수적인 것이 되겠지. 이제 우리는 누구나 거대한 수레바퀴 안으로 들어가게 돼. 너도 예외가 아냐. 너도 틀림없이 징집될 거야."

"데미안, 그럼 너희 어머니는?"

15분 전의 일을 나는 그제야 다시 떠올렸다. 그사이에 세상이 이토록 달라질 수 있다니! 나는 가장 달콤한 모습을 불러내기 위해 온 힘을 짜내는 중이었는데, 지금은 갑자기 새롭게 운명이 위협적이고 섬뜩한 얼굴로 나를 바라보고 있었다.

"우리 어머니? 에이, 우리가 걱정할 필요 없어. 그녀는 안전해. 지금 세상에 사는 어느 누구보다도 더 안전해. ─너 우리 어머니를 무척 사랑하지?"

"데미안, 너도 알고 있었니?" 그가 전혀 맺힌 데 없이 밝게 웃었다.

"이런 애송이 같으니라고! 내가 당연히 알지. 우리 어머니를 에바 부인이라고 부른 사람 치고 그녀를 사랑하지 않은 사람은 지금까지 한 명도 없어. 그건 그렇고, 아까는 무슨 일이었어? 네가 오늘 우리 어머니나 나를 불렀지, 안 그래?"

"맞아, 내가 불렀어. ─에바 부인을 불렀어."

"그녀가 네 부름을 느꼈어. 갑자기 내가 너에게 가야 한다면서, 나에게 가라고 재촉하더라고. 그게 언제냐면, 내가 러시아에 관한 소식을 그녀에게 들려준 직후였어."

우리는 왔던 길을 되돌아 걸으며 조금 더 말을 나눴고, 그는 타고 온 말을 풀어서 올라탔다.

나는 위층의 내 방에 들어와서야 비로소 내가 얼마나 지쳤는지 느꼈다. 데미안이 전해준 소식 때문이기도 했지만, 훨씬 더 큰 원인은 그보다 먼저 내가 온 힘을 짜낸 것이었다. 하지만 에바 부인이 내 부름을 들었다! 내가 나의 생각으로 그녀의 마음 한가운데 도달한 것이다. 그녀가 직접 오면 좋았으련만… 그리 되지는 않았지만… 이 모든 일이 얼마나 신기하고 근본적으로 얼마나 아름다운가! 이제 전쟁이 일어날 것이었다. 우리가 자주 이야기하고 또 이야기한 일이 일어나기 시작할 것이었다. 그리고 데미안은 이토록 많은 것을 미리 알고 있었다. 이제 세상의 흐름이 더는 우리 곁을 스쳐 지나가지 않으리라는 것, 이제 갑자기 그 흐름이 우리의 심장을 통과하리라는 것, 모험과 날뛰는 운명들이 우리를 성숙시키고, 세상이 우리를 필요로 하는 순간, 세상이 스스로 변화하고자 하는 순간이 당장 또는 머잖아 오리라는 것은 얼마나 신기한가. 아니, 감상적으로 굴지 말라는 데미안의 말이 옳다. 특이한 것은 다만, 이제 내가 "운명"이라는 지극히 외로운 사태를 수많은 사람들과 함께, 온 세상과 함께 체험하리라는 것뿐이다. 그래, 좋다!

나는 준비가 되어있었다. 저녁에 거리에 나가보니 곳곳이 큰 흥분으로 술렁거렸다. 도처에서 "전쟁"이라는 단어가 울려퍼졌다!

나는 에바 부인의 집으로 갔고, 우리는 정원의 오두막에서 저녁을 먹었다. 손님은 나 하나뿐이었다. 아무도 전쟁에 대해서 언급하지 않았다. 나중에 내가 떠나기 직전에야 에바 부인이 말했다. "소중한 싱클레어, 오늘 당신이 나를 불렀지요. 내가 직접 가지 않은 이유는 당신도 알 거예요. 하지만 이건 잊지 마세요. 이제 당신은 부를 줄 알게 되었으니까, 표시를 지닌 누군가가 필요할 때면 언제든 다시 부르세요!"

그녀가 자리에서 일어나 어스름한 정원을 앞장서서 걸었다. 침묵하는 나무들 사이에서 그 신비로운 여인이 크고 당당하게 걸음을 내디뎠고, 그녀의 머리 위에서 수많은 별들이 작고 여리게 빛났다.

이제 내 이야기의 끝이 다가온다. 사건들은 신속하게 진행되었다. 곧 전쟁이 터졌고, 데미안은 제복을 은회색 외투까지 차려입은 별나게 낯선 모습으로 떠났다. 나는 그의 어머니를 집으로 모셔드렸다. 곧이어 나도 그녀와 작별했다. 그녀가 내 입술에 입 맞추고 잠깐 동안 나를 가슴에 안았다. 그녀의 큰 눈이 내 눈 속에서 친밀하고 힘차게 타올랐다.

그리고 모든 사람들이 형제가 된 것 같았다. 다들 조국과 명예를 이야기했다. 그러나 그들 모두가 잠깐씩 바라보는 가려진 얼굴의 주인공은 운명이었다. 젊은 남자들이 병영에서 나와 기차에 올랐고, 나는 많은 얼굴에서—우리의 표시가 아닌—표시를 보았다. 아름답고 존엄한 그 표시는 사랑과 죽음을 의미했다. 나 역시 처음 보는 사람들의 포옹을 받았다. 나는 그들을 이해하고 기꺼이 답례했다. 그들은 운명의 의지에 따라서가 아니라 몰아지경에서 그렇게 한 것이었지만, 그 몰아지경은 그들 모두가 운명의 눈을 잠깐 바라보며 받은 충격에서 비롯된 신성한 상태였다.

벌써 겨울이 다 되었을 때, 나는 전쟁터에 도착했다.

초기에 나는 총격전의 흥분에도 불구하고 대체로 실망했다.

그전에 나는 이상을 위해 살 수 있는 사람이 지극히 드문 이유에 대해서 숙고하고 또 숙고했었다. 그리고 이때 나는 많은 사람, 아니 모든 사람이 이상을 위해 죽을 수 있음을 보았다. 단, 그러려면 이상이 개인적으로 자유롭게 선택한 것이어서는 안 되었다. 이상은 공동의 것이고 넘겨받은 것이어야 했다.

그러나 시간이 지나면서 나는 내가 사람들을 얕잡아보았음을 깨달았다. 군복무와 공동의 위험이 그들을 획일화한 것은 사실이었지만, 그래도 나는 살면서 혹은 죽어가면서 찬란하게 운명의 의지에 다가가는 많은 이들을 보았다. 많은, 아주 많은 사람이 적을 공격할 때뿐 아니라 항상 확고하고 먼 눈빛을 가지고 있었다. 이런저런 목표에 대해서는 아무것도 모르는 눈빛, 거대한 것에 철저히 헌신함을 의미하는, 약간 신들린 듯한 눈빛을 말이다. 그들이 무엇을 의지한다고 그들 스스로 믿고 생각하든 간에, 그들은 준비되어 있었고 적합했다. 그들을 바탕으로 삼아 미래가 형성될 것이었다. 또한 겉보기에 세계가 전쟁과 영웅 행동을, 명예와 그 밖에 낡은 이상들을 갈수록 더 완고하게 추구하더라도, 겉보기에 사람다운 목소리가 갈수록 더 멀어지고 있음직하지 않게 되더라도, 이 모든 것은 표피일 뿐이었다. 전쟁의 외면적이고 정치적인 목표들이 단지 표피에 불과한 것처럼 말이다. 깊은 곳에서는 무언가가 되어가는 중이었다. 이를테면 새로운 사람다움이라고 할 만한 무언가가 말이다. 무슨 말이냐면, 나는 어떤 통찰을 몸소 체감한 사람을 많이 볼 수 있었다. 그들 중 몇은 내 곁에서 죽었는데, 그 통찰이란, 증오와 분노, 때려죽이기와 없애기가 대상과 연계되어있지 않다는 것이었다. 천만에, 대상은 목표와 마찬가지로 완전히 우연적이었다. 원초적인 감정들은 적을 향해있지 않았다. 개중에 가장 야만적인 감정들도 마찬가지였다. 그런 감정들이 빚어내는 피비린내 나는 광경은 단지 내면의 풍경, 새로 태어날 수 있기 위해 날뛰고 죽이고 없애고 죽고자 하는, 여러 조각으로 찢어진 영혼의 풍경일 따름이었다. 거대한 새 한 마리가 싸우면서 알에서 나오고 있었다. 알은 세계였고, 세계는 산산이 부서져야 했다.

우리가 점령한 농가에서 나는 초봄의 어느 밤에 보초를 섰다. 맥없는 바람이 세졌다 약해졌다 변덕을 부리며 지나가고, 플랑드르 지방의 높은 하늘을 구름떼가 가로질렀다. 그 너머 어딘가에 달이 있는 듯했다. 나는 낮 시간 내내 불안했었다. 어떤 근심이 나를 괴롭혔다. 이제 어두운 초소에서 나는 진실한 마음으로 나의 그때까지의 삶과 에바 부인과 데미안을 떠올렸다. 포플러나무에 기대서서 변화무쌍한 하늘을 응시했다. 하늘에서 은근히 번득이는 빛들이 곧 커다랗고 점점 팽창하는 그림들의 연쇄가 되었다. 나는 나의 맥박이 특이하게 약해진 것과 내 피부가 바람을 감지하지 못하는 것을 느꼈다. 또한 내 근처에 길잡이가 있다는 깨달음이 섬광처럼 일어나는 것을 느꼈다.

구름 속에 대도시가 보였다. 그곳에서 수백만 명이 쏟아져 나와 여러 떼를 이루고 넓은 지역으로 퍼져나갔다. 그들의 한복판으로 강대하고 신성한 인물이 나섰다. 머리카락에서 별들이 반짝이고 산맥처럼 거대한 그 인물은 에바 부인의 얼굴을 하고 있었다. 여러 떼를 이룬 사람들이 마치 거대한 구멍으로 들어가듯이 그 여신 안으로 들어가 사라져버렸다. 여신은 바닥에 쭈그려 앉았고, 그녀의 이마에서 그 표시가 밝게 가물거렸다. 어떤 꿈이 그녀를 지배하는 듯했다. 그녀가 눈을 감았고, 그녀의 커다란 얼굴이 아픔으로 일그러졌다. 갑자기 그녀가 날카롭게 소리를 질렀고, 그녀의 이마에서 별들이, 반짝이는 별 수천 개가 튀어나왔다. 별들은 찬란한 원호와 반원을 그리며 검은 하늘을 가로질렀다.

별 하나가 밝은 소리를 내면서 곧장 나를 향해 날아왔다. 나를 목표로 삼은 듯했다. —이내 그 별이 굉음을 내며 폭발하여 천 개의 섬광으로 갈라졌고, 나는 솟구쳤다가 다시 바닥에 내동댕이쳐졌다. 세상이 내 위에서 천둥소리와 함께 붕괴했다.

나는 여러 곳을 다치고 흙을 뒤집어 쓴 채로 포플러나무 옆에서 발견되었다. 나는 지하실에 누워있었고, 위쪽에서 포성이 요란했다. 나는 마차 안에 누워 덜컹거리며 빈 들판을 지났다. 대부분의 시간 동안 잠을 자거나 의식이 없었다. 그러나 잠이 깊어질수록 무언가가 나를 끌어당기는 것을, 내가 나를 지배하는 어떤 힘을 따르는 것을 더욱 강렬하게 느꼈다.

나는 마구간의 지푸라기 위에 누워있었다. 캄캄했고, 누군가 내 손을 밟았다. 그러나 나의 내면은 더 가려고 했다. 더 강한 힘으로 나를 멀리 끌고 가려 했다. 나는 다시 마차 위에 누웠고 그 다음엔 들것이나 사다리 위에 누웠다. 어딘가로 가라는 명령이 나에게 내려졌음을 갈수록 더 강하게 느꼈다. 끝내 거기로 가려는 욕망 외에는 어떤 것도 느껴지지 않았다.

그리고 목표지점에 도달했다. 밤이었고, 나는 의식이 온전했다. 방금 전에도 내 안에서 그 끌어당기는 힘과 욕망이 강하게 느껴졌다. 이제 나는 어느 강당 바닥의 매트리스 위에 누워있었다. 내가 여기로 오라는 부름을 받았고 마침내 도착했다는 느낌이 들었다. 둘러보니 나의 매트리스 바로 옆에 놓인 다른 매트리스 위에 누군가가 누워있었다. 그가 내 쪽으로 얼굴을 기울이고 나를 바라보았다. 그는 이마에 그 표시를 지녔다. 막스 데미안이었다.

나는 말을 할 수 없었고, 그도 말을 할 수 없거나 하려 하지 않았다. 그는 나를 바라보기만 했다. 그의 위쪽 벽에 걸린 등의 불빛이 그의 얼굴에 드리웠다. 그가 나에게 미소를 보냈다.

한없이 긴 시간 동안 그는 계속해서 내 눈을 들여다보았다. 그의 얼굴이 차츰 내 얼굴을 향해 다가와 결국 우리의 얼굴이 서로 닿을 지경이 되었다.

"싱클레어!" 그가 속삭였다.

나는 내가 그의 말을 알아듣는다는 것을 눈짓으로 표현했다. 그가 또 미소를 지었다. 연민이 담긴 미소에 가까웠다.

"이 애송이 같으니라고!" 그가 미소 지으며 말했다.

그의 입술은 이제 내 입술에 닿을 듯 말듯 했다. 그가 나지막하게 말을 이었다.

"프란츠 크로머, 지금도 기억나니?" 그가 물었다.

내가 눈을 깜박여 그에게 대꾸했다. 나도 미소 지을 수 있었다.

"애송이 싱클레어야, 잘 들어. 난 조만간 떠나야 해. 어쩌면 넌 언젠가 다시 내가 필요해지겠지. 크로머 때문이든 아니면 다른 이유로든 말이야. 그럴 때 네가 나를 부르면, 나는 지금처럼 멋없게 말이나 기차를 타고 오지 않을 거야. 내가 필요해지면 넌 너의 내면에 귀를 기울여야 해. 그러면 내가 네 안에 들어있다는 걸 알아채게 될 거야. 무슨 말인지 알겠니?—그리고 하나 더! 내가 떠날 때 에바 부인이 나한테 입맞춤을 주면서 그랬어. 언젠가 네가 힘들어지면 내가 너한테 그 입맞춤을 줘야 한다고. 눈 감아봐, 싱클레어!"

나는 고분고분 눈을 감았다. 아직 약간 출혈이 있는 내 입술에 가벼운 입맞춤이 느껴졌다. 출혈은 잦아들 기미가 없었다. 나는 잠이 들었다.

아침에 사람들이 나를 깨웠다. 내 몸에 붕대를 감아야 하기 때문이었다. 마침내 정신을 온전히 차렸을 때, 나는 서둘러 이웃 매트리스를 돌아보았다. 낯선 사람이 누워있었다. 내가 한 번도 본 적 없는 사람이었다.

붕대 감기는 아팠다. 모든 일이, 이후 나에게 일어난 모든 일이 아팠다. 그러나 때때로 내가 열쇠를 발견하여 온전히 나 자신 안으로 내려가면, 운명의 모습들이 어두운 거울 속에 잠들어있는 거기에서 나는 그 컴컴한 거울 위로 고개를 숙이고 나 자신의 모습을 보기만 하면 되었다. 이제 그를 꼭 닮은, 내 친구이자 길잡이인 그를 꼭 닮은 내 모습을.

개인 만세

1.

한마디 말로 삶의 본질을 꿰뚫고 우리가 나아갈 길을 가리키려는 것은 손바닥으로 하늘을 가리려는 것만큼이나 어리석다. 무엇을 말하든, 또한 그 반대를 덧붙일 필요성이 곧바로 고개를 들기 때문이다. 이를테면 '결국 희망은 개인에게 있다'라고 말하고 나면 곧바로 '그러나 공동체를 저버려서는 안 된다'라고 덧붙이고 싶기 마련이다. 그리하여 결국엔 개인과 공동체의 균형 혹은 갈등이 그 자체로 진실인 문제로 우리 앞에 놓인다. 공허할 수도 있겠으나 더 일반적으로 이야기하자면, 무릇 한마디 말을 좌절시키고 끝없는 대화를 부추기는 엄연한 진실 혹은 문제는 항상 이미 서로 맞선 둘의 얽힘이다.

그러므로 누군가가 일방적으로 개인을 찬양하고 공동체를 깔아뭉갠다면, 우리는 그의 한계를 쉽게 지적할 수 있다. 편협한 관점, 당파성, 심지어 삐딱한 시각을 원론적으로 정당하게 비판할 수 있다. 누구나 알다시피 개인과 공동체의 얽힘은 인간사의 엄연한 진실이다. 그런데 무모하게도 헤세는 《데미안》에서 개인 찬양을, 심지어 개인숭배를 감행한다. 이 작품을 비판하기는 쉽다. 쉬워도 너무 쉽다.

그러나 진정한 비판은 대화하자는 제안이어야 한다. 이상적인 비판은 처음 한마디 안에 이미 고여 있는 대화가 터져 나오도록 물꼬를 트는 작업이어야 한다. 헤세는 철없는 10대 청소년도 아니고 배울 만큼 배워서 충분히 사리분별을 할 만한데도 어쩌자고 개인숭배를 감행하는 것일까? 아니, 질문을 지금 여기로 옮기자. 나는, 또한 짐작하건대 《데미안》을 흠모하면서 읽은 이 땅의 수많은 사람들은 왜 헤세의 개인숭배에 동조하는 것일까? 어떻게 감당하려고, 무모하게 감동해버리는 것일까?

2.

이 땅에 사는 사람들에게 가장 중요한 것은 인맥이라고 하면 과장일까? 전혀 아니라고 본다. 끼리끼리 밀어주고 끌어주기는 우리에게 실천적 황금률에 가깝다. 누가 부정할 수 있나? 여기는 대세와 쏠림의 나라, 첨단 통신의 천국, 유무형의 연결선이 생명줄인 곳, 왕따라는 이름의 고립이 정말로 죽음을 부르기도 하는 곳이다.

고급문화도 다르지 않다. '실체'가 아니라 '관계'를 존재의 제일원리로 삼는 철학들이 학계 안팎에서 두루 인기다. 그런 관계철학이 전통적인 서양 사상보다 더 새롭고 수준이 높으며 동양 사상과도 맥이 통할 뿐더러 근대 이후 인류 문명의 활로라고들 하는데, 나로서는 무슨 얘긴지 영문을 몰라 답답할 따름이다. 솔직히 최신 휴대전화기를 선전하는 휘황찬란한 문장을 읽는 듯한 기분마저 든다.

하지만 이 인맥의 나라에서 관계철학이 득세하는 것만큼은 아주 잘 이해할 수 있다. 그 철학이 새롭거나 우월하거나 전망이 밝기 때문이 절대로 아니다. 오히려 그 철학이 우리에게 아주 잘 와 닿기 때문이다. 오래전부터 지금까지 우리의 현실에서 존재가 관계 속에 함몰되어 있지 않았던 적이 한번이라도 있는가? 관계 속으로 녹아들어가 없어지다시피 하지 않으면, 존재 자체가 고통이었다. 모난 돌이 정을 맞았다. 저 싫다고 평양감사를 그만두면, 저만 손해가 아니라 온 가문에 대대손손 손해를 입힌 패륜아가 되었다.

관계철학? 우리에게 그것은 신물 나는 현실이 아닌가! 찌들대로
찌든 그것을 반짝반짝 포장하여 새것인 양 꺼내놓는 방물장수들 앞
에서 나는 말문이 막힐 따름이다.

서양 전통에서 '실체' 범주의 궁극은 '영혼'이었다. 쉽게 말해서 '실
체'를 탐구하다보면 결국 '영혼'에 도달한다는 것이 정설이었다. 그리
고 근대에 이르러 '영혼'은 '개인'에게 확실히 자리를 내주었다. 요컨대
개인, 곧 자신을 나라고 부르는 모든 각자는 무릇 삶과 사상의 바탕이
요 기준점이요 목표이다. 이런 해방된 개인을 우리 문화가 가져본 적
이 있는가? 데미안의 말마따나 "무리를 따라 달리지 않는 사람은 어
디에나 드문 법이니까" 우리 문화만 탓할 일은 아니다. 그러나 때로는
현 위치보다 운동 방향이, 현실보다 당위가 더 중요하다. 우리는 해방
된 개인을 당위로 내세운 적이 있는가?《데미안》하면 누구나 떠올리
는 아래 명언을 반항하는 10대의 구호로 용납하는 정도를 넘어서 보
편적인 실천철학의 제일원리로 삼아본 적이 있느냔 말이다.

새는 싸우면서 알에서 나온다.
알은 세계다.
태어나고자 하는 자는 한 세계를 깨부숴야 한다.

싱클레어의 알은 아버지와 어머니의 세계, 밝고 환한 질서, 고분고
분한 아이의 안락이었다. 우리의 알도 그리 다르지 않은 것 같다. 가문,
패거리, 조직, 체제, 온갖 끈끈한 관계망과 거기에서 흘러나오는 꿀물.

깨부숴야 한단다. 때려죽이고 찔러 죽여야 한단다. 과격하기도 하
여라. 무난한 삶을 원한다면, 데미안 같은 친구를 곁에 두면 절대 안

된다. 혹시라도 나쁜 피를 타고난 데미안이 내면에 들어있다면, 목을 조르든지 숨을 막든지 돌로 쳐서 죽여야 한다. 그래야만 출세할 수 있다. 이런 책은 읽지 않는 게 좋다. 하긴 뭐, 고상한 교양은 해로울 것 없으니, 10대 시절에 잠깐 읽고 흥분하는 것도 나쁘지는 않겠다. 다시 마음잡고 관계철학에 고개를 끄덕이면서 준엄한 인맥에 귀의하기만 한다면.

3.

아마도 일제의 영향 때문이겠지만, 이 땅에서 《데미안》이 큰 인기를 누려왔다는 사실이 생각하면 할수록 신기하다. 물론 일본에서의 호응과 독일을 비롯한 서양에서의 공감도 적잖이 역설적이지만, '개인'에 긍정적인 의미를 부여하는 경우가 거의 없는 지금 여기에서 더없이 과격한 개인주의 선언문 격인 《데미안》이 누리는 인기는 역설을 넘어 엽기에 가깝다. 누구 말마따나 소설 《데미안》이 가리키는 방향과 우리의 현실이 정반대여서, 한때나마 데미안의 꼬임에 빠져 감히 해방을 공상하는 재미가 더욱 더 짜릿한 것일까? 그렇다면 우리에게 《데미안》 읽기는 일종의 자위인 셈인데, 아마 이 진단이 맞지 싶다.

　이른바 고전의 반열에 오른 작품이지만 고개를 갸웃거리게 하는 문제들이 없지 않다. 예컨대 가끔씩 풍겨오는 사회진화론의 악취가 그렇다. 모순 그 자체로 보이는 "아프락사스"라는 이름의 신은 철학적 성향을 가진 이들에게 또 하나의 묵직한 생각거리다. 하지만 싱클레어가 싸우고 또 싸워서 도달해가는 숭고한 개인주의만큼은 시대와 문화와 나이와 교육수준에 상관없이 모든 개인의 심금을 울리리라 믿는다.

　개인과 공동체는 뗄 수 없게 얽혀있음을 인정한다. 그러나 내 안

의 데미안이 말한다. "공동체는 아름다운 거야. 하지만 우리 눈앞 곳
곳에서 번창하는 것은 전혀 공동체가 아니야." "철저한 외로움을 맛본
사람들"만이, "미지의 것을 두려워하지" 않는 개인들만이 진짜 공동체
를 이룰 수 있다. 그러니 이 인맥의 나라에서 섣불리 공동체를 이야기
하지 말자. 차라리 모든 각자의 몫, 철저히 각자만의 몫인 죽음을 이
야기하자. 죽음에 감싸인 데미안을.

4.

삶도 죽음도 수행도 철저히 개인의 몫이다. 의상은 배를 타고, 원효는
돌아간다. "우리는 서로를 납득할 수 있지만, 해석은 각자 자신에 대
해서만 할 수 있다." "정말로 자신의 운명 외에 그 무엇도 원하지 않는
자"는 "혁명가가 되려는 의지도, 모범이나 순교자가 되려는 의지도 품
지 말아야" 한다. 금강경에 이르기를 '응무소주 이생기심應無所住 而生
其心'이라 했다. 터무니없는 세상이 동참을 요구할 때, 개인은 고개를
가로저을 수 있다. 내 안에서 데미안이 노래한다.

우리 바람 되리니
어디에도 매이지 않을 것이로되
다만, 외로우리라.

임진년 동지를 보내고 살구골에서
전대호

---

* 번역은 연주다. 이미 열손가락도 모자랄 만큼 많은 사람이 연주한 곡을 다시 연주하는
개인으로서 바라는 바가 있다면, 나의 연주도 용케 목록에 끼어들어 언젠가 다른 개인의
내면에서 울림을 일으키는 것이다. 내 깐에는 음악답게, 노래답게 연주하려 애썼다. 원곡
에 충실하려는 노력도 게을리 하지 않았다. 평가는 독자의 몫이다.

데미안

초판 1쇄 인쇄 2013년 1월 3일
초판 1쇄 발행 2013년 1월 10일

지은이 헤르만 헤세
옮긴이 전대호
편집인 신현부
발행인 모지희
발행처 부북스

주소 100-835 서울시 중구 신당2동 432-1628
전화 02-2235-6041
팩스 02-2253-6042
이메일 boobooks@naver.com

ISBN 978-89-93785-44-9 04080
ISBN 978-89-93785-07-4 (세트)